Die kleine Almhütte in den Bergen

ARIA HEARTS

Neuauflage von Stadt, Land, Kuh unter dem Pseudonym Minnie Kromer

Nun überarbeitet und unter dem Pseudonym Aria Hearts veröffentlicht.

Autorin Jasmin Glock, Hainbachstraße 37, 63457 Hanau

Coverdesign: Nadine Feger

KAPITEL 1

Wie immer habe ich den Wecker zweimal in den Schlummermodus befördert, bevor ich meine Augen öffne. Das Aufstehen fühlt sich heute an, als würde ich einen schweren Stein mit mir herumtragen. Die Dusche hilft mir nicht, wach zu werden, und selbst der Kaffee versagt.

Das Einzige, was meine Stimmung ein wenig aufhellt, ist mein Frühstückssandwich, das ich mir für die Arbeit schmiere. Fleischsalat und Eierscheiben. Darauf freue ich mich schon, seit ich den Salat am Abend zum Ziehen in den Kühlschrank gestellt habe.

Nach dem Zähneputzen lächle ich der Frau im Spiegel entgegen. Ich greife seitlich in meinen Schopf und stecke eine Klammer am Hinterkopf fest, sodass mir keine Strähne ins Gesicht fällt und sich meine Ohrringe nicht in meinen schwarzen Locken verfangen können.

Mit einem schnellen Blick aus dem Fenster checke ich das Wetter. „Ein sonniger Apriltag. Wie schön."

Ich höre meine Worte, doch kann mich trotzdem nicht freuen. Seit ein paar Tagen fressen sich mein schlechtes Gewissen und diese vielen negativen Gedanken durch meine gute Laune. Vergeblich versuche ich, mich aus diesem Morast freizukämpfen. Mit der dünnen Jacke, meinem Schal sowie meinem Fresspaket ausgestattet verlasse ich die Wohnung im ersten Stock und ziehe die Tür zu.

„Guten Morgen, Frau Nachbarin."

Erschrocken drehe ich mich um. „Mensch, Herr Born. Jetzt haben Sie mich aber erschreckt."

Gestützt auf seinen Gehstock sieht er die vier Treppenstufen herunter, die zum Hauseingang führen. Ich bin es gewohnt, dass er nicht auf jeden meiner Sätze reagiert. Wie alte Menschen so sind, ist er schon längst drei Schritte weiter. Ich folge seinem Blick und starre zu der Haustür. „Erwarten Sie jemanden?"

Er schüttelt den Kopf und stampft mit seinem Stock auf. „Nein, nein. Ich dachte, ich habe den Postboten gehört. Der bringt meine Medizin."

Ich sehe kurz auf die Uhr und winke ab. „Na ja, es ist ja noch keine neun Uhr. Der Postbote wird nicht vor elf hier sein. Da haben Sie noch ein bisschen Zeit."

„Zeit? Mensch, Mädchen. Ich bin ein alter Mann. Wer weiß, wie viel Zeit ich noch hab'. Dreiundachtzig Jahre hab' ich auf dem Buckel und geschuftet und mich geärgert mit …" Er redet weiter, so wie er es immer tut.

Ich öffne ständig den Mund, um auch etwas zu sagen, erwische aber nie den richtigen Zeitpunkt. Jeder Ansatz wird von ihm ignoriert. Ich lächle ihn nur noch an, in der Hoffnung, dass er bald fertig ist.

„Hallo?"

Überrascht, dass sein Redeschwall beendet ist, komme ich gedanklich in unserem kargen Hausflur an. „Entschuldigung, was haben Sie gesagt?"

„Mensch, Mädchen. Ich hab' gesagt, du sollst mein Paket annehmen, wenn ich den Boten nicht höre. Sonst kannst du mich bald mit den Füßen voraus aus meiner Wohnung tragen."

Jedes Mal finde ich es schlimm, wenn er solche Sachen sagt. Aber ich bekomme es nicht aus ihm heraus. Es fühlt sich nicht schön an, über solche Dinge nachzudenken. Vor allem nicht, wenn man gerade versucht, eine tragische Situation zu vergessen. Davon weiß er nichts und ich bin froh drum. „Also ich denke, dass Sie Ihr Paket schon bekommen. Ich muss zur Arbeit."

Die Hälfte der Stufen schaffe ich, bevor er anfängt zu sprechen und ich stehen bleiben muss.

„Ihr jungen Dinger habt aber auch nichts anderes als Stress. Immer unterwegs."

Wenn es nach ihm ginge, würde ich noch eine Weile mit ihm hier stehen und reden. Doch so gerne ich mich mit ihm unterhalte, ich muss dringend ins Büro. „So jung bin ich auch nicht mehr. Ich muss aber leider zur Arbeit." Ich drehe mich weg und nehme die nächste Stufe.

„Jaja. Zu unserer Zeit hatten wir keine festen Arbeitszeiten. Wir hatten Projekte, an denen wir gearbeitet haben. Und wenn wir nicht fertig geworden sind, gab es was hinter die Löffel."

Warum er immer mich vollquatschen muss, weiß ich nicht. Gerne bin ich nachmittags auch mal bereit, mir eine Stunde Zeit zu nehmen und ihm zuzuhören.

Doch manchmal habe ich es eilig und kann nicht so, wie ich gerne will. Möchte ich überhaupt hören, wie viel besser es damals gewesen ist? Sollte man nicht lieber in der Gegenwart leben als in der Vergangenheit?

Natürlich habe ich die Straßenbahn verpasst. Als ich am Steig ankomme, sehe ich noch, wie sie links abbiegt. Eigentlich bin ich ganz froh, dass ich mich nicht hineingequetscht habe, bis die Schiebetüren der nächsten Bahn aufgehen. Auch diese ist gerammelt voll. Die Leute stehen eng aneinander gepresst im Gang.

Ob sie Wetten abgeschlossen haben, wie viele sich noch hineindrängen? Da brauchen sie bei mir keine Angst zu haben. Niemals würde ich mich in so einen engen Raum mit so vielen Menschen einsperren lassen. Als die Tür vor meiner Nase zugeht und auch diese Bahn ohne mich davonfährt, sehe ich auf die Uhr und beschließe, zu laufen.

Sicher hätte ich das auch gleich machen können. Doch morgens, wenn die Pendler in die Großstadt fahren, alles zugeparkt wird und die Menschen geschäftig und rücksichtslos an einem vorbeilaufen, bin ich lieber in einer Bahn. Zumindest wenn sie nicht einer Sardinendose gleicht. An diesem Tag geht es nicht anders und ich reihe mich in den Strom der eiligen Fußgänger ein. Mehrere Straßen müssen überquert werden und an jeder Ampel erwische ich die rote Phase. Die hohen Gebäude um mich herum beachte ich kaum. Eher die tieffliegenden Vögel, die sich in den Glasfassaden spiegeln. Lange habe ich keinen Vogel mehr auf einem Baum gesehen. Wo auch in dieser großen und lauten Stadt?

Überall hupen Autos, die Straßen sind überfüllt von Menschen. Ich gehe den Weg nicht gerne, weil ich an jeder Ecke den vielen Müll sehe, der achtlos fallen gelassen wurde.

Natürlich, wie könnte es auch anders sein, kommt mir eine Frau mit einem Hund entgegen. Er ist groß, dunkel und zieht sichtbar an der Leine.

Ich bleibe stehen und suche eine Möglichkeit, den beiden auszuweichen. Meine Hände sind schwitzig. Krampfhaft halte ich meine geschulterte Tasche fest. Es trennen uns nur noch wenige Meter und mir bleibt nichts anders übrig, als zwischen den geparkten Autos durchzuschlüpfen. Dabei stolpere ich über einen Stein, knicke um und lande schmerzhaft auf dem Asphalt.

„Oje, ist alles gut? Kann ich Ihnen helfen?"

Ich drehe mich unter Schmerzen zu der Fremden um und sehe in ein hechelndes Hundegesicht. Mein Körper spannt sich an, ich rutsche zurück – so weit wie möglich von dem Hund weg. „Nehmen Sie den Hund weg. Nehmen Sie ihn weg!" Mein Schrei ist so laut, dass ich mich dafür schämen müsste, doch es ist mir egal. Alles, was zählt, ist, dass diese Bestie von mir ferngehalten wird.

„Vorsicht, die Straße!"

Erleichtert stelle ich fest, dass sie die Leine des Hundes einem Mann in die Hand drückt und auf mich zuläuft. „Stopp! Straße!" Sie streckt sich nach mir aus und erst, als ich den Fahrtwind im Rücken spüre, merke ich, dass ich mich auf die halbe Fahrbahn gerobbt habe.

So schnell ich kann, krabble ich zurück und nehme ihre Hilfe an. Es dauert einen Moment, bis mein Atem normal geht.

Das Pochen im Knöchel lässt langsam nach, doch der Schmerz in meiner Brust wird immer stärker. Die Fremde redet auf mich ein, stellt mir Fragen, aber ich kann mich nicht auf sie konzentrieren. Immer noch versuche ich, meine panische Angst vor dem Tier in den Griff zu bekommen und nicht daran zu denken, was damals passiert ist. Fest kneife ich die Augen zusammen und hoffe, dass mein Herzschlag ruhiger wird. Wie immer fokussiere ich mich auf etwas, das mich beruhigen kann. Ein Freibad mit einer großen Liegewiese. Hier haben Tiere keinen Zutritt. Hier fühle ich mich sicher. Ich atme ein und aus. Langsam merke ich, wie ich mich entspanne. Erst jetzt traue ich mich, die Augen zu öffnen.

Wie ich es schon von anderen gewohnt bin, geht die Frau ein paar Schritte zurück und mustert mich besorgt.

Peinlich berührt möchte ich von hier weg. Schnell hebe ich meine Tasche auf und sehe vorsichtig auf dem Gehweg nach rechts und links. Der Mann mit dem Hund hat sich einige Meter entfernt. Auch er sieht mich mit diesem mitleidigen Blick an, den ich schon so oft wahrgenommen habe. Ich hebe die Hand zum Gruß und beiße die Zähne zusammen. Keiner soll bemerken, wie groß meine Schmerzen sind. Doch jetzt möchte ich nicht darüber nachdenken. Jetzt muss ich mich auf die Arbeit schleppen.

Endlich an der Stadtbücherei angekommen schleiche ich mit den ersten Kunden durch den Haupteingang.

Ich bin mir sicher, dass meine Kollegin schon längst gemerkt hat, dass ich nicht da bin, und doch hoffe ich, der Konfrontation aus dem Weg zu gehen.

Wie immer atme ich den Geruch der alten Bücher tief ein. Es fühlt sich an wie Nachhausekommen. Ich gehe an den Auslegetischen mit den Büchern des Monats vorbei. Dahinter sind mehrere runde Tische und bequeme Sessel angeordnet, die ich mit geübtem Blick studiere. Der Kaffeeautomat und die Becher sind aufgefüllt. Kein Dreck, keine Kaffeeflecken. So wünsche ich mir das.

Zufrieden gehe ich weiter und streiche über das Regal mit unseren Neuzugängen. Hier fühle ich mich wohl – zwischen den Büchern, die ich für die Bücherei bestellt habe und die von den Lesern schon ungeduldig erwartet werden.

Die bodentiefen Fenster lassen viel Licht herein. Sicherlich wird auch im ersten Stock alles in Ordnung sein. Das verrät das gute Wetter. In der Kinderbuchecke sitzen die Mamis nur, wenn es draußen regnet.

Mein Weg führt mich vorbei an unserem Rückgabeautomaten und der Personalküche. Dort im Vorraum hänge ich meine Jacke auf und gehe hinter die Theke. Mein Arbeitsplatz. Schnell schiebe ich meine Tasche in den Rollcontainer und schalte den Computer an.

„Fräulein, ich kann an dem Automaten die Bücher nicht abgeben." Die Frau, die sich quer über die Theke legt und ihre Bücher aus der Tasche holt, sieht mich noch nicht einmal an.

„Bitte warten Sie einen Augenblick. Sie müssen Ihre Bücher hier nicht auspacken. Mir reicht es, wenn ich den Ausweis kurz einscannen darf, bitte.“ Freundlich lächelnd halte ich ihr meine Hand hin.

„Och, den habe ich aber zu Hause liegen. Kann ich sie nicht einfach hier liegen lassen?“

Diese Frage höre ich täglich dutzendfach. Und genauso oft erkläre ich den Leuten in ruhigem Ton, dass das eben nicht geht. „Wir hier an der Theke dürfen keine Bücher mehr zurücknehmen. Wir haben dafür die Automaten, die die Bücher automatisch aus ihrem Konto nehmen und nach Abteilung sortieren. Womöglich ist eines der Bücher überfällig oder sie müssen die Jahresgebühr zahlen.“

Innerhalb weniger Sekunden leuchtet ihr Gesicht feuerrot auf. „Das ist eine Unverschämtheit! Es geht Sie nichts an, ob ich meine Gebühr gezahlt habe, oder nicht. Ich möchte diese Bücher zurückgeben, die eben *nicht* abgelaufen sind.“ Sie dreht die Tasche um und lässt die vielen Bücher einfach auf die Theke plumpsen.

Es tut mir im Herzen weh, als ich sehe, wie viele von ihnen Dellen bekommen, weil sie mit den Ecken aufkommen. Immer noch bleibe ich ruhig, auch dieses Verhalten kenne ich sehr gut. Seit die neuen Automaten aufgestellt wurden, haben wir täglich die Kunden vor uns stehen, die nicht wissen, was sie machen sollen oder sich bevormundet fühlen. Dabei haben sie vor der Modernisierung noch viel mehr am Schalter preisgeben müssen. Ohne noch ein Wort von mir abzuwarten, dreht sich die Frau um und geht. Ich habe früh gelernt, mich nicht über diese Menschen aufzuregen, die eine große Show brauchen.

Während ich darauf warte, dass der PC hochgefahren ist, staple ich die Bücher. Dabei spüre ich beim Anheben ein Ziehen in der Brust, auch mein Knöchel schmerzt noch. Der Arbeitstag kann ja heiter werden. Still scanne ich die Bücher ein, sehe durch die Adresse der Kundin, dass sie schon mehrere Mahnungen bekommen hat, und sperre ihr Konto.

In meiner Routine setze ich einen neuen Brief mit aktuellen Informationen zu ihrem Kundenkonto auf und klebe zum krönenden Abschluss den Umschlag mit einem Klebestift zu.

Den Brief drehe ich um die eigene Achse und flüstere: „Auf dass du ihr noch ein paar wunderbare Aufreger bringst."

Damit wandert die letzte Mahnung in den Postausgang und ich lehne mich im Stuhl zurück.

Meine Kollegin ist bisher noch nicht aufgetaucht, aber das überrascht mich nicht. So viel, wie ich in der letzten Woche mitbekommen habe, hat sie Interesse an dem neuen Studenten, der stundenweise am Computerterminal aushilft. Immer wieder hat sich Tanja die Rückgabebücher vom Wagen aus dem Sachbuchbereich geschnappt, nur um in seiner Nähe zu sein. Mit einem geübten Blick erkenne ich von meinem Platz aus, dass genau dieser Wagen mit den Büchern nicht mehr bereitsteht. Typisch. Wenn sie sich jedem Mann so an den Hals schmeißen muss, soll sie es tun. Für meine Begriffe sollte sich Tanja lieber an Männer in ihrem Alter halten – oder ältere. Einem acht Jahre jüngeren Mann hinterherzulaufen, würde mir nicht einfallen. Er lebt doch in einer ganz anderen Welt.

„Da bist du ja."

Die Hand auf der Schulter und die piepsige Stimme lassen mich kurz zusammenzucken. Schade, dass Tanja da ist. Gerne hätte ich den Vormittag hier allein gesessen, um nicht reden zu müssen. Denn einige Fragen will ich einfach nicht beantworten.

Sie zieht ihren Stuhl zu mir herüber und sieht mich mitfühlend an. Es gibt nur ein kleines Zeitfenster, in dem ich reagieren kann, doch leider verpasse ich es.

„Wie geht es dir?“ Ihre Stimme klingt ernst und ich möchte mich am liebsten blöd stellen.

Denn ich weiß, dass sie nicht wissen will, wie mein Allgemeinbefinden ist. Nein. Sie möchte wissen, wie ich nach den Vorkommnissen in der letzten Woche klarkomme. Warum ich mich vor dieser Frage sträube? Weil ich die Antwort nicht kenne. Also sage ich etwas, in der Hoffnung, dass sie dann Ruhe gibt. „Alles bestens.“

„Ach Franzilein. Jetzt bin ich aber beleidigt. Wir kennen uns schon so lange, ich sehe doch, dass es dir eben nicht gut geht.“ Franzilein nennt mich sonst niemand. Das macht nur sie, während sie sich im Stuhl zurücklehnt, ihre roten Haare um die Finger zwirbelt und den Kaugummi mit offenem Mund laut schmatzend kaut.

„Na ja. Es geht halt. Muss ja alles weitergehen.“

Tanja beugt sich vor und haut mit der flachen Hand auf den Tisch. „Ja, das ist eine gute Einstellung. Das hätte ich dir auch geraten. Ich meine, diese Tante … Wie lange habt ihr euch nicht gesehen? Sie hat sicherlich auch nicht mehr viel an dich gedacht, bevor sie gestorben ist. Wie alt warst du damals beim letzten Besuch?“

Jedes Wort aus ihrem Mund tut mir weh. Denn sie trifft mich genau da, wo es schmerzt. Die lange Zeit, die vergangen ist, seit ich das letzte Mal in Österreich gewesen bin. Es ist schon so lange her, dass ich es eben nicht mehr weiß. Ein Schulterzucken muss reichen.

Die Tränen, die ich am vergangenen Wochenende geweint habe, und die Gedanken, die ich mir gemacht habe, scheinen zum Greifen nah. Dabei dachte ich, dass ich nicht mehr weinen und denken müsse.

Tante Rosi, die letzte Verwandte, die ich noch hatte. Die Letzte, die mir noch etwas von meinem Vater erzählen könnte, lebt nicht mehr. Ein unangenehmes Kribbeln zieht über meine Haut. Mein Leben wäre bisher im Genre Tragödie einzusortieren. Mutter bei der Geburt gestorben, keine Geschwister, der Vater … Weiter will ich nicht denken und konzentriere mich auf Tanjas Worte.

„Hey. Es ist doch nicht schlimm, dass du dich nicht mehr erinnerst. Aber weißt du, was cool ist?“ Sie schlägt die Beine übereinander. „Wer weiß, was du Großartiges geerbt hast. Die in Österreich sind doch alle stinkreich.“

Ich traue meinen Ohren nicht und möchte ihr am liebsten eine Ohrfeige geben. Wie kann sie so kurz nach ihrem Tod solche Sachen sagen? Sprachlos sehe ich sie an.

„Ja, da guckst du. Daran hast du nicht gedacht, was?“ Sie lehnt sich entspannt zurück.

Dabei rutscht ihr Rock nach oben und ihr Höschen blitzt hervor. „Du bist vielleicht schon reich. Wahrscheinlich ziehst du bald da runter und brauchst nicht mehr arbeiten. Nie mehr.“

Ich weiß nicht, was ich antworten soll. So eine unsensible Antwort habe ich nicht einmal von ihr erwartet. Ohne weiter darüber nachzudenken, nehme ich meine Tasche aus dem Container, drücke den Powerknopf auf meinem Rechner und stehe auf. „Ich fühle mich nicht gut. Ich werde heimgehen."

Tanja sieht mich überrascht an.

Ich hoffe sehr, dass sie merkt, warum ich gehe.

„Oh, das tut mir leid. Hast du Kopfweh?"

„Ja. Sag dem Chef bitte Bescheid, dass es wohl doch noch zu früh war. Ich melde mich krank. Okay?"

„Kein Problem, wir kriegen das schon hin. Kuriere du dich mal richtig aus. Vielleicht wirst du ja auch krank?"

Ich ignoriere ihre Worte und verlasse die Bücherei. Niemand scheint zu verstehen, was sich gerade in mir abspielt. Ruhe. Ich sehne mich nach Ruhe.

KAPITEL 2

Ich beschließe, den Weg nach Hause zu laufen. Nach einem kleinen Abstecher in den Supermarkt öffne ich die Haustür. Schwer bepackt mit meinen Einkäufen, die etwas ausgeufert sind, nehme ich mühsam die vier Stufen.

Da höre ich schon, wie eine Tür aufgeht. Da nur Herr Born und ich auf diesem Stockwerk wohnen, bin ich nicht überrascht, als er seinen Kopf um die Ecke steckt.

„Da bist du ja. Ein Paket." Den Kopf gesenkt starrt er mich über seine Brille hinweg an.

„Ich habe kein Paket angenommen. Das ist mein Abendessen." Die Einkaufstüte hebe ich leicht an, um sie ihm zu demonstrieren.

„Nein. Ich habe ein Paket für dich angenommen."

„Für mich?" Ich stelle die Tasche vor meiner Haustür ab und klemme den Ring des Wohnungsschlüssels zwischen meine Finger.

Herr Born macht einen Schritt zur Seite und zeigt auf ein Paket, das den schmalen Gang seines Flures fast vollständig ausfüllt. „Der Bote musste es mir reinstellen. War mir zu schwer.“ Sein Blick ist auf den braunen Karton gerichtet. Fast, als würde er darauf warten, dass er sich in Luft auflöst.

Sofort reagiere ich und stelle mich an seine Wohnungstür. Ich bin mir nicht sicher, ob ich eintreten darf und strecke die Hand nach vorne. „Darf ich?“

„Klar, komm rein. Ich hebe das Monstrum ganz sicher nicht an. Was hast du denn da bestellt?“

Das Paket sieht schwerer aus, als es ist. Ich ziehe es aus seinem Flur und lasse es vor meiner Tür stehen. „Ich habe gar nichts bestellt. Keine Ahnung, was da drin sein soll.“ Mit einem schnellen Griff öffne ich meine Wohnungstür.

„Na, dann sollten wir das mal herausfinden.“ Im nächsten Augenblick höre ich einen Schlüssel und wie er seine Tür zuzieht.

Meine Vorstellung, mich in die heiße Wanne oder in Ruhe auf die Couch zu setzen, zerbröselt. Denn ich will ihn nicht vertrösten wie am Morgen. „Ja. Dann sollten wir das.“

In meiner kleinen Küche ist kaum Platz für uns zwei. Der längliche Raum bietet auf der rechten Seite Platz für Arbeitsfläche, Schränke und Herd.

Auf der anderen Seite steht ein schmaler Tisch mit zwei Stühlen. Doch um gemeinsam daran sitzen zu können, müsste man den Tisch erst vom Kühlschrank wegschieben. Für mich reicht es, schließlich bekomme ich sehr selten Besuch.

Herr Born stört sich nicht daran und setzt sich auf den freien Stuhl, während ich die Taschen auf den Tisch wuchte. Das Paket steht vor ihm auf dem Boden. Unbewegt starrt er auf den weißen Aufkleber, der mir zuvor nicht aufgefallen ist. „Hach, das Paket stand falsch rum bei mir in der Wohnung. Diesen Adressaufkleber habe ich vorher nicht gesehen."

Ich wasche mir schnell die Hände und greife nach der Schere auf der Arbeitsplatte.

„Das kommt aus Österreich."

Seine Worte lassen mich zögern. Was könnte in diesem Paket sein? Unterlagen? Meine geerbten Sachen? Rosis Überbleibsel aus dem Krankenhaus? Ihr Hab und Gut, das übrig geblieben ist? Bevor ich die Schere ansetze, um das Klebeband aufzuschneiden, halte ich erstarrt inne. Die werden doch keine Urne versenden? Das wäre doch pietätlos … Oder? Verunsichert, ob ich den Karton aufmachen will, trete ich einen Schritt zurück.

Herr Born schnappt sich die Schere aus meiner Hand und lässt die scharfe Klinge zwischen die Kartonkanten gleiten. Sein Blick wirkt gierig und neugierig. Wie mir scheint, hat er sonst keine aufregenden Dinge mehr in seinem Leben.

Erleichtert sehe ich von meinem Standpunkt aus, dass sich keine Urne im Paket versteckt hat.

Papiere, ein gebundenes Buch, das nach einem Fotoalbum aussieht, und mehrere verschlossene Briefe hebt Herr Born auf den Tisch. Ich wage es nicht, die Sachen anzufassen, und bin dankbar, dass auch Herr Born den Anstand hat, nicht darin herumzuschnüffeln.

Der Tag hat schon so seltsam angefangen. Es strengt mich an, immer und immer wieder an meine Tante Rosi erinnert zu werden, und überlege, ob ich schon bereit dazu bin, ihre Sachen zu durchwühlen.

„Also auf jedem Umschlag steht dein Name, Kindchen."

Ich verschränke die Arme vor der Brust und gehe an den Tisch heran. Ob Rosi mir Briefe geschrieben hat? Briefe voller Vorwürfe und Saat für mein schlechtes Gewissen, das ich eh schon habe?

Mit einem Blick erkenne ich vier verschiedene Stiftfarben und Handschriften. Also kann ich ausschließen, dass ich womöglich gleich vor meinem Nachbarn in Tränen ausbreche. „Jetzt steh doch nicht so rum, Kindchen. Schau mal durch, was dir da so geschickt wird aus Österreich."

Während ich für mich und Herrn Born Tee aufsetze, bringe ich ihn, soweit es mir möglich ist, auf den aktuellen Stand. Noch wage ich es nicht, die Unterlagen anzufassen. „Herr Born. Mir fällt das hier nicht so leicht. Ich habe meine Tante viele Jahre nicht mehr gesprochen."

Er sieht an seinem Gehstock hinunter und scheint nachzudenken. „Na ja, dann wird es doch Zeit, sich endlich mit ihr auseinanderzusetzen, oder nicht?"

Vielleicht hat er recht. Vielleicht bin ich aber noch nicht so weit. Werde ich jemals bereit sein, mich mit meiner Vergangenheit und meinen Entscheidungen zu befassen? „Herr Born, ich –"

„Manfred."

Ich muss kurz sortieren, was er von mir möchte. Ich kenne seinen Vornamen, aber ihn so anzusprechen, ist neu für mich. Gehemmt überlege ich, was ich sagen wollte, und nicke ihm wegen seines Angebots freundlich zu. „Gut. Manfred. Kennen Sie das nicht, wenn man sich jahrelang vor etwas drückt und dann mit der Nase darauf gestoßen wird?“

Er sieht mich mit gerunzelter Stirn an und beginnt, langsam den Kopf nach rechts und links zu bewegen. „Niemals. Ich bin mit Rückgrat erzogen worden.

Wenn ich was falsch gemacht habe – was selten passiert ist – hab’ ich auch die Konsequenzen getragen. Dieses heutige Wischiwaschi-Erziehen verstehe ich nicht.“

Hier kann ich also nicht mit Verständnis rechnen. Bevor ich mich weiter in sinnlose Diskussionen mit ihm stürze, nehme ich mir den ersten Umschlag und öffne ihn.

Hallo liebe Franziska,

mein herzliches Beileid.

Zunächst möchte ich mich vorstellen. Ich heiße Sigrid Weidenmeier. Ich war eine enge Vertraute deiner Tante Rosi.

Dieses Päckchen habe ich dir geschnürt, um dir zu zeigen, wie sie gelebt, was sie berührt und was sie hier in Österreich aufgebaut hat.

Ich wünsche mir sehr, dass du uns besuchen kommst und dir dein Erbe ansiehst. Alles, was sie dir hinterlassen hat. Denn das ist alles Rosi und nun gehört alles dir. In den letzten Monaten konnte sie wegen der schweren Erkrankung und der Chemo leider nicht mehr viel an ihrem Lebensprojekt arbeiten. Aber ich gebe die Hoffnung nicht auf, dass wir irgendwann gemeinsam das erreichen, was sie sich so sehr gewünscht hat.

Liebe Franziska, lass dir gesagt sein, dass ich dir gerne mit Rat und Tat zur Seite stehe. Ruf mich doch einfach an.

Meine Karte habe ich beigelegt und lass dich von mir überreden, uns einmal zu besuchen. Selbstverständlich bist du bei mir Gast und hast keine Unkosten.

Grüß Gott aus Österreich,
deine Sigrid

Ich lege den Brief zur Seite und halte die Visitenkarte in der Hand. Ich überfliege sie nur. Sigrids Worte sind gewaltig und brennen sich tief in mein Herz. „Ich soll nach Österreich kommen und mein Erbe antreten."

„Ach ja. Was hast du denn geerbt? Hoffentlich nicht einen riesigen Schuldenberg."

Ich lese noch einmal den Brief. „Ich glaube, dass es hier schon um etwas geht." Angefixt und doch etwas neugierig sortiere ich die weiteren Umschläge zur Seite, um einen Hinweis darauf zu bekommen, was Rosis Lebenstraum gewesen sein könnte. Das große Fotobuch sieht vielversprechend aus. Ich ziehe es so auf den Tisch, dass ich es gut öffnen kann und schlage die erste Seite auf.

Als würde mir jemand ein Messer ins Herz rammen, sticht es in meiner Brust. Ich bekomme kaum Luft, während ich das Foto betrachte, das auf der ersten Seite klebt. Die detaillierte und sehr bunte Umrandung wurde mit Buntstiften gemalt und mit Stickern beklebt.

Meine Kindheitserinnerungen habe ich in einem Kästchen tief hinten im Kopf und im Herzen versteckt, damit ich so gut wie nie mehr daran muss.

Und doch schafft es irgendein kleiner Funke, meine ganze Scheinwelt zu bedrohen. Wie die zwei Frauen auf dem Bild.

Die eine wirkt wie eine urige Bäuerin. Sie trägt ein blaues Dirndl. Die blonden geflochtenen Zöpfe sind zu Kringeln an den Seiten festgesteckt. Sie lehnt sich auf einer Wiese an einen hüfthohen Brocken. Auf dem Schoß hält sie einen Weidenkorb mit bunten Blumen. Diese Frau scheint etwas älter zu sein. Ich habe das Gefühl, dass ich sie schon einmal gesehen habe. Was dafür spricht, dass sie meine Tante Rosi ist.

Die andere Frau sieht jünger aus. Diese trägt eine Kochschürze und kippt eine Schüssel mit einer weißen Creme so weit nach vorne, dass ich das Gefühl habe, gleich tropft alles auf die Wiese. Die andere Hand hat sie gehoben und winkt mit einem riesigen Schneebesen in die Kamera.

„Wer sind die beiden?" Unbemerkt hat sich Herr Born – Manfred – hinter mich gestellt, um einen Blick auf das Buch zu erhaschen.

„Ich glaube, die da ist meine Tante Rosi."

„Könnte sein. Die Köchin sieht ja aus wie Mitte zwanzig." Im Hintergrund sieht man ein Holzhaus. Auf einem langen Brett steht *„Wichtelhäusl"*.

Das ganze Gebäude hat Holzfenster mit kleinen Scheiben. Alle wurden mit Blumen und anderen Motiven verziert. Es sieht gemütlich und einladend aus.

Unter dem Bild steht mehr gemalt als geschrieben: *„Willkommen im Wichtelhäusl"*

„Jetzt blättere doch endlich weiter, Mädchen." Herr Born schreckt mich aus meinen Überlegungen.

Könnte dieses Häusl Rosis Traum gewesen sein? Nur schwer löse ich mich von der Seite und sehe mir die Doppelseite an. Die vielen unterschiedlichen Farben und Schriften erschlagen mich fast. Noch nie habe ich so etwas in den Händen gehalten. Es erinnert mich an ein Kondolenzbuch.

„Das ist ein Gästebuch. Schau. Die Leute schreiben, wie es ihnen im Wichtelhäusl gefallen hat."

„Scheint so. Das heißt, wenn das hier Rosi ist …" Ich denke immer noch über die zwei Frauen nach, während Manfred die Texte liest.

„Vielen Dank für diese bezaubernden Urlaubstage, die wir bei dir verbringen durften. Wir werden wiederkommen, ganz sicher. Familie Gundel. Und hier: Und auch wenn ich Extrawürste hatte, wurde ich nie enttäuscht. Rosi, du hast meine Trauerzeit zu einer Freudenzeit verwandelt. Ich werde unsere gemeinsamen Gespräche nie vergessen. Danke für alles. Günter Berlius." Manfred drückt sich mit seiner Brust fest gegen meinen Rücken. So gebrechlich wirkt er nicht, doch ich habe keine Möglichkeit, etwas zu sagen.

Mit dem Zeigefinger tippt er feste auf das Papier. „Schau es dir an. Rosi gehört dieser Laden. Ich bin mir sicher."

Ich möchte dazu nichts sagen, denn wenn ich über die Tragweite nachdenke, wird mir ganz schwindelig. Wer weiß, wie hoch sie sich verschuldet hat, um sich diesen Wunsch von einer Gaststube in den Bergen zu erfüllen. „Manfred, wenn das ihr gehört hat, dann wird es schon längst verkauft sein. Ihre letzten Monate verbrachte sie durchweg im Spital."

„Jaja, scheiß Krebs." Manfred winkt ab.

Wenn mein Kopf nicht so voll wäre, würde ich ihn fragen, was er mit dieser schlimmen Krankheit verbindet. Schließlich kenne ich meinen Nachbarn und seinen Redebedarf. Doch jetzt bin ich dran. Ich überfliege die Zeilen und halte immer länger inne, wenn Fotos eingeklebt wurden. Oft ist die Dame im Dirndl darauf zu erkennen. Sie lacht in die Kamera und in verschiedenen Posen kann ich mich dunkel an ihr Gesicht erinnern. Ich glaube, dass sie Rosi ist, und es wird mir ganz schwer ums Herz. Diese Frau ist gestorben. Sie ist die Schwester meines Vaters. Die Einzige, die mir noch etwas von ihm hätte erzählen können. Doch auch sie lebt nicht mehr. Nur die Erinnerungen sind geblieben, an die ich nicht gerne zurückdenke.

„Schau dir das an." Manfred zeigt auf den Hintergrund des Bildes. Hinter dem Pärchen, die beide einen Arm um die Dirndlfrau gelegt haben, sieht man eine Seilbahnstation. Dahinter erstrecken sich die Bergspitzen in den Himmel. „Wenn ich das sehe, rieche ich förmlich die frische Bergluft. Nicht den Mist, den wir hier in der Großstadt atmen müssen." Er geht um den Tisch herum und setzt sich auf seinen Platz. Diesmal bin ich dankbar, dass er mich aus meinen Gedanken holt. Denn über meinen Vater will ich nicht nachdenken. „Meine Frau und ich sind zweimal im Jahr nach Österreich gefahren. Einmal im Sommer und einmal im Winter. Im Sommer haben wir lange Wanderungen unternommen. Tages- und Wochentouren. Sie hat die kleinen Bergseen geliebt." Er schmunzelt, was mir fast das Herz bricht, denn in seiner Stimme liegt so viel Trauer. „Meine Annegret hat sich nicht aufhalten lassen und musste überall hineinspringen und ein paar Bahnen schwimmen."

Ich bekomme Gänsehaut, während er mir erzählt, wie seine Urlaube aussahen.

„Im Winter sind wir natürlich Ski gefahren. Keine Piste hat uns aufgehalten. Bis dann unsere Knie allmählich nachgelassen haben.

Und die jungen Hüpfer, die immer so viel Gas gegeben haben, machten uns irgendwann ein bisschen Angst. Und dann wurde sie krank.

Und wir mussten den Sommerurlaub absagen. Sie konnte nicht mehr reisen. Und ich? Bin nie wieder hingefahren." Seine Stimme wird immer leiser und er sieht vor sich auf den Tisch. „Ich werde die Berge nie wieder besuchen."

Es tut mir so unendlich leid, dass er so traurig ist. Mein Hals fühlt sich wie zugeschnürt an. Dieser Mann ist einsam und trauert um seine Frau. Und ich habe noch nicht einmal mitbekommen, dass sie gestorben ist. Dabei wohnen wir schon so viele Jahre Tür an Tür. „Wie lange sind Sie allein?"

„Du. Hör auf mich zu siezen, Kind."

Ich nicke nur und warte auf seine Antwort.

Doch er braucht einen Moment und sieht sich zuerst in meiner Küche um. „Zehn Jahre sind es bald. Zehn lange Jahre, die ich ohne sie verbringen musste."

Erleichtert nehme ich zur Kenntnis, dass ich sie gar nicht hätte kennenlernen können, da ich erst sechs Jahre in diesem Haus lebe. Mir fällt nichts Besseres ein, als zu versuchen, ihn aufzumuntern. „Na ja. Aber du bist doch noch knackig genug. Du kannst sicher noch die Berge hinauf- und hinabsteigen." Er schüttelt den Kopf und ich merke, dass mein Versuch kläglich gescheitert ist.

„Nein. Meine Beine und mein Kreuz sind nicht mehr gut genug. Ich komme da nie hoch."

Die Stimmung an diesem Tag bringt mich dazu, den Rotwein sehr früh zu öffnen. Als Manfred zum Mittagessen zurück in seine Wohnung gegangen ist, musste ich erst einmal alle Fenster öffnen. Das Gefühl, nicht mehr richtig durchatmen zu können, bleibt aber bis zum dritten Glas Wein.

Erst jetzt beginne ich, mich langsam zu entspannen, und lese die anderen Briefe, die im Paket waren.

Der erste ist von einer Anna:

Hallo, Frau Löwen,

mit Bestürzung und Trauer schreibe ich dir diese Zeilen. Ich bin Anna Eggendorf und leite das Herzl in Mayenhofen. Mein Vater und Tante Rosi, wie wir sie hier alle genannt haben, waren gut befreundet. Ich glaube feste daran, dass die beiden nun von oben auf uns herabsehen und uns begleiten.

Ich würde mich unheimlich freuen, wenn du dich auf den Weg machen würdest, unser schönes Mayenhofen kennenzulernen. Vielleicht gefällt es dir genauso gut wie Tante Rosi, die damals aus einem Urlaub heraus spontan entschieden hat, für immer hierzubleiben.

Diese Zeilen schreibe ich unter Tränen. Ich kann es immer noch nicht ganz fassen, dass sie nicht mehr bei uns ist.

Spende uns ein wenig Trost und besuche uns. Denn du bist Teil von ihr und somit auch Teil von uns.

Liebe Grüße,
Anna Eggendorf

Ihre Worte irritieren mich. Nicht nur, weil ich diese Menschen nicht kenne und mich kaum noch an meine Tante erinnere. Es klingt, als wollte sie mich dazu drängen, zu ihnen herunterzufahren. Als würde ich nicht schon ein schlechtes Gewissen haben.

Ich lege den Brief zur Seite und halte einen beigen Umschlag in den Händen. Dieser ist groß und nicht mit einer handschriftlichen Adresse versehen.

Ich öffne ihn vorsichtig und bin gespannt, was darin steht. Es sind Dokumente mit einem roten Siegel. Auf dem Deckblatt steht der Name eines Notars und Rechtsanwaltes. Es dauert einen Augenblick, bis mir klar wird, dass ich ihr Testament vor mir liegen habe.

Überrascht lege ich es auf den Wohnzimmertisch und gieße das vierte Glas Rotwein ein. Mit zwei großen Schlucken versuche ich, den Schrecken zu ertränken.

Es ist nicht meine Art, zu trinken, wenn ich mit etwas nicht klarkomme. Normalerweise trinke ich so gut wie gar nicht. Aber heute ist mir danach, wie bereits das ganze Wochenende, seit ich von dem Tod meiner Tante weiß.

Das ganze Beamtendeutsch verstehe ich kaum oder schwer, obwohl ich Stadtangestellte bin und mir diese Sprache bekannt sein müsste. Womöglich schaffe ich es wegen meines angestiegenen Alkoholpegels nicht, mich zu konzentrieren.

Immer wieder lese ich, was ich angeblich geerbt habe. Die Paragrafen und die verschiedenen Beträge, die aufgelistet sind, überfliege ich, weil ich nicht sicher bin, ob ich sie ausgezahlt bekomme oder ausgleichen muss.

Voller Frust werfe ich den ganzen Block Papier zurück auf den Haufen in die Kiste und trinke mein Glas leer. „Niemand kann von mir verlangen, dass ich so etwas tue. Ich kann doch nicht einfach da runterfahren, nur weil sie mich kennenlernen wollen."

Aus dem Gemisch des schlechten Gewissens, der Angst und dem schwummerigen Gefühl in meinem Kopf nehme ich mein Telefon und die Visitenkarte von Sigrid. „Der sag ich, dass sie alles verkaufen soll. Dass ich nie und nimmer runterkomme und mich als Rosi-Zwei ausgeben werde. Ich lasse mir nicht weiter ein schlechtes Gewissen einreden.“ Das erste Freizeichen fühlt sich an wie eine kalte Dusche. Ich werde klarer im Kopf und überlege, was ich hier gerade tue.

Auflegen will ich nicht, das ist nicht meine Art. Und es wäre feige. Ich stehe auf und hoffe, dass sie nicht drangeht. Auf dem Weg in den Flur höre ich, wie abgenommen wird.

„Eine Nummer aus Deutschland, das kann doch nur Franziska sein, oder?“ Sigrids Stimme klingt nett und meine Gefühle fahren Achterbahn.

Mir ist nach Weinen und Schreien, weil ich mich wegen Rosi und den ganzen letzten Jahren so schlecht fühle. Ich könnte lachen und strahlen, weil mich jemand zu sich einlädt und Hoffnungen schürt, und ich bin frustriert, weil sie mich so unter Druck setzen. „Richtig geraten. Hier ist Franziska Löwen. Guten Abend. Ich hoffe, ich störe Sie nicht.“

„Franziska, ich glaube es ja nicht. Dass du dich meldest. Ich freue mich so, damit hätte ich ja jetzt gar nicht gerechnet. Ich sitze hier so entspannt und dann rufst du an. Ist das Paket angekommen?“

„Ja, das ist es. Ich habe Ihre Karte gefunden und wollte Sie anrufen, um ein paar Sachen zu klären.“ Mein fester Entschluss zu sagen, dass ich nicht vorbeikommen werde, hängt mir noch im Hals. „Ach mei, ich freue mich so, dass du dich meldest.

Ich hatte schon Angst, dass du womöglich denkst, dass ich sie nicht alle habe, dir so ein Paket zu schicken.

Alle Freunde von Rosi haben dir etwas eingepackt, damit du sie ein bisschen kennenlernst."

Ich stehe vor meiner Küche und sehe mich ratlos um. Mir fällt nichts ein, was ich zu dieser freundlichen Dame sagen soll. Sie überrumpelt mich mit ihrer Art, sodass meine Wut und Trauer wie weggeblasen sind. „Ja. Ich habe alles bekommen und auch schon viel durchgeblättert. Vielen Dank. Allerdings muss ich sagen …"

Höre ich da etwa ein Schluchzen am anderen Ende? „Es tut mir leid, Kind. Ich bin einfach noch nicht so ganz frisch. Ist eine schwere Zeit ohne sie."

Auch mir stehen die Tränen in den Augen und ich sehe zur Decke hinauf, um diese davon abzuhalten herauszukullern. Dann fällt mein Blick auf den Gehstock von Manfred. „Das kann ich mir denken. Mir geht es auch nicht so besonders gut." Überrascht, dass der Stock mir erst jetzt auffällt, nehme ich ihn in die Hand und stütze mich auf ihn. Dabei bemerke ich die goldenen und silbernen Prägungen, die den glänzenden Stock verzieren. Ich setze mich auf den Küchenstuhl und sehe sie mir genauer an.

„Das kann ich mir denken. Sie ist deine Tante und nur eine Freundin von mir gewesen." Ich fühle mich schlecht. Schlecht, weil diese Frau um sie trauert und kein schlechtes Gewissen hat. Aber ich schon.

Schlecht, weil ich traurig bin, nichts mehr über meine Vergangenheit zu erfahren. Das sind egoistische Gründe und ich schäme mich dafür. Zeitgleich halte ich den Stock von Manfred in den Händen, auf denen Wanderplaketten aus Österreich angebracht sind.

Ich fühle mich schlecht, weil er glaubt, durch seine Beine nicht mehr in die Berge zu kommen.

Es arbeitet in mir – so stark wie noch nie. Ich kann nicht anders, als das zu sagen, was ich fühle. „Ich werde nächste Woche runterfahren. Ich bringe jemanden mit, der schon lange urlaubsreif ist. Ich muss eh noch Urlaub nehmen.“ Kaum sind die Worte gesprochen, überlege ich, wie es nur dazu gekommen ist. Doch mein Kopf ist voller Watte, der Schwindel wird immer mehr. Und alles, was Sigrid noch sagt, verschwimmt zwischen Wach- und Traumzustand.

KAPITEL 3

Alle Sachen sind in meinem kleinen Auto verstaut. Noch nie habe ich so viel Gepäck in den Kofferraum hinein gequetscht. Stolz schließe ich die Klappe unter Manfreds strengem Blick.

Dieser hatte darauf bestanden, abends schon alles ins Auto zu bringen, da er sehr früh losfahren möchte. Und hier sind wir – Punkt fünf Uhr morgens. Ich habe das Gefühl, dass er es kaum erwarten kann, Berlin zu verlassen, obwohl er sich erst gesträubt hat. Noch immer kann ich nicht glauben, dass ich es tatsächlich geschafft habe, Manfred zu überzeugen. Spätestens, als ich gestern mit ihm beim Grab seiner Frau war, wurde mir bewusst, was es für ihn bedeutet, mit mir so eine lange und anstrengende Reise auf sich zu nehmen. Eigentlich wollte ich nicht lauschen, doch Manfreds Abschied höre ich jetzt noch im Ohr: *„Ich werde jetzt auf eine Reise gehen. Nach Österreich. Ich besuche unsere geliebten Berge.*

Obwohl ich dachte, wir werden sie nie wiedersehen. Kannst du es glauben? Ich noch nicht so ganz. Aber ich werde dich bei mir haben und dir alles berichten, wenn ich wieder da bin.“

Während der Fahrt versuche ich mich von der Szene am Grab zu lösen und das Positive zu sehen. Zum Beispiel, dass mein Chef keine Anstalten gemacht hat, als ich den Urlaub beantragte. In den wenigen Tagen, zwischen dem Entschluss und der Abfahrt, haben wir so viel geschafft und wenig Probleme gehabt.

Nach einer Stunde beginnt der Berufsverkehr und wir kommen ins Stocken. Durch das ständig wechselnde Treten von Kupplung, Gas und Bremse tun meine Füße in den Ballerinas weh. So ziehe ich sie aus und lege sie in den Fußraum der Rückbank.

„Wir sind viel zu spät los.“ Manfred sieht auf die Uhr.

„Na ja, wir haben ja keine feste Zeit. Dann brauchen wir halt ein bisschen länger.“ Noch bin ich entspannt und reagiere ruhig, doch ich habe das Gefühl, dass ich bald nicht mehr so gelassen sein werde, wenn wir in Österreich angekommen sind. Mein Entschluss steht fest, dass ich meine Akkus so lange auflade, wie ich nur kann. Denn Rosi wird mich in ihrer Heimat wohl nicht mehr so schnell loslassen.

Gegen halb neun drängt Manfred. „Ich muss unbedingt austreten, fahr mal auf den nächsten Rastplatz.“ Seine Anweisung klingt einfach, doch keine der nächsten fünf Ausfahrten ist ihm recht. Zu groß, zu klein, zu überfüllt, versiffte Toiletten.

Langsam reißt mir der Geduldsfaden, weswegen ich die nächste Ausfahrt nehme und mich auf den Parkplatz eines Fast-Food-Restaurants stelle. „So. Hier bleibe ich.“

Manfreds schockierter Blick überrascht mich nicht. Die letzten Kilometer spielte er schon mit den dunklen Knöpfen an seiner Strickweste. Jetzt sieht es so aus, als würde er sie gleich abreißen. „Du glaubst doch nicht, dass ich in den Schmuddelladen hineingehe." Er schiebt seine Hornbrille die Nase hoch und sieht mich böse an.

„Doch. Genau das meine ich. Die sind gepflegt und sauber, es geht nicht jeder drauf und der Parkplatz ist auch nicht so groß, dass du dich verlaufen kannst."

Manfred verschränkt die Arme vor der Brust. „Und du meinst, dass ich da einfach hineingehen kann, ohne etwas zu kaufen? Die lassen mich nicht auf die Toilette. So was mache ich nicht."

In Gedanken habe ich Worte wie „sturer Bock" im Kopf, doch ich kann mich beherrschen und atme tief durch. So wie ich es auf der Arbeit verinnerlicht habe. „Weißt du was? Dann gehe ich mit hinein und bestelle mir einen schönen Kaffee." Ich habe alle Argumente von ihm entkräftet. Fast fühle ich mich wie ein Sieger.

„Die Plörre willst du trinken? Ekelhaft. Da hat sich schon manch einer den Magen verdorben.

Nicht, dass du unterwegs anhalten musst, weil du dich übergeben musst. Das halten meine Nerven nicht aus."

Ich hole durch die Nase tief Luft und stoße diese laut aus dem Mund aus. „Manfred, wir haben noch eine ganze Weile zusammen im Auto. Und ich möchte heute noch ankommen, also bitte. Nimm die Reinigungstücher und geh auf Toilette." Es tut mir ein bisschen leid, dass ich so mit ihm rede, aber irgendwann reicht es.

Ohne noch ein Wort zu mir zu sagen, greift er nach seiner grauen Schiebermütze und setzt sie mit grimmiger Miene betont kräftig auf sein weißes Haar. Dann steigt er aus. Gestützt auf seinen Gehstock läuft er langsam zum Eingang. Sein Gang erinnert mich an den eines Pinguins, da er seinen ganzen Körper im Schritt mitwiegen lässt. Als er endlich durch die Tür verschwunden ist, seufze ich noch einmal erleichtert auf und will selbst aussteigen. Dazu ziehe ich meine schwarzen Ballerinas an und kontrolliere auch zweimal, dass ich den Schlüssel abgezogen habe.

Das wäre typisch ich, wenn wir uns aus dem Auto aussperren würden, irgendwo im Nirgendwo. Ich denke zurück an meine letzte große Reise.

Damals sind eine Kollegin und ich zu einem Musical nach Hamburg gefahren.

Die dreistündige Fahrt hat mich so angestrengt, dass ich mit Kopfschmerzen in der Show saß. Und dann haben wir auch noch den Autoschlüssel stecken lassen, sodass wir ewig rumtelefoniert haben. Schlussendlich kam endlich jemand, der das Auto ohne Rückstände aufbrach. An diese Zeiten denke ich ungern zurück. Sabine zerrte mich damals immer wieder raus. Clubs, Bars, Restaurants, nichts war sicher vor ihr. Auch nicht mein damaliger Freund. Als ich an die schmerzliche Trennung denke, beiße ich die Zähne zusammen.

Immerhin sind die beiden in seine Heimatstadt gezogen und ich musste keinen von beiden jemals wieder über den Weg laufen. Seither fällt es mir sehr schwer, Freunde zu finden, auch wenn ich mich bemühe. Mit diesen bitteren Gedanken, die ich versuche abzuschütteln, strecke ich meine Gliedmaßen in alle Richtungen.

Während meiner Gymnastik sehe ich in die verglaste Front und überlege, ob ich mir einen Kaffee kaufen sollte.

Da ich genau weiß, dass der Kaffee bei mir treibt und ich in der nächsten halben Stunde auch auf Toilette müsste, entscheide ich mich dagegen. Stattdessen laufe ich ein paar Schritte über den Parkplatz, auf dem nur wenige Autos stehen.

Als ich die Einfahrt erreicht habe, biegt ein Minivan ein, dem ich aus dem Weg gehe.

Entspannt spaziere ich über den schmalen Grünstreifen. Dabei sehe ich interessiert zu, wie der Fahrer umständlich rückwärts einparkt.

Er steht so nah neben meinem Auto, dass ich hoffe, gleich noch einsteigen zu können.

Die Schiebetür hinten geht auf und zwei Kinder steigen lachend und schreiend aus. Gefolgt von einem großen beigen Hund, der ihnen hinterherjagt.

O nein. Bitte nicht. Meine schwitzigen Hände wische ich an meiner Leggins ab und steige nervös von einem Fuß auf den anderen. Hilfesuchend sehe ich mich um, doch ich finde keinen Ort, an dem ich mich sicher fühlen könnte, außer vielleicht in meinem geschlossenen Auto. Leider tollt der Hund zwischen meinem Ziel und mir hin und her.

„Hallo? Können Sie bitte den Hund anleinen?“ Ich rufe laut hinüber. Meine Stimme versagt fast und ich muss mich sehr anstrengen.

Der Fahrer und die Kinder drehen ihre Köpfe zu mir herum, um sich daraufhin zu unterhalten. Zwar verstehe ich nicht, was der Mann zu den Kindern sagt, doch das Mädchen zückt eine Leine aus der Hosentasche und fängt das Tier ein.

Erleichtert, dass sie ohne Diskussionen Rücksicht nehmen, nicke ich dem Mann mit einem gequälten Lächeln zu.

„Sehen Sie, er ist angeleint. Sie brauchen aber keine Angst haben. Er spielt mit den Kindern auch ganz lieb."

Seine Worte sind mir egal. Sprüche wie: „Der tut doch nichts" oder „Der will nur spielen", kenne ich zur Genüge. Man weiß nie, was diese Tiere denken und wann sie womöglich einfach zubeißen. Eine Gänsehaut überkommt mich und ich drehe meinen Kopf, angewidert von diesem Gefühl, hin und her. Als könnte ich durch meine Bewegungen den Ekelmantel abschütteln.

Erst jetzt merke ich, dass Manfred schon am Auto steht und sich nach mir umsieht. Meine Beine wollen nicht gehorchen und ich winke ihm mit beiden Armen zu. Ich traue mich nicht zu rufen, aus Angst, den Hund auf mich aufmerksam zu machen, der von den Kindern auf der anderen Seite des Platzes von Baum zu Baum geführt wird. Dabei habe ich gemischte Gefühle. Es sieht danach aus, als würde der Hund eher mit ihnen Gassi gehen als andersherum.

„Was machst du denn da?" Überrascht sehe ich zu Manfred, der jetzt wenige Meter vor mir steht.

Doch ich kann mich nicht lange auf ihn konzentrieren. Wie unter Zwang starre ich zu dem Hund. „Ich will hier weg. Ganz schnell." Warum ich flüstere, weiß ich nicht genau, aber ich fühle mich dabei wohler.

Manfred kommt näher und sieht in die Richtung der Familie. „Und weshalb stehst du dann hier noch rum?"

„Na, wegen des Hundes."

„Was ist denn mit dem Hund?"

Mein Herz rast immer noch und seine Aussage macht mich sauer. Dabei weiß ich ja, dass andere Leute meine Angst nicht verstehen können. „Ich mag keine Hunde."

Sein lautes Lachen verletzt mich nicht. Ich bin es gewohnt, weswegen ich schon gar nicht mehr von meiner Angst erzähle.

„Du kennst den Hund nicht und magst ihn nicht? Ich denke eher, dass du Angst vor dem Tier hast."

Ich versuche zu lächeln und meine Überraschung zu verbergen. „So ein Quatsch. Wie kommst du denn auf so was?"

„Na sieh dich doch an." Mit seiner Hand macht er eine Auf-und-ab-Bewegung. „Du bist blass, schwitzt. Die Panik steht dir ins Gesicht geschrieben. So sah meine Frau immer aus, als ich noch Auto gefahren bin. Ich war ihr immer viel zu schnell unterwegs. Und in den Bergen ist sie nur eingestiegen, wenn ich ihr vorher versprochen habe, dass wir langsam fahren."

Wütend darüber, dass ich anscheinend sehr durchschaubar bin, vergesse ich für einen Moment den Hund und laufe zum Auto.

„Das sieht nur so aus. Ich bin einfach schon kaputt von der Fahrt."

„Jetzt schon? Ach du liebe Güte. Dann kommen wir ja nie an." Manfred folgt mir und ich tue mich schwer damit, mich nicht ständig dem Hund zuzudrehen.

Aber ich will es nicht zugeben, sonst würde ich den Rest der Fahrt nur darüber reden müssen.

Endlich im Auto angekommen lehne ich meinen Kopf zurück und schließe die Augen. Da Manfred langsamer ist, kann ich einen Augenblick durchatmen, bevor ich mich wieder verstellen muss. Es ist anstrengender, als ich es mir vorgestellt habe.

Schließlich habe ich Bilder im Kopf, die ich nicht will. Erinnerungen, die mir wehtun und die ich nicht ohne Grund tief in mir vergraben habe. Das Gesicht meines Vaters, wie er lachend meine Gänseblümchen aus dem Weidekorb nimmt und in eine Vase steckt. Eine der wenigen guten Erinnerungen, die schnell dunkel und traurig wird und ich sie deshalb nicht gerne zulasse.

Als ich höre, wie die Beifahrertür aufgeht, setze ich ein Lächeln auf und sehe hinüber.

„So. Jetzt habe ich die Nase voller Essensgeruch von dem blöden Laden und habe Hunger. Außerdem muss ich meine Medikamente nehmen. Ich brauche was zu essen." Manfred lässt sich in den Sitz fallen, sodass das Auto stark wackelt. Die Stoßdämpfer ächzen und ich hoffe sehr, dass mein Twingo den Weg schafft.

Meine Kühltasche mit dem Essen steht auf dem Rücksitz.

Da ich nicht aussteigen will, um der Hundegefahr aus dem Weg zu gehen, verrenke ich mich unter Schmerzen, um die Tasche nach vorne zu ziehen. Dabei erwische ich Manfred an der Schulter, der nur kopfschüttelnd an seiner Tablettendose fummelt.

Ich hole Thunfischsalat und zwei Brötchenhälften heraus, die dick mit Parmaschinken, Tomatenketchup und Gewürzgurken belegt sind.

In der Hoffnung, Manfred nimmt mir etwas ab, sehe ich zu ihm hinüber und beobachte, wie er eine Tablette nach der nächsten ohne Wasser hinunterschluckt.

„Das ist der Nachteil, wenn man alt wird. Viel Chemie."

Da ich mit ihm in der letzten Woche Ärzte und Apotheken abgelaufen bin, wusste ich, dass er Tabletten braucht, aber so viele erschrecken mich doch.

Mir fällt nichts ein, was ich sagen kann, und reiche ihm deshalb still das Brötchen. Mit der freien Hand öffne ich die Tupperdose und stelle sie auf das Armaturenbrett.

Wieder greife ich in die Tasche und suche blind nach den Servietten, in die ich die Gabeln eingewickelt habe.

Es dauert einen Moment, bis ich Manfred sein Päckchen reichen kann und stelle fest, dass er in dieser Zeit schon ordentlich kaut. „Boah. Daf if so lega."

„Ich danke dir. Das freut mich. Hier ist eine Gabel für den Thunfischsalat."

Gierig schüttelt er die Serviette vom Essbesteck und stochert in der Tupperdose herum. Viel vom Reis und dem kleingeschnittenen Gemüse landet auf seinem Schoß und im Auto. Aber ich will nicht meckern und beiße selbst erst mal ordentlich zu.

Nach dem Essen lüfte ich das Auto und packe die Tasche auf den Rücksitz. Dabei lächle ich Manfred an, doch es vergeht mir. „Was hast du?"

Mit trübem Blick und Kopf an die Stütze gelehnt atmet er schwer. „Alles gut. Das sind nur die Tabletten. Die machen mich müde. Ich schlafe erst mal eine Weile, Kindchen. Kannst du mir das Kissen reichen?"

Unsicher greife ich nach hinten, wühle in den Sachen nach seiner Nackennudel und gebe sie ihm.

„Danke.“ Er dreht nun den Kopf nach rechts, als wollte er die Landschaft beobachten, und scheint einzuschlafen.

Ein wenig Angst überkommt mich. Ist er vielleicht zu krank für diese lange Reise?

Was passiert, wenn etwas in Österreich nicht mit ihm stimmt? Fragen, auf die ich keine Antwort bekommen werde. Zumindest nicht in den nächsten Stunden, während er schläft.

Mit jeder Stunde, die er so neben mir schnarcht, fühle ich mich unwohler.

Nur sein lautes Schmatzen und Drehen beruhigt mich, sodass ich weiß, dass er noch lebt. Erst zwischen München und dem Chiemsee öffnet er seine Augen, streckt sich und sieht sich die Landschaft an. „Ach herrje, wir sind schon ganz schön weit. Wie lang habe ich denn geschlafen?“

Ich zeige auf die Uhr des Autoradios und konzentriere mich auf den Weg. Es ist anstrengend, auf so einer langen Fahrt noch aufmerksam zu bleiben. Erleichtert darüber, dass die Stille vorüber ist und ich wieder jemanden zum Reden habe, lächle ich ihn an. Sonst bin ich gerne alleine und liebe die Stille um mich herum. Seit Rosis Tod aber versuche ich, die traurigen und kräftezehrenden Gedanken zu verdrängen. Gerade in den ruhigen Stunden, besonders auf dieser langen Fahrt, kann ich diese Stimmen nicht mehr ignorieren.

Das Navi zeigt nur noch hundertzwanzig Kilometer bis zum Ziel an und bald haben wir die Grenze nach Österreich erreicht.

Vorher genießen Manfred und ich die wenigen Momente, in denen wir Blick auf den Chiemsee haben. Ich kann kaum glauben, dass dies nur ein See ist. Leider muss ich mich weiter auf die Straße konzentrieren und lausche Manfreds Geschichten.

„Wir sind hier früher auch immer vorbeigefahren. Allerdings haben wir immer in München gefrühstückt."

Seine Anspielung über die Mittagszeit, in der wir uns befinden, ignoriere ich. Wir sind trotzdem gut durchgekommen.

Als wir die Grenze passieren, bin ich sehr aufgeregt. Es fühlt sich so offiziell an, als würde man etwas Verbotenes tun, wenn man sein Land verlässt. Die hohen Berggipfel, die so wirken, als schwebten sie über uns, sind beeindruckend. Die weißen Spitzen ragen zum Teil bis in die Wolken hinein. Als würde man in ein überdimensionales Labyrinth fahren, öffnen sich mit jeder Kurve neue Einblicke in diese so andere Welt. Vor Staunen kann ich den Mund nur schwer geschlossen halten. Beeindruckt von der Kulisse zeige ich auf die wunderschön gelegenen Häuser, Berge oder Seen, die wir passieren. Seit meiner Kindheit war ich nicht mehr hier gewesen. Ich kann mich nicht mehr an diese atemberaubende Landschaft erinnern und ärgere mich, dass ich meinen Urlaub immer nur im Flachland an Nord- oder Ostsee verbracht habe. „Denk an die Blitzer, Kindchen." Kaum spricht er es aus, rast ein weißes Auto an uns vorbei und wird geblitzt.

Wie immer, wenn man für diese Sekunde geblendet wird, sehe ich auf den Tacho und atme erleichtert auf. „Wir nicht. Ich fahre weniger als erlaubt." Doch Manfred scheint es nicht zu interessieren. Sein Blick ist starr nach vorne gerichtet.

Unsicher werfe ich kurze Blicke zu ihm hinüber. „Alles gut?“ Ich drücke mit dem Ellbogen leicht gegen seinen Arm.

„Jaja. Ich bin … Es ist schön hier. Viel schöner, als ich es noch in meiner Erinnerung habe. Aber fahr langsam.“ Sein Ton wird ernster und so schnippisch, wie ich ihn gewohnt bin. Es scheint ihm also gut zu gehen.

Es dauert nicht lange, bis wir den ersten Tunnel durchfahren müssen. Dabei halte ich die Luft so lange wie möglich an. Ein seltsam befremdliches Gefühl überkommt mich. Ich frage mich, wie die Leute solche Tunnel gebaut haben und welche Schwierigkeiten sie dabei hatten. Wie oft habe ich im Radio davon gehört, dass auch brennende Fahrzeuge in solchen Tunnel stehen können. Allein der Gedanke daran, einen Unfall hier drin zu haben und eine Massenkarambolage auszulösen, bereitet mit Gänsehaut. Aus Reflex gebe ich mehr Gas. Ich atme erleichtert auf, als die Sonne mich blendet.

Weitere drei Tunnel überstehe ich und fahre dann von der Autobahn ab. Weit ist es nicht mehr und Manfred sieht immer noch still aus dem Fenster. „Manfred. Irgendwas ist doch? Rede mit mir. Erzähl mir, ob du auch hier in der Nähe mit deiner Frau warst.“

Er schüttelt den Kopf und legt sich dann zurück. „Mich strengt das ein bisschen an. Ich will einfach nur ankommen.“

„Also, ich finde, es hat sich schon gelohnt. Es ist schön hier.“ Ich hoffe, seine Stimmung aufzuheitern. Doch er ignoriert mich. Also schweige auch ich und folge der Beschilderung nach Mayenhofen. Zwei Kreisel später fahre ich am Ortsschild vorbei.

Obwohl ich weiß, dass es mich viel Kraft kosten wird, die nächsten zwei Wochen hier zu verbringen, genieße ich das Panorama.

Die vielen urigen Holzhäuser und großzügig angelegten Gärten wecken Urlaubsfeeling in mir. Ich frage mich, wie diese süßen Häuser von innen eingerichtet sind. Womöglich sind sie auch mit Holzmöbeln ausgestattet und haben weiß-rote Vorhänge und Tischdecken.

Mir fällt auf, dass sich kaum Menschen auf den Gehwegen befinden. Aber warum sollten sie sich auch hier im Dorf aufhalten, wenn um uns herum diese tollen Berge sind, die man erwandern kann?

Eine Gruppe Mountainbiker radelt hintereinander vor mir auf der Straße.

Langsam fahre ich an ihnen vorbei und kann meinen Blick immer nur kurz abwenden.

Mich interessiert sehr, welche Menschen sich diese Höhenmeter auf einem Fahrrad antun. Meine Erfahrungen mit einem Drahtesel sind im Flachland schon eher mittelmäßig.

Umso weiter ich in den Ort fahre, desto enger stehen die Häuser beieinander. Immer wieder entdecke ich beim flüchtigen Hinübergucken Holzschilder mit roten oder weißen Aufschriften: *„Ferienwohnung"* oder *„Zimmer frei"*. Dieser Ort scheint ein absoluter Touristenmagnet zu sein.

Die abzweigenden Straßen sind schmal und gehen rechts den Berg hoch. Links führen alle Wege zunächst zu kurzen Brücken, die über einen Bach führen. Zeitweise kann ich sogar das hellblaue, manchmal weiß leuchtende Wasser erkennen.

Die Hauptstraße hat einen einladend breiten Gehweg. Bäume zieren diesen und spenden den bunten Blumenbeeten Schatten. Die Vorgärten wirken alle sehr gepflegt. Die Restaurants und Hotelanlagen werden immer mehr, bis wir im Kern nur noch von Kneipen, Sport- und Souvenirgeschäften umringt sind.

Ich bin ein wenig enttäuscht, denn dies scheint ein Sportlerdorf zu sein. Ich frage mich, was die Leute außerhalb der Skisaison machen. „Da schau. Eine Seilbahn." Manfred zeigt aus seinem Fenster den Berg hinauf. Verblüfft über die Nähe der Berge halte ich rechts an.

Ich ignoriere die Partymeile, auf der wir uns befinden, und starre mit seitlich gelegtem Kopf aus der Frontscheibe. Die Berge wirken so nah, doch ich bin mir sicher, dass sie weit weg sind. Die grau-schwarzen Hügel ragen wuchtig über uns, umgeben den Ort wie ein schützender Wall. Ich sehe so viele Bäume und Grünflächen, wie ich sie nur aus dem Fernseher oder meiner Erinnerung kenne. Doch ich versuche nicht daran zu denken. Die Vergangenheit soll nicht Teil meiner Ankunft sein.

Ich bin froh, dass Manfred etwas gesagt hat, und fahre weiter. Die Hauptstraße teilt sich in eine Ypsilon-Abzweigung. Beeindruckt von dem steinernen Bogen, den wir auf der linken Strecke passieren, drossele ich das Tempo auf Schrittgeschwindigkeit. Alles sieht so freundlich einladend aus. Der Weg führt uns über eine schmale Holzbrücke, auf der ich dem Gegenverkehr die Vorfahrt nehme. Zwei Autos passen nicht nebeneinander über den Überweg.

Sofort beginnt die Steigung und gerade als ich befürchte, dass mein Twingo heiß läuft und streiken möchte, sagt das Navi, dass wir angekommen sind. Erleichtert parke ich auf einem markierten Parkplatz und schalte den Motor aus.

„Wir sind endlich da."

KAPITEL 4

„Das ist es also?“ Manfred sieht aus der Frontscheibe auf den großen Wohnkomplex.

Auch ich bin überrascht, dass das Gebäude weniger romantisch wirkt als die vielen kleinen Häuser mit ihren Holzverzierungen, die wir unterwegs gesehen haben. Insgeheim habe ich gehofft, dass wir in eins dieser urigen Behausungen ziehen würden, an denen wir vorbeigefahren sind. In so ein typisches Haus, wie man es aus Serien wie *Der Bergdoktor* zum Beispiel kennt. Ein wenig enttäuscht bin ich schon, dass dieser Ort so viel weniger *österreichisch* ist, hoffe aber, dass es vielleicht von innen so ist, wie ich es mir vorstelle. Die weiße Hausfront offenbart drei Stockwerke.

„Na dann wollen wir mal, oder?“ Ich schnalle mich ab und öffne die Tür, als mich Manfreds tiefes Seufzen zurückhält. „Was ist denn los?“

„Ich glaube, ich brauche noch einen Moment, Kindchen. Mir tun die Beine weh – vom Sitzen.“

„Ach so. Kein Problem. Ich mache dir die Tür auf und dann machst du so langsam, wie du magst. Muss ja eh erst mal Sigrid anrufen, dass wir da sind und alles reinbringen."

Auch ich habe Probleme, meine steifen Muskeln aus dem Auto zu hieven. Kaum ausgestiegen, strecke ich mich erst einmal und sehe mich um.

Auf den zweiten Blick sieht das Haus doch sehr ansprechend aus. Die Fassade wirkt frisch und die Fenster sowie die Balkone aus dunklem Holz passen zu den umliegenden Häusern. Das Gebäude steht auf einem Abhang. Ich kann mir gut vorstellen, dass es im Winter ein Spaß sein muss, hier mit dem Schlitten hinunterzusausen.

Links neben dem Mehrparteienhaus erkenne ich das Schild eines Hotels. Danach macht die Straße eine Kurve und führt zu einer weißen Kirche samt kleinem Friedhof auf einer Anhöhe. Es ist viel stiller hier, als ich es mir vorgestellt habe. Die wenigen Autos, die diese Straße entlangfahren, drosseln ihr Tempo. Keine rücksichtslosen Raser wie zu Hause. Ich habe das Gefühl, dass hier einiges besser ist. Es fühlt sich tatsächlich an wie Urlaub. Die Luft, die ich einatme, reinigt meine Lunge, zumindest fühlt es sich so an. Denn mit jedem Ausatmen, glaube ich, ein wenig Ballast zu verlieren. Ewig könnte ich hier stehen bleiben und mich umsehen, dabei habe ich noch nicht einmal direkten Blick auf einen Berg.

Erst als ich dem Haus den Rücken zudrehe, muss ich nach oben sehen. Wieder wirkt es, als könnte ich in wenigen Minuten diesen Berg erreichen.

Der leichte Wolkennebel, der sich über die Wipfel der bewaldeten Fläche zieht, scheint, es nicht eilig zu haben. Und auch ich habe das Gefühl, zu entschleunigen.

„Ist das schön, dass du endlich hier bist."

Mit einer schnellen Drehung blicke ich zum Haus. Dort steht eine Frau mit knallroten Haaren in der Tür und hat die Arme nach mir ausgestreckt. Verlegen lächle ich ihr zu. So habe ich mir Sigrid nicht vorgestellt. Ihre wallenden Locken mit der grellen Farbe stehen im Kontrast zu ihrer Kleidung.

Eine weiße Schlaghose sowie ein weißes enges T-Shirt mit weitem V-Ausschnitt umschmeicheln ihre dünne Statur. Darüber trägt sie eine offene weiße Bluse. Weiß und durchsichtig flattert diese hinter ihr her, während sie auf mich zu läuft.

Ich muss die Lider ein wenig zusammenkneifen, da die Farbwahl meinen angestrengten Augen wehtut. Zeit, mich daran zu gewöhnen, habe ich nicht. Denn sie stürmt auf mich zu und drückt mich an sich. Beinahe glaube ich, dass sie sämtliche Luft aus meinen Lungenflügeln entweichen lassen möchte. Sie duftet so stark nach Lavendel, dass mir ein wenig flau wird. „Lass dich anschauen."

Wie eine Puppe schiebt sie mich von sich und ich gehorche. Als wäre ich acht und nicht zweiunddreißig.

Ihre Art überrennt mich, sodass ich gar nicht weiß, wie ich handeln soll. „Man erkennt die Ähnlichkeit zwischen dir und deiner Tante." Ihr Lächeln verschwindet und erst in diesem Augenblick sehe ich die Tränen in ihren Augen. Ihr Kinn zuckt und sie scheint ihre Lippen fest aufeinanderzudrücken. Wahrscheinlich, um nicht zu weinen.

Ich weiß gar nicht, ob ich sie weiter ansehen soll, oder nicht. So eine Situation kenne ich sonst nicht. Normalerweise bin ich diejenige, die sich schlecht fühlt und mit aufgesetztem Lächeln abhaut, damit ja keiner mitbekommt, dass ich mich nicht gut fühle. Der Moment ist mir so unangenehm, dass ich meine Hände hinter meinem Rücken zusammenfalte. Ich sehe von ihr weg zum Auto.

Es dauert nicht lange, bis sie sich im Griff zu haben scheint. Denn sie läuft um mein Auto herum zur Beifahrertür. „Ja mei, die kleine Klapperkiste hat euch hierhergebracht?"

„Ja. Ich habe auch nicht mehr dran geglaubt, dass er die Tour schafft. Aber, wie du siehst." Ich versuche, genauso wie sie, Leichtigkeit in meine Worte zu legen, und lächle sie an. „Na, dann will ich deinen Freund mal kennenlernen." Sie öffnet die Tür und sieht herunter. „Ja, guten Tag. Wen haben wir denn da?"

Ich verstehe Manfred nicht, aber an seiner Tonlage merke ich, dass er mürrisch antwortet. Ich beiße die Zähne zusammen und hoffe, dass er nicht allzu gemein zu ihr ist.

„Hach, mein lieber Herr Gesangsverein. Auf den Mund bist du ja nicht gefallen. Ich bin die Sigrid. Jetzt schwing mal die Beine aus dem Auto."

Diesmal muss ich mir das Lachen fast verkneifen. Ihre forsche Art muss für Manfred eine ganz neue Erfahrung sein. Von der einen Sekunde auf die nächste steht Manfred neben Sigrid und sieht mich mit weit geöffneten Augen an. Die Überraschung steht ihm ins Gesicht geschrieben. Er ist genauso überrumpelt von ihrer Art wie ich.

„Na dann, laden wir doch mal eure Sachen aus und tragen sie hoch, was?“ Sigrid geht an den Kofferraum und will ihn öffnen.

Das „Stopp“ liegt mir auf der Zunge, als die Klappe quietschend nach oben geschoben wird und die ersten Sachen herausfallen. Ich kann nicht so schnell reagieren, wie ich müsste, um alle Sachen vor dem Aufprall zu retten. Doch das Wichtigste, Manfreds Kulturbeutel, in dem laut ihm weitere Medikamente verstaut sind, rette ich.

„Hui, da habt ihr aber einen ganzen Hausstand eingepackt was? Bleibt ihr etwa hier?“

Zunächst sehe ich sie nicht an und lache einfach mit, doch als ich merke, dass sie mich fragend ansieht, weiß ich nicht, was ich sagen soll. „Also, emh …“

„Na ja, warten wir es mal ab. Es wäre natürlich toll. Hach, es wäre großartig.“ Sie schnappt sich die runtergefallenen Jacken und meinen Wanderrucksack und fordert Manfred auf, mit ihr mitzukommen.

Bepackt mit den Medikamenten und meiner Kühltasche folge ich den beiden ins Gebäude. Beim Vorbeigehen zähle ich vierundzwanzig Klingeln. Überrascht, dass so viele Wohnungen in diesem Haus untergebracht sind, trotte ich die ersten Stufen des Treppenhauses nach oben.

„Also da unten ist der Keller. Im Winter kommen da die Skier und so rein. Trockner, Waschmaschine und so weiter. Und wir haben ein Schwimmbecken und eine Sauna da unten. Nach einundzwanzig Uhr darf man die aber nicht mehr benutzen.“

Ihre Stimme vernehme ich nur noch leise, da sie um eine Ecke verschwunden ist. Ich nehme Stufe für Stufe im Schneckentempo hinter Manfred und hoffe, dass wir bald angekommen sind.

Das Treppenhaus ist hell gestrichen und die Steinstufen glänzen gepflegt.

Ein leichter Chlorgeruch nach Schwimmbad und Zitrusduft liegt in der Luft und ich vermute, dass kurz zuvor alles gereinigt wurde. Es fühlt sich vertraut, sogar einladend an und ich bin mir sicher, dass ich mich hier wohler fühlen werde als in einem Hotel. Die Taschen werden von Minute zu Minute schwerer und ich atme schwer aus, als wir endlich oben angekommen sind.

Auch Manfred schnaubt und sieht die Treppe herunter. „Mensch, ich habe nicht gewusst, dass wir hier Sport machen müssen."

Sigrid lacht laut auf und zückt einen Schlüssel. Diesen steckt sie in die erste Tür auf der rechten Seite des Ganges. Vom Treppenhaus aus geht dieser nach rechts und nach links ab und ich zähle jeweils drei Türen.

„Rosis Wohnung, oder jetzt deine Wohnung, hat sie nur im Winter genutzt und im Sommer vermietet. Und da ist meine Tür." Sie zeigt hinunter zum Ende des Flures.

Die Details sind mir gleich, ich möchte nur die schweren Sachen abstellen. Endlich dreht sie den Schlüssel im Schloss, doch dann wendet sie sich uns zu. „Sagt mal, wollen wir Frauen vielleicht hier einziehen und ich überlasse dir mein Reich?"

Ich bin irritiert, dass sie uns duzt, und überfordert, so eine Entscheidung treffen zu müssen.

Oder besser, abzuwarten, wie sich Manfred entscheidet. Ich sehne mich nach einer heißen Dusche.

„Also ich, keine Ahnung. Nein. Ich will keine Umstände machen. Dachte nur, ich bin mit Franzi –"

Sigrid winkt ab. „Alles gut. Dann lassen wir es einfach, wie es ist. Ich bleibe bei mir drüben und ihr habt dann ab und zu mal Ruhe vor mir." Sie lacht so laut und kräftig, dass es mir in den Ohren klingelt.

Endlich hat sie die Tür geöffnet und ich laufe im Gänsemarsch hinter Manfred hinein. Ein weißer Teppich ist im Raum ausgelegt. Die Wände sind holzgetäfelt und hellbraun gestrichen. Vom Eingang aus sehe ich direkt auf die rotgepolsterte Eckbank, der Duft der Holzmöbel liegt in der Luft. Ich bin erfreut, dass wenigstens die Einrichtung genauso urig ist, wie ich es mir gewünscht habe.

Mit einem Blick durch den Raum sehe ich drei Durchgänge. Die Küche, direkt neben der Eckbank, ist sehr klein, noch kleiner als meine in Berlin. Rechts und links zum Fenster sind hölzerne Hochschränke und Unterbauten. Hinter den Türen befinden sich sicherlich auch ein Kühlschrank und vielleicht ein Geschirrspüler. Am liebsten hätte ich mich durch diesen Raum geschnüffelt, doch es gibt noch vieles zu entdecken.

Sigrid öffnet die Tür neben dem Durchgang in die Küche.

„Hier ist das Bad mit Dusche. Und da drüben, wenn ihr durchs Ess- und Wohnzimmer geht, kommt ihr ins Schlafzimmer."

Sigrid huscht vom Bad am Essplatz vorbei und zeigt auf die rote Eckcouch mit drei Sitzplätzen und dem Sideboard aus Holz, auf dem ein kleiner Fernseher steht, und öffnet die letzte Tür. Manfred folgt ihr und geht direkt hinein.

Auch ich bin neugierig, wie es weiter geht, denn bisher sind die Räume klein, praktisch und furchtbar gemütlich. Am liebsten würde ich mich auf das große Doppelbett schmeißen, das mit aufgebauschten Federbettdecken bestückt ist. Ich liebe solche Wolkendecken und muss mich sehr zusammenreißen, mich nicht umgehend in diese zu stürzen. Noch mehr erstaunt mich aber, was hier alles untergebracht ist. Eine weitere Couch mit zwei Sitzen, ein großer Kleiderschrank und ein weiteres Sideboard mit Fernseher. Alles farblich angepasst. Überall hängen Teller mit realitätsgetreuen Tieren und stehen Vasen in verschiedenen Größen mit Blumengestecken. Rosi scheint solche Motive sehr geliebt zu haben.

Wenn ich an sie denke, werde ich gleich wieder traurig. Noch vor wenigen Wochen wird sie hier ein und aus gegangen sein. Diese Vorstellung fühlt sich sehr befremdlich an und ich versuche, mich abzulenken.

Es gelingt mir, als ich die verblüffende Aussicht der einladenden Fensterfront bemerke. Das riesige Fenster mit Tür auf den Balkon zieht mich magisch an. Zwar sieht man zum größten Teil die anderen umliegenden Häuser, aber ich sehe so viel Natur im Hintergrund, dass ich glaube, immer hierbleiben zu können. Noch gestern lief ich durch die engen und vollen Straßen Berlins und habe mich über die Hektik aufgeregt. Erst hier, wo es so ruhig ist, habe ich das Gefühl, atmen zu können.

Ich kann nicht anders, als die Tür zu öffnen und auf den Balkon zu treten. Dort stehen schon zwei Liegestühle und ein runder Tisch bereit.

Das Geländer ist mit Holz verkleidet und ich lehne mich an beiden Seiten weit herüber, um noch mehr von dem schönen Mayenhofen zu sehen. „Das ist ja so wunderschön hier." Erst jetzt bemerke ich den Schmerz in meinen Wangen und drücke mit beiden Händen dagegen. So ein Dauerlächeln bin ich nicht gewohnt. Schmerzlich muss ich mir eingestehen, dass ich schon lange nicht mehr gelacht habe. Nachdenklich gehe ich die letzten Wochen und Monate durch und kann mich nicht an eine Situation erinnern, in der ich mich so gefühlt habe. Ich setze mich auf den freien Stuhl, der andere ist von Manfred besetzt. Sigrid steht in der Balkontür und lächelt.

„Ja. Ich verliebe mich jeden Tag neu in unseren schönen Ort. Ich bin sehr froh, dass es dir genauso geht. Das würde deine Tante so glücklich machen."

Ein Schatten legt sich über meine Stimmung. Sigrid erinnert mich an mein schlechtes Gewissen und ich schäme mich für meine gute Laune. Ich weiß nicht, was ich antworten soll, und hoffe, dass sie merkt, dass es mir unangenehm ist.

„Komm, dann lass uns den Rest hochtragen, während sich Manfred ausruht." Sigrid zwinkert mir zu und ich bin mir nicht sicher, ob sie es verstanden hat. Aber in diesem Augenblick ist es mir egal, Hauptsache ich muss nicht mehr darüber nachdenken.

Sigrid redet nicht viel auf dem ständigen Auf und Ab der Treppen. Erst als ich das Auto endgültig abschließe und wir die letzte Tasche in den vollen Wohnraum stellen, sieht sie mich an. „Also, dann haben wir das mal geschafft. Wir haben ja schon späten Nachmittag. Ich würde sagen, ihr ruht euch aus und ich lade euch dann ins Herzl ein. Sagen wir neunzehn Uhr?"

Ich weiß nicht, was das Herzl ist und wo es ist, aber ich bin dankbar dafür, dass ich nicht noch einkaufen gehen muss. „Sehr gerne. Wir machen uns für heute Abend fertig.“

Sigrid hebt die Hand zum Gruß und geht den Flur hinunter zu ihrer Tür. Es ist beruhigend zu wissen, dass sie so nah ist. Das Lachen vergeht mir, als ich die Wohnungstür schließe und vor den vielen Taschen stehe, die ausgeräumt werden wollen.

Mit einem tiefen Seufzer versuche ich, meine letzten Kräfte zusammenzukratzen, und stelle alles dorthin, wo es hinmuss. Die Akkus meiner Kühltasche haben gut durchgehalten, aber länger hätte die Fahrt nicht sein dürfen. Die Kiste Wasser schiebe ich unters Fenster, weil ich keinen anderen Platz dafür wüsste.

Nach der Küche nehme ich mir meine Kulturtasche vor und räume alles ins Bad. Während ich das mache, sehe ich sehnsuchtsvoll zur Duschkabine hinüber. Das Badezimmer wirkt, als wurde es vor Kurzem saniert. Die bodentiefe Dusche ist modern gehalten. Alle Griffe sind ohne Gebrauchsspur und der Bodenbelag sieht aus, als würde man über einen Steinweg laufen. Die walnussgroßen Steine in verschiedenen Braun- und Grautönen sind farblich mit den Fliesen abgestimmt, die bis zur Decke hoch angebracht wurden. Alles hier drin sieht sehr neu aus. Anscheinend hat Rosi kurz vor ihrem Tod das Bad neu machen lassen. Allgemein ist die ganze Wohnung mit so viel Liebe eingerichtet worden, dass ich mich sehr wohlfühle. Tante Rosi und ich haben einen sehr ähnlichen Geschmack.

Wir hätten uns wahrscheinlich sehr gut verstanden, muss ich bitterlich feststellen.

Seufzend hänge ich mein Handtuch über den Handtuchhalter des Heizkörpers, der direkt gegenüber der Dusche über die ganze Länge angebracht ist. Leider muss ich meine Wäsche noch in den Schrank räumen und vermute, dass ich auch Manfreds Sachen verstauen muss, bevor ich endlich eine wohltuende Dusche nehmen kann.

„Manfred." Seufzend laufe ich durch den Wohnbereich ins Schlafzimmer und hinaus auf den Balkon. Schnarchend liegt er da, so friedlich und entspannt. Ich verstehe nicht, wie er weiterschlafen kann, wo er doch im Auto schon einen Dauerschlaf gehalten hat. Ich drücke sanft gegen seine Schulter. „Hey, Schlafmütze. Aufstehen."

Erst zuckt er, dann öffnet er blitzschnell seine Augen, sieht sich um und schnaubt aus. „Mensch, was erschreckst du mich denn so?"

„Wollte ich gar nicht. Aber du schläfst schon wieder. Dich bekomme ich nachher nicht ins Bett, wenn du so viel pennst."

Manfred steht schwerfällig auf. „Ich bin nachts immer wach. Was denkst du denn? Ich werde hier sicherlich auch nicht gut schlafen können wie zu Hause."

Ich bin erschrocken über seine mürrische Antwort.

Natürlich bin ich seine Schwarzmalerei gewohnt, aber hier an diesem Ort, zu dieser Zeit, an der unser Urlaub anfängt, hätte ich eine andere Reaktion erwartet. Schließlich hat er nicht damit gerechnet, noch einmal hierherzukommen. Oder vielleicht liegt es an mir. Da ich das erste Mal hier bin, überkommen mich diese Glücksgefühle heftiger, als würde man Österreich schon kennen. Damit gebe ich mich zunächst zufrieden und möchte mir nichts anmerken lassen.

„Na dann kannst du die ganze Nacht Fernsehen gucken oder Karten spielen. Die packe ich gleich aus. Ich habe auch Kniffel mitgebracht."

„Kniffel? Hast du nicht vor, hier etwas zu erledigen? Solltest du dafür nicht lieber Banktermine planen und Erbschaftsverwalter kontaktieren?" Manfred sieht mich nicht an, während er aus dem Schlafzimmer herausläuft. Soll ich ihm etwas hinterherrufen? Oder wäre das verschwendete Energie? Ein bisschen fühle ich mich wie ein Engelchen, das ständig vom Teufelchen die Pfanne übergezogen bekommt. Egal wie ich es versuche, positiv auf ihn zu wirken, er schafft es immer, etwas Negatives zu finden und auch mir die Stimmung zu verhageln. Aber das will ich nicht zulassen und ignoriere weiterhin seine Art.

Deswegen öffne ich meinen Koffer und suche mir neue Wäsche heraus.

Meine Laune ist besser, bis ich im Wohnzimmer stehe und Manfred suche. Ich hoffe sehr, dass er in der Küche ist, denn ich brauche dringend diese Dusche. „Manfred?"

„Ja?" Wie befürchtet kommt seine Stimme aus dem Bad.

Ich kann nichts anderes machen, als genervt die Arme sinken zu lassen und den Kopf in den Nacken zu legen. „Wie kann es auch anders sein."

„Was ist denn, Kindchen?"

„Nichts. Na ja, ich wollte duschen."

„Das dauert hier 'ne Weile."

Ich glaube, nicht richtig gehört zu haben. „Wie bitte?"

„Ich sagte, das dauert hier. Ich halte eine Sitzung."

Fest presse ich die Lippen aufeinander und setze mich auf die Couch. Dabei merke ich, wie mir der Hintern vom vielen Sitzen wehtut. Mühsam halte ich mich wach, bis ich endlich ein bisschen Zeit für mich habe.

KAPITEL 5

Pünktlich um neunzehn Uhr steht Sigrid vor unserer Tür. Schon beim Öffnen sehe ich, dass ich in meinen Jeans, der roten Bluse und der Strickjacke total underdressed bin. Ich bin froh, dass ich mich zumindest geschminkt habe, obwohl ich leider nur einen schnellen Dutt mit meinen Haaren gezaubert habe.

Sigrid trägt diesmal ein rotes Leinenkleid bis zum Boden und einen auffälligen goldenen Gürtel um die Taille. Als Schnalle dient eine große Blüte. „Das ist Edelweiß, mein Kind."

Erschrocken sehe ich von ihrem glänzenden Accessoire hinauf in ihr Gesicht und merke, wie mir die Hitze ins Gesicht steigt. Wie peinlich, dass ich sie so angestarrt habe. Auch ohne direkt hinzusehen, erkenne ich die immense Größe der Schnalle in meinem Sichtfeld. „Ja. Die ist sehr schön." Ich räuspere mich und drehe mich zu Manfred um.

Dieser sitzt auf der Eckbank und sieht aus dem Fenster. „Was hast du denn? Wir wollen doch gehen?“

Er starrt weiter hinaus. Ich bin mir nicht sicher, ob er mich gehört hat.

„Hat er sein Hörgerät aus?“ Sigrids Gesicht ist ganz nah an meinem, sodass ich ihren Lavendelduft tief einatme.

„Ich glaube, er hat gar keins.“

„Mh, vielleicht wäre es mal nötig.“ Sigrid drängt sich an mir vorbei und geht zum Tisch. „Na. Hast du keinen Hunger?“

Ich zucke bei der Lautstärke ihrer Stimme zusammen.

Manfred hingegen dreht nur langsam sein Gesicht zu ihr herum. Unsicher, ob es ihm gut geht, komme auch ich näher. Was ist, wenn er ins Krankenhaus muss? Wenn ihn die Luftveränderung senil macht? Ich überlege fieberhaft, ob er seine Tabletten genommen hat. Womöglich ist er unterzuckert oder so etwas Ähnliches.

„Ich würde am liebsten hierbleiben. War heute ein sehr langer Tag.“

Erleichtert, dass er klar im Kopf ist, sehe ich Sigrid an, die sich auf den Stuhl neben ihn setzt. „Genau deswegen brauchen wir alle etwas Ordentliches im Magen. Ich lade euch ein. Wäre doch schade, wenn du deinen ersten Abend hier allein verbringst. Wir Hübschen brauchen doch eine männliche Begleitung.“

Ich habe das Gefühl, dass sie ihn veräppelt, aber gespannt lausche ich auf seine Reaktion.

„Na ja. Ich hab’ schon viel Hunger. Und ’ne Einladung sollte man nicht ablehnen, was?“

Mir bleibt der Mund offen stehen. Habe ich das gerade richtig gehört? Er geht freiwillig mit, einfach so.

Sofort schreibe ich auf meine imaginäre To-do-Liste, dass ich dringend Sigrid beobachten muss. Ob sie Glück hat oder tatsächlich weiß, wie man mit ihm umzugehen hat?

Ich hätte den sturen alten Mann sicher nicht aus dem Haus bekommen. Zunächst bin ich verwundert, dass wir ins Auto steigen sollen. Alles in mir sträubt sich gegen eine weitere Fahrt, doch Sigrid versichert mir, dass es besser sei, dort mit dem Auto hinzufahren. Als Beifahrerin sei Mayenhofen noch viel schöner anzusehen. Während der Schimmer des Abendblaus die Straßen und Häuser in ein wunderschönes Panorama verwandelt, empfinde ich die vielen bunten Lichter der Kneipen und Restaurants als Kontrast. Die Menschen, die in den verglasten Fronten zu sehen sind, die zusammensitzen, essen, lachen und ihren Abend genießen, wirken, als wüssten sie nicht, was hier draußen Schönes auf sie wartet.

Nachdem wir über die schmale Brücke und durch den Bogen gefahren sind, biegen wir links ab und lassen nach wenigen hundert Metern das Dorf hinter uns.

Ich hoffe sehr, dass wir nicht ewig fahren. Selbst das Anwinkeln meiner Beine tut weh. Die schmale Straße verläuft kurvig am Hang des Berges entlang, der von links über uns ragt wie ein thronender König. Auf der rechten Seite hingegen wachsen sattgrüne Wiesen, Bäume und parallel zur Straße fließt ein schmaler Bach.

Wir biegen wenige Meter nach einer langen Rechtskurve ab. Die schmale Brücke, die auch hier über den Bach führt, ist genauso schmal wie die in Mayenhofen. Womöglich ist Österreich ja ein Fan solcher Übergänge.

Nach der Brücke machen wir auf einem Parkplatz Halt und zwischen den zahlreichen Bäumen mache ich Häuser aus. Erst als wir ausgestiegen sind und einige Meter hinter uns liegen, erstrahlt das Gebäude vor uns in seiner ganzen Pracht. Die weiße Fassade mit den vielen Holzelementen sowie die strahlende Beleuchtung laden dazu ein hineinzugehen. Ich kann nicht überraschter sein, als Sigrid nicht die Holztreppe zum Haupteingang nimmt, sondern daran vorbeiläuft und wir einen hinten liegenden Aufgang nutzen. Sofort stehen wir auf der weitläufigen Terrasse. Die eckigen grauen Tische sind mit farblich abgestimmten Vasen bestückt, in denen Fliederzweige drapiert wurden. So gut wie jeder Tisch ist voll besetzt und ich bin erleichtert, dass meine Kleidung angemessen ist.

Sigrid hingegen strahlt mit ihrem Leinenkleid unter all den Menschen in Jeans und Pullis. Erst jetzt spüre ich, wie hungrig ich bin. Am liebsten würde ich mich zu den Menschen setzen, die schon bestellt haben und ihnen hier und da etwas vom Teller nehmen. Das Essen riecht fantastisch und sieht wundervoll aus, sodass sich mein Magen meldet.

Ich lege die Hand auf meinen Bauch, was Sigrid sofort auffällt. „Du hast sicherlich großen Hunger, was? Gut, dass ich reserviert habe. Heute ist es recht voll."

Wir setzen uns an einen Tisch mit Blick auf den See. Der hell beleuchtete Kiesweg führt einmal um diesen herum. In Berlin bin ich nie gerne spazieren gegangen. Die überfüllten Straßen, die Hektik und die Enge fühlen sich sehr erdrückend an. Deswegen bin ich oft hoch in den Norden gefahren, um das Weite zu suchen und frische Luft zu tanken. Doch hier kann ich es mir noch besser vorstellen abzuschalten.

Ein schöner Spaziergang nach dem Essen muss einfach drin sein.

„Grüß Gott, was hätt'ns gern?" Die Dame im Dirndl, die sich zu uns an den Tisch gestellt hat, lächelt mich freundlich an.

„Wasser. Erst einmal Wasser."

„Und zum Essen? Weißt des schon?"

Ihr Dialekt ist gewöhnungsbedürftig und ich glaube, mich verhört zu haben. Ich möchte aber nichts sagen und blättere durch die Karte. „Danach habe ich noch nicht geguckt. Aber haben Sie Suppen?"

„'n Supp'n? Kannst haben. Tomate oder Nockerl?"

Ich bin überfordert mit dieser Frage und da ich mir sicher bin, das Erste verstanden zu haben, bestelle ich diese.

Während Sigrid und Manfred ihr Essen aussuchen, finde auch ich in den übersichtlichen Karten ein Hauptgericht. Ein leckeres Kalbsgulasch.

„Na, guten Abend. Sigrid, du hast dich aber lange nicht mehr blicken lassen." Eine Frau, Ende zwanzig, kommt an unseren Tisch. Sie ist ebenfalls in ein Dirndl gekleidet. Doch im Gegensatz zu dem blauen, weit ausgeschnittenen der anderen trägt sie ein rotes mit zugeknöpfter Bluse. Sie hat keinen Notizblock dabei und strahlt sehr viel Ruhe aus.

Sigrid steht auf und umarmt die Fremde. „Na schön, dass du uns hier gefunden hast. Ich wollte dich noch anrufen und dir Bescheid sagen, dass wir heute Abend bei dir vorbeischauen. Das ist unser Besuch." Sigrid zeigt auf mich und ich unterdrücke den Reflex, „Tada" zu sagen und die Arme nach oben zu strecken. „Darf ich vorstellen? Das ist Anna. Die Besitzerin des Herzl. Also hier vom Restaurant. Und das ist Franziska. Rosis Nichte."

Anna gibt mir die Hand und sieht mich eindringlich an.

Erst als der Händedruck vorüber ist, überlege ich, ob ich besser hätte aufstehen sollen. Verunsichert bleibe ich sitzen und lasse mich weiter mustern. Ich weiß nicht genau, was ich sagen soll, und lächle Manfred an, der mit der Brille auf der Nase die Speisekarte weiter durchsieht.

„Also du bist Rosis Nichte. Da kann man sagen, was man will. Die Ähnlichkeit ist zu erkennen. Stimmts, Sigrid?"

Wieder werde ich einfach geduzt. Das bin ich nicht gewohnt und finde es sehr seltsam. Aber auch dieses Mal schweige ich. Viel schlimmer finde ich die Tatsache, dass ich einer Frau ähnlich sehe, die ich nicht wirklich kenne.

Anna nimmt sich einen Stuhl und setzt sich zwischen mich und Sigrid. Dann sieht sie hinüber zu Manfred. „Wenn habt's ihr denn da noch mit'bracht?"

Manfred sieht von seiner Karte auf und brummt.

„Das ist mein Nachbar Manfred. Er hat früher viele Jahre in den Bergen Urlaub gemacht. Und ich dachte mir, ich nehme ihn einfach mit, damit er sie mal wiedersehen kann."

Anna haut mit der flachen Hand auf den Tisch. „Richtig so. Man muss die Gelegenheiten nutzen, bevor sie verstreichen. Dann wünsche ich euch auf jeden Fall eine schöne Zeit hier.

Und Franziska", sie rückt ein Stück näher an mich heran, „wir schaffen das alle zusammen. Ich helfe dir gerne, wenn irgendwas ist. Okay?"

Bevor ich etwas sagen kann, lacht Sigrid laut auf.

„Das ist eine wundervolle Idee. Ich habe mir schon gedacht, dass du das anbieten wirst. Da hast du ja ein Händchen für, stimmts? Wie hieß dein letztes Projekt?“

Anna und Sigrid beginnen, in Erinnerungen zu schwelgen, denen ich nicht folgen kann. Ich steige aus dem Gespräch aus und sehe mir die Umgebung an. Die Dunkelheit hat sich schwer wie eine Decke auf die Berge gelegt. Der See liegt ruhig vor uns und das Einzige, was mich davon abhält, mich zu gruseln, sind die Lichter und die Geräusche um uns herum. Ich möchte nach dem Essen lieber doch keinen Spaziergang machen. Aber ich nehme mir fest vor, dass ich im Hellen diesen Weg gehen werde.

„Franziska?“

Als ich mit meiner Aufmerksamkeit wieder am Tisch bin, sehe ich, wie alle Anwesenden in meine Richtung blicken. „Entschuldigung? Ich habe gerade ein wenig geträumt. Bin sehr müde.“

Anna klopft mir freundschaftlich auf die Schulter und steht auf. „Genau das habe ich gerade zu Sigrid gesagt.

Ihr genießt heute den Abend und morgen Nachmittag schaust du mal hier vorbei und dann können wir uns zusammensetzen.

Dann schauen wir mal, wie wir dir helfen können. Schmecken lassen.“ Ohne auf eine Antwort zu warten, geht Anna und lässt uns drei allein.

Sigrid legt ihre Hand auf meine und beugt sich zu mir vor. „Das ist Anna. Ihr gehört das Restaurant und die Gästehäuser. Der See gehört auch dazu.

Auf der anderen Seite, dahinten, haben sie einen Kletterpark auf Stelzen errichtet und viele Gäste kommen nur zum Baden hierher. Ihr Vater – Gott habe ihn selig – hat das alles so geplant. Anna hat es zusammen mit ihrem Bruder umgesetzt und es läuft richtig gut. Annas Vater und Rosi waren gute Freunde und haben hier viel zusammen erlebt und durchgemacht. Sie …"

Ich kann ihr nicht mehr zuhören. Die vielen Informationen schwirren mir im Kopf umher. Der Hunger, die lange Fahrt, die Ungewissheit, ob das mit Manfred eine gute Idee war, und auch die verdrängten Gefühle zu Rosi arbeiten stark in mir. Es tut mir in dem Augenblick sehr leid, doch um Sigrid zu unterbrechen, stehe ich auf.

Sofort hält sie inne und sieht zu mir hoch. „Alles in Ordnung, Kindchen?"

„Ja. Alles bestens. Ich muss erst einmal auf Toilette." Auch wenn ich nicht muss, ist es für mich wichtig, einen Augenblick Ruhe zu haben. Die vielen Eindrücke und Emotionen, die in mir ausgelöst wurden, müssen erst einmal verarbeitet werden. Und das kann ich am besten, wenn ich Zeit für mich habe. Allgemein bin ich es nicht gewohnt, so viel unter Menschen zu sein. Mir fehlt es ein wenig, die Tür hinter mir zu schließen und durchzuatmen. Und wenn ich das schon nicht zu Hause machen kann, dann wenigstens hier auf dem stillen Örtchen.

„Dann gehst du da ins Haus, geradeaus, Treppe runter."

Ich nicke ihr schnell zu und gehe los. Im Inneren des Restaurants sitzen kaum Gäste. Wahrscheinlich haben diese keinen Platz mehr auf der Terrasse bekommen.

Die Möbel sind alle in hellem Holz gehalten und mit rotem Stoff bezogen. Herzgirlanden und Flieder zieren die tiefhängenden Leuchter über jedem Tisch. Den breiten Gang zwischen den Tischen kann ich ohne Probleme passieren, trotz eilenden Kellnerinnen und Kellnern. Am Ausschanktresen hingegen ist es voller. Dort muss ich aber rechts vorbei, um der Beschilderung zur Toilette zu folgen. Ein Mann in weißem Hemd und Jeans sitzt so ungünstig auf seinem Hocker, dass ich nicht an ihm vorbeikomme. „Entschuldigung?“

Er sieht zu mir herüber und nimmt den Zahnstocher von den Lippen, auf dem er bis eben noch gekaut hat. Der Fremde lässt sich Zeit, mich von oben bis unten zu begutachten. „Was magst’n ham? E Schnapserl?“

Ich verstehe kaum ein Wort und presse die Lippen aufeinander. „Ich möchte nur vorbei.“

Er steht auf, aber stellt sich so hin, dass ich weiterhin nicht an ihm vorbeikomme.

„Darf’s ’n Feuriger sein?“

„Lassen Sie mich bitte durch?“ Ich versuche, so ernst wie möglich zu klingen, damit er mich endlich vorbeilässt. Es ist schon einige Zeit her, dass ich mit meiner Freundin um die Häuser gezogen bin und mich solche Typen angegraben haben. Ich hatte die Hoffnung, dass es mit den Jahren vielleicht besser wird. Dass die Männerwelt vielleicht lernt, dass so etwas keiner Frau gefällt. Doch da habe ich mich wohl geirrt.

Als würde ich ihn bedrohen, hebt er die Arme hoch und macht einen Schritt zur Seite. „Koannst auf’m Rückweg gern vorbeikomme. Ich geb’ dir einen aus.“

Sein Angebot ist mir egal. Viel schlimmer finde ich, dass er mich einfach duzt. Mir fällt auf die Schnelle nichts Gutes ein, was ich hätte sagen können, und gehe weiter.

Mit einer gesunden Menge kaltem Wasser im Gesicht und einigen Minuten Stille fühle ich mich stark genug, zu den anderen zu gehen. Mir ist mittlerweile bewusst, dass es schwerer wird, als ich es mir vorgestellt habe, an diesem … Ort zu sein und mit all den Dingen von damals konfrontiert zu werden. Es ist außerdem sehr ungewohnt für mich, dauernd irgendwelche Menschen um mich herum zu haben. So viele Monate sind vergangen, seit ich von meinem Freund hintergangen wurde und ich mich von allen anderen abgekapselt habe.

Man wird nicht verletzt, wenn man sich nicht öffnet. Es strengt mich an, die ganze Zeit zu lächeln und aufmerksam zu sein. Außerdem bin ich unheimlich schlecht darin, mir Namen und Details von den Personen zu merken. Aber ich hoffe, dass mir das bald gelingt.

Auf dem Weg die Treppe hinauf bleibe ich stehen und bewundere die Bilder an den Wänden. Zum Teil zeigen sie sehr alte Fotografien von Sportlern, die den älteren Menschen oder Sportfans geläufig sein dürften. Einige der Namen kommen mir bekannt vor, andere habe ich noch nie gehört. Es wundert mich allerdings nicht, da ich wenig Sport treibe und der Wintersport noch nie interessant für mich war. Auf anderen Bildern sieht man den Aufbau dieses Restaurants. Einige davon sind schwarz-weiß. Interessiert sehe ich mir den Verlauf der Sanierungen an.

Angefangen haben sie hier mit einer kleinen Bäckerei, dann einem Mittagstisch und sich nach und nach kleine Ferienwohnungen dazu gebaut.

Während ich die letzten vier Stufen vor mir sehe, nehme ich mir vor, den heutigen Abend zu genießen und alles auf Morgen oder die nächsten Tage zu schieben. Schließlich beginnt der Urlaub erst jetzt.

So schnell, wie die Pfoten des großen Hundes auf mich zu rasen, kann ich gar nicht reagieren.

Das wuchtige grau-weiße Tier stürzt sich mit seinem ganzen Gewicht gegen mich, sodass ich das Gleichgewicht verliere und mit ihm die Treppe herunterfalle. Unsanft knalle ich dabei mit meinem Kopf an die Wand und dem Ellbogen gegen eine Stufe.

Doch nichts davon interessiert mich mehr als mein Leben. Ich versuche, so gut ich kann, das Ungetüm von mir herunter zu bekommen und bemerke erst nicht, dass die quietschenden Geräusche aus meinem Mund kommen.

Ich habe Angst. Todesangst.

Das Riesentier liegt mit seinem Gewicht auf mir und seinen heißen, stinkenden Atem spüre ich auf meiner Haut. „Nehmt ihn weg. Weg mit ihm. Er will mich beißen!" Ich schreie um mein Leben, traue mich aber nicht, von dem Hund wegzusehen.

Mit aller Kraft versuche ich, meinen Körper unter ihm zu befreien, doch mit seiner Zunge kommt er mir immer wieder näher, sodass ich mich von ihm wegdrehen muss. Seine raue Zunge leckt über meinen Hals und mein Gesicht.

„O Gott. Hilf mir doch jemand!" Mein Herz rast und ich weiß nicht, wie viele Minuten ich dort liege.

Endlich, als das schwere Gewicht von meiner Brust verschwindet, rapple ich mich auf, drücke mich gegen die Wand und wische mir den Sabber aus dem Gesicht. Nicht einen Augenblick wende ich den Blick von dem Hund ab.

Dieser wird von dem Mann am Tresen am Halsband die Treppe hinaufgezogen und weggeschickt.

„Ihr Hund hat mich angegriffen, der ist gemeingefährlich." Ich sehe ihm nach und warte darauf, dass er reagiert, als sich Anna in mein Sichtfeld schiebt.

„Ach du liebes bisschen. Hast du dir wehgetan?"

Es interessiert mich nicht, was Anna zu sagen hat. Lieber möchte ich eine Entschuldigung des Hundebesitzers. „Er geht einfach weg und lässt mich hier stehen. Wieso ist der Hund nicht angeleint?" Mein Hals schmerzt von meinem hysterischen Geschreie. Und erst jetzt nehme ich die Menschen wahr, die sich um den Treppenabsatz aufgestellt haben, um zu sehen, was passiert ist. Ich bin im Mittelpunkt und das kann ich überhaupt nicht leiden.

Peinlich berührt streiche ich über mein Haar und ziehe meine Strickjacke um meinen Körper. Dabei merke ich, dass mein Ellbogen schmerzt.

„Komm, setz dich erst mal hin. Lion ist nicht böse. Nur bei manchen Leuten ein wenig stürmisch. Du scheinst ihm zu gefallen."

Erst als wir die Treppe hinter uns lassen, wird mir bewusst, was sie mir gerade gesagt hat. „Du kennst den Hund?" Es ist mir egal, dass ich sie duze.

„Ja. Es ist meiner."

Ich sehe rot, verstehe nicht, wie sie als Restaurantbesitzerin dieses Risiko eingeht. „Du kannst doch so ein Monstrum nicht frei rumlaufen lassen. Der ist ja irre.“

„Es tut mir leid. Ich bezahle die Reinigung und das Essen geht natürlich auch auf mich. Aber glaub mir, er wollte dich nur begrüßen.“

Bisher habe ich es zugelassen, dass ich mich an ihr abstütze, da mein Bein auch schmerzt. Doch in diesem Augenblick drücke ich sie von mir weg.

Anna sieht mich an wie alle anderen Menschen, die mich in diesem Zustand je gesehen haben. Mitleidig, fragend. Als wüssten sie nicht, was sie mit mir anfangen sollen. Aber genauso fühle ich mich auch. Wieso verstehen sie nicht, was sie sich für eine Gefahr ins Haus holen?

Erst jetzt kommt auch Sigrid dazu und drückt sich zwischen den Leuten durch. „Was ist denn los?“

„Lion hat sie stürmisch begrüßt. Sie ist die Treppe hinuntergefallen.“ Anna erzählt ihre Sicht so ruhig, dass ich perplex danebenstehe und warte, ob sie noch etwas ergänzt.

„Ach du liebe Güte. Und der ist doch sonst immer so müde und desinteressiert. Na, da hast du ihm sicherlich sehr gut gefallen. Bist du verletzt? Oder reicht ein Snapsel?“

Auch hier weiß ich genau, dass ich nur auf Unverständnis stoßen werde und überlege zweimal, zu wiederholen, dass dieses Tier mich angegriffen hat. Aber mit dieser Sicht scheine ich allein zu sein.

Rechts und links haken sich meine neuen Freundinnen ein und setzen mich auf einen Barhocker.

Schneller als mir lieb ist, habe ich ein Schnapsglas in der Hand und werde von Sigrid ermutigt, es zu leeren. „Auf den Schreck hilft das. Also hopphopp, rein damit."

Seit meiner Rotweinentscheidung vor ein paar Tagen möchte ich keinen Alkohol mehr anrühren. Aber womöglich würde sich durch den kleinen Kerl mein Kreislauf normalisieren, mich ein wenig lockern. So schließe ich die Augen und zische das durchsichtige Gebräu herunter. „Na also."

Sigrid klopft mir leicht auf die Schulter. Ich muss das Brennen im Hals erst überstehen und schnappe nach Luft.

Erleichtert sehe ich, dass die meisten Gäste zurück an ihrem Platz sind, doch ihre Blicke kann ich deuten. Sie tuscheln und lästern. Ich stehe normalerweise darüber, denn in meiner Wohnung bin ich sicher vor ihnen. Hier allerdings werde ich so schnell keine Ruhe finden. Nach Hause zu fahren ist keine Option, schließlich haben wir auch alle Hunger.

Auf dem Hocker drehe ich mich einmal herum und suche den Raum nach dem Hund ab. Nur den Mann sehe ich an der Seite stehend mit einer Frau. Auch sie beide sehen in meine Richtung und scheinen zu lästern. Es ist mir egal, ich möchte mich einfach verkriechen.

„Liebes, wir lassen das Essen einpacken und fahren nach Hause. Was hältst du davon?" Sigrid lächelt mich freundlich an. Ich bin ihr sehr dankbar für diesen Vorschlag und bevor ich etwas sagen kann, kommt Anna schon mit einer Tüte voller weißer Boxen.

„Das Essen geht auf mich. Ich würde mich freuen, wenn du trotzdem weiterhin hierherkommen würdest. Ich verspreche auch, dass Lion dich in Ruhe lassen wird."

Mir tut alles weh, ich bin müde und sehr hungrig.

Dieser Schock hat mich zusätzlich so belastet, dass es lange dauert, bis mein Gehirn die Sätze gebildet hat, die ich sagen möchte. Bis dahin sitze ich schon bei Sigrid im Auto und fahre in die Wohnung. Auf meinem Schoß steht das warme Essen, dessen Duft sich im Auto verteilt und meinen Magen noch lauter knurren lässt.

KAPITEL 6

Die rote Couch im Wohnzimmer sieht nicht nur bequem aus, sie fühlt sich an wie ein richtiges Bett. Vielleicht liegt es auch daran, dass mir der Ankunftstag so unendlich schwer in den Knochen liegt, dass ich kaum nach dem Essen auf der Couch eingeschlafen bin.

An den Fenstern gibt es keine Rollläden, sodass mich die warmen Sonnenstrahlen auf meinem Gesicht geweckt haben. Erst als ich aufstehe, spüre ich die Schmerzen in meinem Körper. Der Ellbogen, das Knie und auch mein Kopf. Ich beschließe, zunächst erst einmal einen Kaffee zu kochen, außerdem nehme ich mir vor, Sigrid zu danken, dass sie mir mein Bett so kuschelig hergerichtet hat.

Ich denke gerne an das leckere Kalbsgulasch zurück. Wahrscheinlich wäre es noch viel leckerer im Restaurant gewesen.

Die Fahrt nach Hause gestaltete sich zwar kurz, dennoch ist es kein Vergleich zu einem Gericht im Restaurant.

Während der Kaffee durch die Maschine blubbert, gehe ich ins Bad und wasche mir den Schlaf aus dem Gesicht. Stimmen vor der Tür lassen mich kurz aufhorchen. Stimmt, ich bin ja gar nicht allein. Manfred und Sigrid sind ja auch noch da.

Als ich die Badtür öffne, hält mir Sigrid eine Tüte mit duftenden Brötchen entgegen. „Frühstück!“

Ihre gute Laune am Morgen ist unerträglich. Ob sie jemals schlechte Laune hat?

„Sie ist einfach reingekommen. So schnell konnte ich gar nicht an die Tür gehen zum Öffnen.“ Manfred hingegen scheint immer mürrischer zu werden und setzt sich in seinem dunkelblauen Schlafanzug an den Tisch. Anscheinend erwartet er, von uns bedient zu werden. Für heute soll es mir recht sein und ich decke den Tisch mit Tassen und Tellern.

Die belegten Brötchen schneidet Sigrid in Hälften und drapiert sie auf einem Teller, sodass wir alle zugreifen können.

„Oh. Die sehen herrlich aus.“ Mir läuft das Wasser im Mund zusammen und ich bediene mich sofort. Das Schinken-Käse-Brötchen mit Gewürzgurke und Salat lacht mich an. Auch Manfred greift zu und nimmt sich ein Brötchen mit Frischkäse und Schnittlauch.

Mit vollem Genuss beiße ich hinein und wünsche mir ein wenig Marmelade her. Mein Spleen, Geschmäcker zusammenzumischen und zu testen, habe ich schon viele Jahre. Es fing damit an, dass ich für meinen damaligen Freund Bruchschokolade mit Erdnüssen und Salzbrezeln kreierte.

Als er nicht mehr zu meinem Leben gehörte, habe ich die Salzstangen direkt in die Nusscreme getunkt. Andere Varianten, wie Wurst oder Käse mit Marmelade drauf, habe ich durchgetestet und liebe es, die vielen verschiedenen Geschmacksfacetten auszutesten. Oft werde ich von Leuten belächelt, die meine Brotdosen das erste Mal sehen. Aber irgendwann probieren sie und sind erstaunt über meine Kreationen.

Heute kann ich nur essen, was ich bekomme, zumindest bis nach meinem Einkauf. „Wie sieht die Planung heute aus?" Ich bin sehr gespannt, was Sigrid vorhat.

Diese sitzt mit einer leicht durchsichtigen grellorangefarbenen Bluse und weißem Shirt da und hebt die Hand, während sie mit vollen Backen auf ihrem Salamibrötchen herumkaut. Die Haare schwirren wie immer offen und in wilden Locken um ihren Kopf.

Die goldenen Kreolen in ihren Ohren schlenkern hin und her, während sie schnell einen großen Schluck Kaffee hinunterkippt. „Na, ich denke, dass ihr heute sicherlich mal hoch auf die Hütte wollt."

„Welche Hütte?"

„Na, die Gaststube deiner Tante."

Also doch. Es gibt sie. Bisher habe ich sie nur auf Bildern gesehen und bin davon ausgegangen, dass sie schon verkauft ist. Aber nein. „Die gibt es noch?"

„Du kennst sie?" Sigrid strahlt mich hoffnungsvoll an.

Doch leider muss ich ihr gleich alle Illusionen nehmen. „Also ich habe sie auf den Bildern gesehen, die im Päckchen lagen."

„Ach so. Jaja. Nun gut. Die Gaststube liegt oben auf unserem Hausberg. Aktuell ist sie natürlich geschlossen. Es gibt eine Lieferantenzufahrt nach oben, den die Übernachtungsgäste auch nehmen können. Aber ich empfehle die Seilbahn. Viel romantischer und eindrucksvoller." Sigrid beißt in ihr Brötchen. Diesmal so groß, dass ich glaube, sie sei fertig mit ihrer Ausführung.

Sie scheint uns nicht begleiten zu wollen, was ich seltsam finde. Ich möchte sie danach fragen, als Manfred mir zuvorkommt.

„Mich bekommt ihr in keine Seilbahn, Mädels. Nee, nee. Ich bin immer noch ganz fertig von gestern.

Ich bleib' mit meinem Rentnerhintern hier in der Wohnung." Auch er schlürft an seinem Kaffee und öffnet sein Medikamentendöschen. Wenn es die gleichen sind, die er am Vortag genommen hat, wird er gleich selig schlummern, sodass ich ihn eh nicht gebrauchen könnte.

Allein die Vorstellung, mit so einer wackeligen Gondel ohne Boden unter den Füßen den Berg hinaufgezogen zu werden, löst ein mulmiges Gefühl aus. Ich kann mich nicht daran erinnern, jemals mit so etwas gefahren zu sein und stelle es mir sehr abenteuerlich vor. Und dann auch noch mit einem schläfrigen alten Herren. Nein. Das sollte ich lieber lassen. Das will ich mir gar nicht ausmalen. „Ich denke, dass wir dann wohl eher mit dem Auto fahren."

Manfred sieht von seinen Tabletten auf. „Ich hab' gesagt, ich bleibe heute hier in der Wohnung. Lasst mich die Ruhe. Ich bin hier ganz zufrieden."

Sigrid übergeht seinen Kommentar und legt ihre Hand auf meine. „Ich würde dich ja sehr gerne begleiten, aber leider habe ich heute noch einen Termin, den ich nicht verschieben kann. Ach. Apropos Termin. Der Erbschaftsverwalter Jan wird mittags auch zur Stube hochfahren. Da könnt ihr schon mal anfangen zu reden, wie es um die Hütte steht und so."

Die Informationen zu so früher Zeit rauschen durch meinen Kopf.

Manfred will mich nicht begleiten, Sigrid kann mich nicht begleiten und ich soll allein mit einer Seilbahn oder meiner alten Autokiste einen Berg hinauffahren, auf dem ich mich nicht auskenne, und eine Gaststube besichtigen, von der ich nur von Fotos weiß, mit einem Mann, den ich nie zuvor gesehen habe. „Läuft ja großartig."

„Was meinst du?" Sigrid sieht mich fragend an.

Ich habe laut gedacht und überlege, wie ich da herauskomme. „Na ja, ich weiß nicht. Ich bin ein wenig überfordert."

Wieder legt sie ihre Hand auf meine. „Ach, da musst du dir keine Gedanken machen. Wir sind hier alle sehr hilfsbereit und nett. Wir haben Rosi geliebt und werden dir helfen, alles wiederherzurichten und zum Laufen zu bringen."

Mitten in der Bewegung verharre ich mit dem Brötchen vor dem geöffneten Mund. Habe ich das richtig gehört? Ich soll eröffnen und Gäste bewirten?

Sigrid hat ihr Brötchen verschlungen und steht auf. „So, Manfred. Jetzt kommen wir mal zu dir. Aus welchem Grund willst du dich bei so einem super Wetter hier drin verstecken?"

Manfred sieht von seinem Teller auf. Sein Blick verrät mir, dass er nicht damit gerechnet hat, angesprochen zu werden. „Bitte was?“

„Ich habe gefragt, was dich aufhält, mit Franzi zu fahren?“

„Weil ich nicht auf die Berge steige. Punkt. Ich bin zu alt dafür.“

Sigrid legt beide Hände auf den Tisch und beugt sich über den Tisch. Ihr Lavendelduft steigt mir in die Nase. „Zu alt ist man nur, wenn man es sich lange genug einredet. Ich habe oft mit Leuten zu tun, die so mürrisch sind. Die meisten haben Probleme mit den Beinen. Sie sind nicht kräftig genug, um die Berge zu schaffen. Aber das haben wir schnell geschafft, mein Lieber.“

Auch wenn ich gerade mit meinen eigenen Dingen beschäftigt bin, sehe ich interessiert zu, was Manfred macht.

„Na ja. Ich –“

„Papperlapapp. Keine Widerrede. Ich bin gelernte Physiotherapeutin. Ich bekomme dich schon hin. Pass nur auf.“

„Ich will gar nicht, dass du mich hinbekommst. Ich bin, wie ich bin und so müsst ihr mich akzeptieren. Fertig.“

„Ach was. Wir müssen das nicht akzeptieren. Das musst du schon selbst. Du redest es dir schön ein und das ist gefährlich. Glaub mir, in deinen alten Knochen ist noch viel Kraft. Ich hole da einiges raus bei dir, mein Lieber.“

Manfred sieht mich an und scheint Hilfe zu brauchen. Aber wenn sie eine Möglichkeit sieht, ihn fitter zu bekommen, ist es doch eine gute Idee.

Ich traue mich nur nicht, das laut zu sagen, sonst schlage ich mich auf ihre Seite und habe dann womöglich Schwierigkeiten mit ihm. Aber auf seine Seite kann ich mich genauso wenig stellen, also ziehe ich die Schultern nach oben.

Ich mag es gar nicht, so zwischen den Stühlen zu sitzen und irgendwelche Entscheidungen zu treffen. In der Bücherei halte ich mich meistens aus Konflikten heraus. Nicht, weil ich denke, dass meine Ansichten falsch wären. Eher, weil ich nicht genau weiß, welche ich überhaupt habe.

Oft ärgere ich mich hinterher über die getroffenen Beschlüsse, weil ich denke, dass es anders besser gelaufen wäre. Dann nehme ich mir fest vor, beim nächsten Mal rechtzeitig etwas zu sagen. Doch danach sitze ich wieder nur da und beobachte die Entscheidungsfindung anderer Leute.

In meiner langjährigen Beziehung war das ähnlich. Damals hat er auch alles geregelt und entschieden. Warum auch nicht? Er kannte mich gut und wusste, was ich mag und was nicht. Meistens sogar besser als ich selbst. Seit er nicht mehr da ist, bin ich noch ein bisschen stiller geworden und habe mich zurückgezogen.

Mein Schweigen scheint Manfred Antwort genug zu sein und er runzelt die Stirn. „Du kannst mit dem Scheiß aufhören, Sigrid. Gib dir keine Mühe. Ich bin mit hierhergefahren und mehr könnt ihr auch nicht von mir verlangen."

„Na, du wirst deine Meinung noch ändern, mein Lieber. Ich wünsche euch einen schönen Tag. Melde mich nachher bei euch." Mit diesen Worten verlässt sie die Wohnung und lässt uns in der stillen Zweisamkeit allein.

„Findest du nicht auch, dass diese Frau anstrengend ist?“

„Irgendwie schon. Aber irgendwie ist sie auch sehr nett. Und womöglich kann sie dir doch helfen. Dann kannst du mal mit auf den Berg gehen.“ Ich halte die Luft an und warte auf seine Reaktion.

Doch wider Erwarten sagt er nichts. Er sieht weiterhin zu der Wohnungstür, durch die Sigrid so schnell verschwunden ist, und schlürft seinen Kaffee.

Es soll mir recht sein, so kann ich in Ruhe fertig frühstücken und eine Einkaufsliste schreiben, was wir für die nächsten Tage brauchen. Ich verdränge den Gedanken daran, den Erbschaftsverwalter nachher zu treffen und irgendwelche Entscheidungen zu treffen. Aber ich bin gespannt auf die Hütte und sehr dankbar dafür, dass ich die Möglichkeit habe, mit dem Auto zu fahren.

Nach dem Frühstück hat sich Manfred mit einem Rätselheft und einer Kanne Tee auf den Balkon gesetzt. Beides hat er nicht angerührt.

Er liegt, wie zu erwarten, mit dem Kopf nach hinten überstreckt auf dem Stuhl und schnarcht.

Eigentlich möchte ich ihn nicht wecken, doch es bleibt mir nichts anderes übrig. Schließlich weiß ich noch nicht, was ich ihm mitbringen soll.

Als ich über seine Schulter streife, sehe ich einen Zettel auf dem kleinen Tisch. Fein säuberlich hat er einige Lebensmittel notiert.

„Na, wer sagt’s denn.“ Ich stecke seinen Zettel ein und mache mich auf den Weg.

KAPITEL 7

Ich bereue es, mit meinem Auto den Weg auf mich genommen zu haben. Der Twingo jault laut bei jeder Steigung und ich weiß genau, dass noch andere, weit steilere Stellen auf mich zukommen, so wie sich der Berg vor mir auftut.

Der schmale Kiesweg hinterlässt einen weißen Nebel in der Luft hinter mir und mein Navi lotst mich über die saftigen Felder, zwischen kleinen Waldpfaden entlang. Ständig muss ich für Biker und Wanderer anhalten. Sogar ein paar Autos kommen mir entgegen, bei denen ich Blut und Wasser schwitze. An manchen Stellen der Strecke geht es auf der einen Seite steil nach unten und ich muss mich beherrschen, nicht hinunterzusehen. Der Motor meines Autos ist so laut, dass die Bewohner in Mayenhofen sicher wissen, wo ich mich befinde. Zwei Gaststuben und eine geschlossene Seilbahnstation lasse ich hinter mir und fahre einen Hügel hinauf.

Weit und breit entdecke ich nichts anderes als Wiese. Mit dem Panorama der Berge im Hintergrund fühle ich mich hier oben einsam und ich weiß nicht, wo ich hinmuss. Mein Navi hat keine Verbindung mehr.

Ein anderer Weg ist nicht in Sicht und ich hoffe darauf, dass der ein oder andere Wanderer noch mal meinen Weg kreuzen wird, den ich fragen kann.

Als ich endlich die höchste Stelle des Hügels erreicht habe, erkenne ich einen Holzzaun, der rechts und links von meinem Weg entlang verläuft. Warum stellt man einen Zaun auf, lässt aber den Weg offen? Beim Näherkommen erkenne ich ein Straßenschild. Ein Dreieck mit einer Kuh drin.

Um Himmels willen. Soll das ein Scherz sein? Achtung vor der Kuh oder haben Kühe Vorfahrt? Unsicher sehe ich mich um. Kühe sind die letzten Tiere, die ich nach dem Start hier noch gebrauchen kann. Mit einem mulmigen Gefühl fahre ich weiter und halte kurz vor dem Zaun an. Auf dem Boden sind silberne Stangen eingelassen. Ein Gitter, über das ich womöglich drüberfahren kann. Aber darf ich das auch? Was passiert, wenn es mein Auto nicht hält und einbricht? Wer sollte mir hier oben zu Hilfe kommen? „Na toll", sage ich schnaubend und steige aus.

Ich stelle mich nah an den Zaun, um in die Grube unter dem Gitter zu sehen. Ein circa ein Meter tiefes betoniertes Loch. Wofür soll das gut sein?

Erst jetzt nehme ich das Bimmeln wahr, das immer näher kommt. Ich schrecke hoch, als ich ein lautes *Muh* hinter mir höre.

Mein Körper versteift sich und ich drehe mich langsam zu meinem Auto. Ich bete, dass ich mich täusche, dass ich mir nur einbilde, Kühe zu hören und ich einfach in mein Auto steigen kann.

Doch leider ist heute niemand auf meiner Seite. Auf dem Weg den Hügel hinauf habe ich nicht bemerkt, dass ich mich schon längst auf einer Kuhweide befinde. Überall um mich herum weiden weiß-beige und braune Kühe. Und eine hellbraune Kuh steht neben meiner geöffneten Autotür und sieht hinein.

Ich stecke in der Falle. Ich kann nicht in mein Auto flüchten, um wegzufahren. Der Zaun, an den ich mich mit dem Rücken drücke, wird diese Bestien nicht aufhalten, sich auf mich zu stürzen und mich zu zertrampeln.

Die Tür zu meiner Erinnerung wird geöffnet. Ich sehe die Weide auf dem Hof, ich sehe die Kühe, den bellenden Hund. Ich kämpfe mich hinaus aus den schmerzhaften Gedanken und sehe zu der Kuh, die in meine Richtung starrt.

Sie scheint eine besondere zu sein, denn eine giftgrüne Glocke ziert ihren Hals. Die anderen tragen silberne und goldene.

Ich hoffe so sehr, dass sie das Interesse verliert, wenn ich mich nicht bewege. Am besten wäre es, wenn sie sich umdreht und von meinem Auto Abstand nimmt. Doch leider wird auch dieser Wunsch nicht erfüllt.

Die Chef-Kuh nutzt die Chance, sieht sich mein Auto von innen an. Mit ihrem großen Kopf steckt sie im Gefährt. Die Scheiben beschlagen durch ihren Atem und sie muht einmal kräftig.

„Oh, das darf doch nicht wahr sein. Verschwinde da, du blöde Kuh." Ich fuchtle mutig mit den Händen hin und her, bis mir einfällt, dass das vielleicht nicht die beste Idee ist. Schließlich mache ich sie so auf mich aufmerksam. Warum muss so ein Quatsch immer mir passieren?

Mit den Armen in die Seite gestemmt sehe ich mich um. Kein einziger Mensch ist unterwegs. Das ist doch typisch. Noch vor weniger als zwanzig Minuten habe ich den Leuten ausweichen müssen. Vielleicht liegt es daran, dass ich gar nicht mehr auf der Hauptstraße bin. Womöglich bin ich falsch abgebogen.

Angestrengt denke ich über die letzten Meter nach, die ich gefahren bin, und kann mich nicht daran erinnern, irgendwo eine Abzweigung gesehen zu haben.

Verzweifelt schlage ich die Hände über dem Kopf zusammen und schnaufe laut aus. Dabei ziehe ich die Aufmerksamkeit von ein paar weiteren Kühen auf mich und stolpere über das Gitter zu meinen Füßen. Mit einem Schuh bleibe ich im Schlitz stecken und überdehne den Knöchel. Der Schmerz zieht hoch in den Rücken und ich kralle mich am Holzzaun fest.

Hätte ich einen Wunsch frei, würde ich mich zurück in mein Bett wünschen. Dann würde ich liegen bleiben und nicht alleine hier hochfahren. In diesem Augenblick scheint mir die Wahl der Seilbahn ein Stück weit interessant.

Während ich darüber nachdenke, was ich machen soll, sehe ich meine Rettung. Ein blauer Jeep wackelt über die unebene Straße. Ich bete, dass er nicht doch noch irgendwo abbiegt. Aus Angst mache ich ein, zwei Schritte in seine Richtung und winke. Ich traue mich nicht, zu rufen und falte die Hände vor dem Mund. Endlich ist er so nah, dass ich sicher sagen kann, dass er keinen anderen Weg nehmen wird.

Die Kuh steckt immer noch mit ihrem Kopf in meinem Auto und ich überlege, ob meine Tasche auf dem Beifahrersitz geöffnet ist. Nicht dass sie anfängt, auf meinen Sachen herumzukauen.

Noch nicht mal mein Handy habe ich eingesteckt. Alles liegt im Auto.

Meine Rettung stellt sich hinter mein Gefährt und kurbelt das Fenster runter.

Ein Mann beugt sich weit aus dem Jeep und schiebt seine Sonnenbrille hoch. „Grüß Gott, hoast'n Platt'n?

Ich verstehe kein Wort und zeige auf mein Auto. „Ich kann nicht weiterfahren. Ich habe mich verfahren, glaube ich. Ich könnte Hilfe gebrauchen, ich –"

„Wo soll's hingeh'n?"

Überrascht, dass er mich unterbricht, sortiere ich meine Worte neu. „Ich muss hoch zum Wichtelhäusl."

„Joar, da bist' scho' richtig. Sag deiner Fahrerkuh, dass sie den Weg weiterfahren muss."

Ich glaube zunächst nicht, was ich da gehört habe, und sehe ihn erwartungsvoll an. Es beruhigt mich ein wenig, dass er so entspannt ist. Allerdings ärgert es mich sehr, dass er in seinem Auto verschwindet und die Scheibe hoch macht. Ist das sein Ernst? Er macht keine Anstalten, aus dem Auto zu steigen und mir zu helfen?

Ich bin sauer und fühle mich noch hilfloser als zuvor. Ob alle Menschen in Österreich so drauf sind? Ist das ihre Mentalität? Das kann ich nicht glauben und rufe laut: „Hey."

Die Autotür geht auf und er steigt aus. Erst als er die Sonnenbrille abnimmt, erkenne ich ihn.

Der Mann aus dem Herzl, der mich nicht durchlassen wollte und mir dann mit dem Hund geholfen hat. „Irgendeiner da oben hasst mich doch." Mehr kann ich in diesem Augenblick weder sagen noch denken.

„Ich bin der Jan. Jan Eggendorf." Er bleibt an meiner Beifahrertür stehen und lehnt sich an.

„Löwen."

Erschrocken dreht er sich um. „Wo?"

Der Witz ist lahm. Schon tausendmal gehört und er wird bei diesem nervigen Typ auch nicht besser. Er lacht herzhaft über seinen Witz, während ich weiter die Kuh beobachte, die immer noch ihren Kopf in meinem Auto hat.

„Ich kenn' di doch. Warst di mit Lion gestern. Bist di Trepp'n runterg'foalln."

Natürlich kann er sich noch genau daran erinnern, genau wie ich. Ich spüre, wie mir die Wärme in die Wangen steigt. Wenn ich mich auf dieser Wiese nur irgendwo verkriechen könnte. Aber nein, das Auto, die Kuh und der seltsame Mann stehen mir im Weg. „Ja, die bin ich. Und jetzt könnten Sie mir bitte helfen?"

Und wie erhofft, grinst er mich nicht mehr an, sondern klopft aufs Dach meines Autos. „Raus da. Die Dame will weiter foarn." Die Antwort der Kuh ist ein lautes Muhen, das durch mein Auto abgedämpft wird. Es hört sich an wie ein *„Und wenn nicht?"*

„Warum stehst' eigentlich bei der Viehsperre? Wollt'ste laufen?"

Ich sehe mich um und verstehe nicht, was er meint.

„Na die Viehsperre. Du stehst drauf."

Unter meinen Füßen sehe ich nur das Gitter. Es sieht nicht aus wie eine Sperre. Habe ich Glück, dass keine Falle zugeschnappt hat?

Langsam bewege ich mich von ihr herunter, ohne den Knöchel zu belasten, und hoffe, dass ich damit nichts auslöse.

„Was moachst'en da?"

„Na ich habe Angst, dass die Falle zuschnappt?"

„Was'n für 'ne Falle?" Er schlägt aufs Autodach. Die Kuh zuckt kurz zusammen und schnaubt gegen die Scheibe, sodass sie beschlägt.

„Na, wie sonst hält man die Kühe hier drin?"

Jan sieht mich mit einem Blick an, den ich sehr unangenehm finde. Etwas Verzweiflung liegt darin. „Die Viehsperre ist kei' Fall'n. Die Damen hier kennen das. Die bleiben in ihrem Revier. Die Sperr'n sind da, damit die Woagen und die Liad auf dem Weg bleiben und die Küha net gemischt wer'n von de' Besitzer."

Die Hälfte seiner Erklärung verstehe ich nicht, frage aber lieber nicht nach.

Er denkt eh schon schlimm genug von mir. Für saudumm muss er mich nicht auch noch halten.

Als mein Blick auf die Kuh mit der grünen Glocke fällt, sehe ich den erhobenen Schwanz. Bevor ich brüllen kann, dass sie das sein lassen soll, lässt sie einen riesigen Fladen fallen und bespritzt damit die Seite meines Autos. Angewidert schließe ich die Augen.

„Ja, nu. Jetzt weißt's, was die Kuh von dir hält. Geh jetzt ab." Jan hat die Beifahrertür geöffnet und wedelt mit den Händen vor der Kuh herum. Endlich bewegt sie sich rückwärts und ich warte nur auf den Moment, bis sie einen Schritt in ihren Haufen macht. Aber nein. Sie steuert geschickt drumherum und läuft in meine Richtung.

Als ich das realisiere, quietsche ich laut und klettere auf den Zaun direkt an der Sperre. Wenn die Tiere darüber nicht gehen, bin ich auf der anderen Seite in Sicherheit. Damit ich nicht mit dem Fuß im Gitter hängen bleibe, bleibe ich auf dem Zaun und taste mich Schritt für Schritt nach vorne.

„Was moachst'n da?"

Ich bin sauer, dass er lässig neben meinem Auto steht und nicht merkt, dass diese Horror-Kuh auf mich zuläuft. Oder er sieht es, aber es ist ihm egal, was noch viel schlimmer ist. „Ich rette mich vor diesem Mistvieh. Das sieht man doch."

Genervt steige ich auf der anderen Seite herunter und bin froh, dass die Kuh mit der grünen Glocke das Interesse an mir verloren hat.

„Das ist 'ne Kuh. Und sie tut nichts. Sie ist neugierig."

Es irritiert mich, dass Jan fast ohne Dialekt spricht. Aber ich kann mich nicht darauf konzentrieren, ob er mir den Österreicher nur vorgegaukelt hat oder aus welchem Grund er nun so spricht.

Viel wichtiger ist es, dass diese verdammte Kuh endlich verschwindet und ich in mein Auto komme.

„Komm rüber und steig einfach ein. Die hat mehr Angst vor dir als du vor ihr."

„Das glaube ich nicht."

„Ja. Jetzt wo ich es laut sage, glaube ich es auch nicht. Aber du kannst nicht ewig da stehen bleiben."

Ich bin so sauer auf ihn, doch ich schaffe es nicht, meine Wut in Worte zu fassen. Natürlich hat er recht. Irgendwann muss ich auf seine Seite kommen. Aber erst, wenn die Kühe weg sind.

Ich beobachte die wiederkäuenden Monster, wie sie Gras rupfen und dieses dann entspannt in ihren Mäulern zermahlen. Können sie das nicht woanders machen? Muss es gerade hier sein?

„Na komm schon. Ich habe nicht ewig Zeit. Schau doch, sie ist schon weit weg."

Jan setzt mich unter Druck und ich mag es gar nicht, wenn mich jemand zu etwas zwingen möchte.

Klar sehe ich, dass die Chef-Kuh desinteressiert in eine andere Richtung starrt.

Ein bisschen blöd komme ich mir schon vor. So ruhig wie er bleibt. Aber ich kenne das von anderen Menschen, die meine Angst nicht verstehen. Sie alle sehen mich an, als wäre ich aus einer Psychiatrie geflohen.

Aber ich fühle nun einmal, wie ich fühle und es geht niemanden etwas an, warum es so ist. Ich selbst möchte nicht mal daran denken, wieso ich mich so verhalte.

„Komm schon, Schätzchen. Ich will weiter."

Ich muss mir eingestehen, dass der Druck, den er macht, tatsächlich ein wenig hilft. Ich gebe mir einen Ruck und klettere zurück. Schöner wäre es, wenn die Viecher alle eingepfercht wären und sie sich nicht jederzeit auf mich stürzen könnten.

Stürzen.

Ein Bild taucht vor meinem inneren Auge auf. Ich will es wegwischen. So eine Erinnerung brauche ich nicht, vor allem nicht, wenn die Kühe noch so nah sind.

Als würde mich die Ecke des Holzzauns vor dem Ertrinken retten, lasse ich ihn erst los, als ich schon auf dem Weg zum Auto bin. Der Fladen vor meinem Auto riecht bestialisch und ich drücke meine Nasenflügel zu.

Obwohl ich dem Ziel so nah bin, kann ich mich nicht in mein Auto setzen. Alles ist voller Gras und Spucke. Angewidert zücke ich meinen Ärmel und schiebe den Dreck aus meinem Wagen. Jan steht immer noch auf der anderen Seite und sieht mir zu.

Ich fühle mich beobachtet und gezwungen, etwas zu sagen oder zu machen. Es ist mir sehr unangenehm, weswegen ich versuche, ihn zu ignorieren.

„So. Könne' mehr dann?" Er schlägt die Beifahrertür zu, ohne eine Antwort abzuwarten. Das ist gut, so kann ich weiter so tun, als wäre er gar nicht da. Als wäre nie etwas passiert.

Ich starte den Motor, schnalle mich an und fahre langsam über das Gitter. Immer noch kann ich nicht glauben, dass man solche Bauten mitten auf die Berge setzt, aber ich vertraue einfach mal Jans Worten. Auch wenn ich das Gefühl habe, dass kaum eines nett gemeint ist.

Während ich dem Weg folge, entspanne ich mich nur langsam. Der schmerzende Knöchel erinnert mich immer wieder an diese blöde Situation, an die ich nicht mehr denken möchte. Immer wieder jault der Motor, mein Twingo wird langsamer und ich bete, dass sie mich nicht nur hochbringt, sondern auch herunter. Davor graut es mir schon sehr. Im Rückspiegel sehe ich ständig den Jeep.

Und ich frage mich, wann eine Abzweigung kommt und er nicht mehr hinter mir herfahren muss. Ich habe keine Lust darauf, dass er mich bei meinem nächsten Fettnäpfchen sieht. Zweimal in so kurzer Zeit reicht.

KAPITEL 8

Weder auf der Autobahn noch in Mayenhofen selbst habe ich an der wunderschönen Natur gezweifelt. Doch hier oben ist es tausendmal schöner. Viel greifbarer. In der Ferne sehe ich weitere Bergspitzen. Das Panorama ist einzigartig und ich drossle die Geschwindigkeit. Die wenigen Male, die ich unter dem Verlauf der Seilbahn durchfahre, sind spannend. Ich versuche, die Station zu erkennen. Denn dort oben muss auch mein Ziel sein.

Endlich bin ich angekommen und steuere den kleinen Parkplatz an. Die Hütte sieht nicht aus wie die auf den Bildern. Vielleicht ist die Aufnahme schon eine Weile her oder sie haben umgebaut. Das zweistöckige Hauptgebäude ragt wie ein Hochhaus in der friedlichen Landschaft auf. Irritiert bin ich von dem einstöckigen Anbau, an dessen Holzdach eine lange Plane mit bunter Schrift aufgezogen wurde. *„Partyalarm!“* steht darauf in Neonbuchstaben.

Ich kann mir nicht vorstellen, dass meine Tante eine Location für Hüttengaudis angeboten hat. So hat sich nichts von den Erzählungen über sie angehört.

Ich steige aus und blicke mich um. Die Seilbahnstation liegt noch einen weiteren Hügel weiter oben.

Sehen kann ich nur das graue Gebäude und die Anlage, in der die Gondeln hängen und wieder nach unten geführt werden.

Ein schmaler Weg führt dort den Hügel hinunter und zweigt an einer niedrigen Steinmauer ab. Auf diesem Gelände steht eine Gaststube. Die Fensterläden sind geschlossen, die Schirme eingeklappt, alle Stühle an die Tische gelehnt. Ich sehe zur Seite, vergleiche das trostlose Gebäude und – im direkten Vergleich dazu – den Palast neben mir.

Ich ahne es und denke an das Foto aus dem Gästebuch. Sicher bin ich mir nicht, aber es würde eher dafürsprechen, dass das kleine Häuschen da oben mein Erbe ist.

Ein Motoraufheulen lässt mich zur Seite springen. Der blaue Jeep parkt neben mir und Jan steigt grinsend aus. „Dein Parkplatz ist da oben. Hier bist du falsch."

Er bestätigt meine Befürchtung und ich weiß nicht genau, ob ich mich darüber freuen soll. Das einladende Gebäude hier unten sieht nach Leben aus und nicht so tot wie die Hütte dort oben.

Natürlich ist mir klar, dass meine Tante in ihren letzten Wochen nichts mehr hier oben machen konnte. Diese Gewissheit stimmt mich sehr traurig. Ich frage mich, wie ihre letzten Monate hier oben waren. Wie war ihr allerletzter Aufenthalt in der Hütte?

Wusste sie da bereits, dass sie nicht noch ein weiteres Mal hier heraufkommen würde? Der Gedanke daran sticht in meiner Brust.

Durch den direkten Vergleich der beiden Gasthäuser sehe ich mein trauriges Erbe kalt und realistisch vor mir liegen. Dort steckt sehr viel Arbeit drin. Ich erinnere mich zurück an das Bild meiner Tante und ihrer Köchin, das ich noch vor wenigen Tagen in meinen Händen hielt. Die frischen bunten Blumen, die geöffneten Läden, alles strahlte so sehr nach Idylle. Der Kloß im Hals ist groß, als mir klar wird, dass ich keine Ahnung habe, wie sehr sie diesen Ort geliebt haben musste, um ihn so lebendig wirken zu lassen.

„Warum ignorierst du mich?"

Vor lauter Schock habe ich Jan total vergessen. „Das mache ich nicht. Ich habe mich hier nur vertan. Bin weg." Sofort steige ich ein und will losfahren.

„Ach was. Bleib ruhig hier stehen. Der Schwertleitner wird schon nichts sagen. Und wenn, dann kannst ihm ausrichten, dass es meine Anweisung ist."

Eigentlich möchte ich sein Angebot nicht annehmen, aber mein Auto einen weiteren Hügel hoch zu quälen, möchte ich vermeiden. Zumindest für dieses Mal. Also steige ich aus, schnappe mir meine Tasche vom Beifahrersitz und mache mich auf den Weg nach oben.

Ich merke schon nach wenigen Metern, wie untrainiert ich bin. Vielleicht hätte ich doch mal einen Sportkurs besuchen sollen, anstatt immer nur zu Hause zu sitzen. Das Schnaufen ist kaum zu überhören, deswegen drehe ich mich um. Ich will mich vergewissern, dass Jan außer Schnaufhörweite ist.

Als ich ihn direkt hinter mir sehe, stolpere ich vor Schreck. Wenn er mich in diesem Augenblick nicht am Arm gepackt hätte, wäre ich gefallen.

„Na hoppla. So stürmisch?"

Ich versuche, mich zu befreien. „Ja, ne. Erschreckt haben Sie mich."

„Was? Ich doch nicht. Wir haben uns doch die ganze Zeit schon gesehen."

„Na und warum folgen Sie mir dann hier hoch?"

„Ist das nicht klar?"

Langsam macht er mir Angst. Ist er ein verrückter Stalker, der es auf mich abgesehen hat? Sollte ich deswegen mein Auto unten stehen lassen, damit keiner weiß, wo ich bin?

Ich sehe mich um und entdecke wenige Wanderer und ein paar Besucher, die im Außenbereich der großen Gaststube sitzen.

Würden diese Leute meine Schreie hören? „Für mich ist nichts klar. Ich kenne Sie nicht."

„Ach." Seine Stimme klingt enttäuscht. Erst jetzt nehme ich die schwarze Ledertasche wahr, die er unter den Arm geklemmt hat.

„Ich dachte, meine Schwester hätte mich schon vorgestellt."

Seine Schwester. Stimmt. Ich glaube, Sigrid oder Anna haben von einem Bruder erzählt. Der gestrige Abend liegt mir schwer im Magen und ich bin mir nicht sicher, ob ich alles richtig in Erinnerung habe.

„Jan Eggendorf. Schwester von Anna Eggendorf, Mitbesitzer des Herzl und Erbschaftsverwalter."

Ich kann nicht anders, als mit offenem Mund dazustehen und zu überlegen, was ich sagen soll. Erleichtert bin ich natürlich sehr.

Kein verrückter Stalker, der mich umbringen möchte. Aber ein nerviger Mann, mit dem ich die nächste Zeit zusammenarbeiten muss. Ob ich will, oder nicht.

„An deinem Blick erkenne ich, dass du keine Ahnung hast. Na, so was. Auch nicht schlimm.

Sigrid hat mir gesagt, dass du heute Morgen hier hochfahren willst, und ich dachte mir, dass ich dir dann schon mal alles zeigen kann."

Es ist mir unangenehm, wie ich mich ihm gegenüber verhalten habe. Allerdings ärgere ich mich darüber, dass er mir jetzt erst sagt, wer er ist.

Ich glaube, dass er sich einen Spaß daraus gemacht hat, mich so ahnungslos vor sich her zu scheuchen. „Na gut. Wäre schön, wenn man mir das früher gesagt hätte." Ich drehe mich zum Hügel und setze meinen Weg fort. Durch die kleine Pause bekomme ich besser Luft. Zumindest für die nächsten Meter. Meine Verschnaufpause nutze ich, um mich zu Jan zu drehen.

„Ich habe mich gar nicht auf einen Termin mit Ihnen vorbereitet."

„Na, das ist doch nicht schlimm. Das bekommen wir schon hin."

Ich kann ihm nicht mehr antworten, da er an mir vorbeiläuft und den Berg ohne Mühe hinter sich lässt. Das letzte Stück muss ich mich sehr zusammenreißen und setze mich direkt auf die graue Mauer am Durchgang zum Gebäude. Der Ausblick ist atemberaubend. Man kann bis hinunter ins Tal sehen. Ich glaube sogar, das Haus zu erspähen, in dem Manfred und Sigrid nichts ahnend sitzen. Von hier oben sieht alles so winzig und unbedeutend aus. Ich bilde mir sogar ein, dass die Luft sogar besser ist.

Nicht nur besser als in Berlin, sondern auch in Mayenhofen. Die Sonne steht über uns und ich kann das Vitamin D förmlich schmecken. Es fühlt sich an wie ein großes Stück Freiheit, hier zu sitzen und in die Ferne zu blicken.

Ich warte nur darauf, dass Jan einen blöden Spruch bringt, und schließe die Augen. Eine unerträgliche Zeit verstreicht. Vielleicht sind es nur Sekunden gewesen, doch es kommt mir vor wie zwanzig Minuten, als ich die Augen öffne und Jan nicht mehr neben mir steht.

Meine Beine fühlen sich an wie Wackelpudding, als ich aufstehe und nach ihm Ausschau halte. Er steht an der hellbraunen Eingangstür und lächelt. Als er sieht, dass ich auf ihn zulaufe, verschwindet das Lächeln abrupt. Liegt es an mir? Nerve ich ihn etwa so sehr? Er ist doch derjenige, der so anstrengend ist.

Diesmal möchte ich mir nichts anmerken lassen und stelle mich neben ihn. Die Tür ist noch in einem sehr guten Zustand. Zumindest sagt mir das mein Laien-Wissen.

„Na, wollen wir nicht reingehen?“ Jan zeigt auf die Tür.

„Soll ich sie Ihnen aufhalten, oder wie?“ Ich ziehe und drücke im Wechsel an dem holzverzierten Balken, doch es tut sich nichts. „Aufschließen wäre der erste Schritt.“ Sein abwertender Ton nervt mich.

„Dann machen Sie das doch?“

„Wieso ich? Den Schlüssel hast du.“

Sofort denke ich an die letzten Stunden, ob mir irgendwann jemand einen Schlüssel gegeben hat. „Ich habe keinen Schlüssel bekommen. Wo soll ich den herhaben?“

Jan seufzt tief und setzt sich links neben den Eingang auf die Bank. „Wie kann es auch anders sein. Hier stimmt jede Kommunikation.“

Diesmal fühle ich mich nicht schlecht, denn diesmal habe ich nichts gewusst.

„Sag mal, wie kannst du denn hier hochfahren und in die Hütte wollen, ohne Schlüssel? Denkst du, wir hier oben sind so mittelalterlich, dass wir alle Türen offen stehen lassen, oder was?“

Wie schafft er es, dass ich mich so klein fühle und mich am liebsten entschuldigen möchte? „Ihr Ton gefällt mir nicht. Ich kann nichts dafür, wenn Sie einfach einen Überraschungsangriff planen.“

„Na und trotzdem braucht man doch einen Schlüssel.“

Zugegeben, daran habe ich wirklich nicht gedacht. Aber ich bin zu stolz, um ihm das zu sagen. „Vielleicht wollte ich mich hier oben nur umsehen. Schon mal daran gedacht?“ Ich verschränke beleidigt die Arme vor der Brust. Wie ein kleines Kind. Es fehlen nur noch die Tränen, die ich aber zurückhalten kann.

„Ja natürlich. Wenn das so ist.“ Jan schüttelt den Kopf.

Er glaubt mir nicht, was mich noch wütender macht. Ich lasse ihn einfach sitzen. Mit geballten Fäusten gehe ich rechts am Gebäude entlang und verschwinde um die Ecke. So kann er nicht sehen, wie ich aufstampfe. Als ich meine Wut soweit in den Griff bekommen habe, sehe ich mich um. Im Schatten ist es etwas kühl, sodass ich meine Strickjacke feste um meinen Körper wickle. Dabei gehe ich auf die schmale Eingangstür zu, die ich dort entdecke. Zwei Briefkästen und Klingeln erkenne ich an der Hauswand. Die Namen sind verblichen.

Die dunkle Holztür hat eingeschnitzte Verzierungen, über die ich mit meinem Finger streiche.

Obwohl ich mir sicher bin, dass abgeschlossen ist, drücke ich zunächst die Klinke herunter und versuche, sie zu öffnen. Dann gehe ich weiter. Die nächste Ecke lockt mich. Wer weiß, ob ich dort ein Fenster finde, um einmal hinein zu linsen. Die Läden vor den Scheiben sind verschlossen, somit wird mir der Blick hinein verwehrt.

Aber das Haus ist in diesem Augenblick egal. Auf dem ummauerten Gelände befindet sich ein roter Schuppen auf Rädern, der aussieht wie ein Schäferwagen. Die Leiter vor dem Eingang ist zu einer Rampe umgebaut. Neugierig gehe ich hinüber. Vielleicht kann ich hier einen Blick hineinwerfen.

Mit jedem Schritt, den ich näher komme, wird das seltsame Geräusch lauter, das aus dem Inneren dringt. Diesmal habe ich keine Angst, dass mich irgendwelche Tiere umrennen werden, wenn ich die Tür öffne. Niemand würde über Wochen dort Tiere einsperren. An etwas erinnert mich das süße Gebäude und ich lasse meine Kindheitserinnerungen ein Stück weit zu. Ich schließe die Augen. Woran erinnern mich diese seltsamen Geräusche bloß? Dann wird es mir klar.

„Hühner!“

Die einzigen Tiere, vor denen ich keine Angst habe. Noch nie habe ich gehört, dass ein Huhn einen Menschen angegriffen hat. Niemals haben sie mich verletzt und deswegen reiße ich, ohne weiter darüber nachzudenken, an der Tür. Überrascht, dass sie nicht verschlossen ist, torkle ich zurück. Die ersten aufgeregten Vögel fliegen mir entgegen. Mir wird sofort klar, dass diese armen Tiere Ewigkeiten eingesperrt sein mussten.

Sofort kontrolliere ich Futter und Wasser und beruhige mich. Beides scheint frisch aufgefüllt worden zu sein. Irgendjemand kümmert sich wohl um die Tiere.

Erst jetzt sehe ich den Zaun, der von der Hausecke bis zur Mauer führt. Ich bin durch das offen stehende Gatter gelaufen und überrascht, dass mir das vorher nicht aufgefallen ist.

Sofort mache ich mich auf den Weg zurück und schließe es. Ich möchte ja nicht, dass die Hühner abhauen.

„Du solltest lieber raus." Jans Stimme kommt nicht wie erwartet von der anderen Seite des Zauns. Ich drehe mich um und sehe ihn an der anderen Hausecke stehen. Dort, wo er gerade ein weiteres Holzgatter geöffnet hat und Ziegen in meine Richtung springen.

Mein Herz rutscht mir in die Hose. Ich bleibe steif stehen und weiß nicht, was ich tun soll. Mit offenem Mund bringe ich nur noch ein Quietschen raus. Meine Tasche rutscht mir aus den Fingern. Hühner sind das eine, Ziegen, Böcke und zwei Schafe sind mir zu viel. „Wieso tust du das?" Ich traue mich nicht, lauter zu sprechen. Selbst ich habe Schwierigkeiten, mich zu verstehen.

Immer wieder spreche ich dieselben Worte und hoffe, dass sie lauter sind, sodass er mich endlich hört und mir erklärt, warum er so etwas macht. Schließlich weiß er doch, dass ich Angst habe. Er hat erlebt, wie ich beim Hund und auch bei der Kuh reagiert habe.

Endlich lösen sich meine Beine aus der Starre. Zumindest bis zu dem Augenblick, als der Ziegenbock schmatzend auf mich zu gehüpft kommt. Ich sehe schon, wie er mich mit seinen gewundenen Hörnern umrennt und ich durch die Gegend fliege.

„O Gott. Verschwinde, hau ab. Hilfe."

Mir ist bewusst, dass der Bock meine Worte nicht versteht. Doch in diesem Fall ist es sogar schlimmer. Er kommt noch schneller auf mich zugelaufen. Sein Blöken geht mir durch den ganzen Körper. Ich kann nicht mehr tun, als mich von ihm wegzudrehen und die Arme schützend vor meinen Kopf zu halten. Es dauert nicht lange, als er an mir hochsteigt und ich seine Hufe auf meinem Rücken spüre. Sofort beginne ich zu weinen. Dieses schwere Tier hat es auf mich abgesehen. Ich will diese Angst nicht mehr, ich will sie bekämpfen. Gerade weil Jan auf der anderen Seite steht und mir dabei zusieht, wie ich zusammenklappe wie ein Haus im Tornado.

„Mein Gott. Du bist ja wie ein kleines Kind. Dir muss man ja ständig irgendwie helfen."

Meine Augen sind geschlossen und doch weiß ich, dass Jan ganz nah ist. Das Gewicht des Bockes auf meinen Schultern ist weg. Es steht mir frei, mich zu bewegen, doch meine Beine gehorchen mir nicht. Ich verharre in dieser Haltung und möchte Jan nicht ansehen. Noch nie ist es mir so peinlich gewesen, dass ich diese Angst habe. Bisher konnte ich damit gut leben und es ist mir egal gewesen, was andere von mir halten. Doch er gibt mir ein seltsames Gefühl, als müsste ich mich dafür schämen. Ich weiß nicht, wie viel Zeit vergeht, bis Jan mich am Arm aus dem Gehege zieht und ich sehe, wie sich das Gatter schließt.

Auch wenn ich in Sicherheit bin, fühle ich mich nicht wohl und möchte am liebsten weglaufen. Der Wunsch, dass er mich einfach in Ruhe lässt und es nicht anspricht, ist sehr groß. Doch auch dieser Wunsch wird mir nicht erfüllt.

„Wie kann man nur so ein Baby sein. Es sind nur Tiere.“ Immer wieder sagt er solche Sätze, während er mich weiter um das Haus herumzieht.

Erst als Jan mich auf der Bank vor dem Haus absetzt und neben mir Platz nimmt, taue ich langsam auf. Die Worte, die ich ihm sagen möchte, werden in meinem Kopf langsam klarer.

„Was machst du hier? Du hast wegen allem Angst. Das bringt doch nichts, wenn du so ein Schisser bist. Am besten gehst du in deine Wohnung und fährst dann heim, wo auch immer du hergekommen bist.“

Gerade jetzt, wo ich ihm eigentlich danken will, schlägt er mit solchen Sätzen um sich. Er hat ja recht. Ich habe Angst vor allem Möglichen, weil ich nun mal viel Schlechtes erlebt habe. Es verletzt mich, dass er so unsensibel ist, obwohl er mich nicht kennt und mir keine Chance gibt, mich zu erklären. Immer weiter hackt er auf mir herum.

Als wäre ich ein kleines Mädchen, das ausgeschimpft werden müsste. Doch ich bin eine erwachsene Frau.

Ich ärgere mich, dass ich den Mund nicht aufbekomme und sage, was ich loswerden möchte.

Ich bekomme keinen Ton heraus. Die Gefühle, die er in mir auslöst, sind neu für mich, und ich mag es nicht, wie es mir mit ihm geht. Ich möchte ihm gerne gefallen, obwohl ich nicht weiß weshalb. Warum will ich vor ihm stark sein, wenn ich es doch nicht bin? Warum denke ich darüber nach, meine Tierangst zu verleugnen? Er muss damit klarkommen, aber ich bekomme kein Wort über die Lippen. Dafür kullern unkontrolliert Tränen über mein Gesicht. Ich will nicht, dass er es sieht und drehe meinen Kopf in die andere Richtung.

Klein wie ein Kindergartenkind fühle ich mich bei ihm.

Er hält mir meine Tasche vors Gesicht, ohne mich anzusehen. Sein Blick geht in die Ferne, als wäre es ihm zu blöd, auch nur den Kopf in meine Richtung zu drehen. „Sag schon. Was machst du hier?“

Diese Frage stelle ich mir jede Sekunde, die ich hier bin. Ich wusste vorher doch nicht, dass hier so viele Tiere meinen Weg kreuzen würden. Im Glauben, ich würde herkommen und womöglich eine Wohnung ausräumen und eine Pension verkaufen müssen, habe ich mich auf dieses Abenteuer eingelassen.

Mein schlechtes Gewissen und die lieben Worte von Sigrid haben mich dazu getrieben, etwas zu tun, was ich von mir aus niemals getan hätte. Außerdem habe ich das Gefühl, dass ich auch ein Stück weit Manfreds traurige Geschichte ändern wollte. Vielleicht habe ich nicht auf mich gehört und wollte es jedem anderen recht machen außer mir.

Jetzt stehe ich da, mit nichts außer einem ungehobelten Erbschaftsverwalter, der mich wie ein kleines Mädchen behandelt, einer Masse an Tieren, die mich ängstigen, und einem Erbe, in dessen Erwartungsrahmen ich niemals hineinpassen kann. Also warum bin ich hier? „Das weiß ich auch nicht.“

Damit spüre ich, wie weitere Tränen kommen. Doch diese will ich ihm nicht zeigen, deshalb stehe ich auf und gehe, die Tasche fest an meinen Körper gedrückt. Ich bete, dass Jan mir diesmal nicht folgt, während ich den steilen Weg hinunter zum Parkplatz laufe. Dabei wische ich mir die Tränen aus den Augen. An meinem Auto drehe ich mich zur Gaststube und suche Jan. Er folgt mir nicht.

Erleichterung und Enttäuschung brodeln in mir hoch. Wie kann es sein, dass er mich so durcheinanderbringt? Mit zittrigen Fingern drehe ich den Schlüssel im Zündschloss um und mache mich auf den Weg den Berg hinunter. Vielleicht sollte ich wirklich nicht hier sein.

KAPITEL 9

So schnell es der steile Weg zulässt, fahre ich den Berg hinunter. Die Viehsperre ist für mich ein rotes Tuch. Mit zusammengepressten Lippen und festem Griff ums Lenkrad passiere ich diese. Als ich den Kiesweg verlasse und das Ortsschild von Mayenhofen erreiche, habe ich das Gefühl, immer noch durchgeschüttelt zu werden.

Um mich abzulenken, gehe ich meinen Tagesplan durch und entscheide mich dafür, direkt einzukaufen. So suche ich entlang der Hauptstraße den nächsten Supermarkt. Dieser steht an einem sehr ungewöhnlichen Ort. Ein Restaurant, das direkt an der Straße liegt, ist mit dunklen Holzbalken verkleidet und sieht aus wie eine urige Almhütte. Die grünen Herzen, das Edelweiß und die geschnitzten Tiere im Fenster wirken einladend. Auf dem Dach liegt der Parkplatz für den kleinen Lebensmittelladen, der etwas nach hinten versetzt errichtet wurde.

Wieder einen Berg bezwingen. Mit Vollgas nehme ich die steile Auffahrt zum Parkhaus. Es ist ein seltsames Gefühl zu wissen, dass unter mir Leute im Restaurant sitzen und essen.

Der Supermarkt heißt *„Zur Tante Ella"* und genauso sieht er von innen aus. Das Türglöckchen begrüßt mich mit einem hellen Ton. Die alten Holzregale sind praktischerweise voller Dinge, die man in seinem Urlaub gebrauchen könnte. Von Handtüchern und Waschlappen, Bettwäsche, Näh-Sets für unterwegs bis zu Kartenspielen, Kaffeefilter und Puppenkleidern ist alles dabei. Das schwache Licht der Röhrenlampen an der Decke sowie die gelben Bodenfliesen sind in die Jahre gekommen, trotzdem ist es sauber und ordentlich eingeräumt.

Während ich mit einem Einkaufskorb über dem Arm durch die Gänge schlendere, überlege ich mir, was ich zu Mittag essen werde. In die Wohnung möchte ich vor dem Termin mit Anna nicht mehr. Ich habe keine Lust, mir von Manfred etwas wegen des Schlüssels anzuhören. Der Alte verschläft eh die meiste Zeit, also kann ich mir hier ein paar Zutaten kaufen und mir ein schönes Brötchen belegen.

Konserven wie Gewürzgurken, Sellerie- und Karottensalat sowie eingelegte Mandarinen finde ich sehr schnell. Während ich auch die Einkaufsliste von Manfred abarbeite, höre ich das Türglöckchen erneut.

„Jo, mein Lieber. Du hast dich aber lange nicht mehr blicken lassen." Die Stimme einer alten Frau kommt von weiter hinten im Laden.

Ein hochgewachsener und sehr breit gebauter Mann läuft an mir vorbei. Dabei zwinkert er mir zu.

Ich kann nicht anders, als ihm nachzusehen. Seine kurzen braunen Haare trägt er vorne hoch gegelt. Die Koteletten stehen ihm verdammt gut. Er ist mit seiner Lederjacke und den muskulösen Armen eine Augenweide, die sich deutlich unter seiner Kleidung abzeichnen.

„Frau Ella. Ja, hier bin ich. Wie geht es dir?“ Er beugt sich vor und umarmt die kleine Frau herzlich.

Sie trägt eine offene grüne Strickjacke über einem Dirndl und himmelt ihren neuen Gast an. „Ja. Muss, mein Lieber, muss. Meine alten Knochen müssen geschmiert werden. Also nützt ja nichts.“

Sie lachen herzlich und ich habe das Gefühl, in einem Heimatfilm gelandet zu sein, so wie sie sich anstrahlen. Neidisch wende ich den Blick ab. Wie gerne hätte ich dieses Gefühl von Frieden und Entspannung.

„Ach, dich haut doch nichts um. Du bist doch unser Urgestein.“

„Da hast du recht, Jo. Komm ich mach dir ’n Wurstsemmeln.“ Jo hebt die Arme zu beiden Seiten, als würde er sich ergeben wollen. „Alles, was du willst.“

Ich finde die Szenerie sehr süß. Er weiß genau, dass sie gewinnen wird.

Frau Ella hinkt schwerfällig hinter die Wursttheke, deren Kühlung laut rauscht. „Wie läuft es denn mit den Frauen?“

Jo kratzt sich am Kopf. „Na ja, könnte besser sein.“

Ich stehe immer noch am Regal, mittlerweile halb verdeckt, als müsste ich heimlich zuhören. Dabei nehme ich eine Packung Seife nach der nächsten aus dem Fach, um so zu tun, als würde ich Interesse daran haben.

„Ach komm. Die liegen dir doch scharenweise zu Füßen, oder?“ Frau Ella schneidet ein Brötchen auf und holt aus der Kühltheke einen halben Ring Fleischwurst. Diesen zerteilt sie in dicke Scheiben und legt sie auf die untere Hälfte.

„Auch wenn du es mir nicht glaubst, ich bin eher so der schüchterne Typ.“

Bei seinen Worten muss ich genauso loslachen wie Frau Ella. Der Typ, der mir einfach zugezwinkert hat, soll schüchtern sein? „Wer's glaubt.“ Nachdem ich diese Worte laut gesagt habe, halte ich mir sofort den Mund zu. Beide drehen sich zu mir.

„Na, hallo. Bist du Rosis Nichte?“

Überrascht, dass Frau Ella mich zu kennen scheint, fällt mir die Seife zu Boden.

„Ja. Das bist du. Ohne Zweifel.“ Frau Ella reicht Jo das Brötchen und eine Senftube.

Dann kommt sie zu mir gehinkt. Ich habe Angst, dass sie mir womöglich noch helfen möchte, meine Unordnung einzuräumen. Also gehe ich schnell in die Hocke und sammle die Seifenblöcke ein.

Obwohl ich schrumpelige alte Haut erwartet habe, taucht eine braun gebrannte Hand in meinem Sichtfeld auf. „Genauso schusselig wie unsere Rosi.“ Jos tiefe Stimme klingt so nah und macht mich nervös. Ich sehe ihn nur kurz an, dann widme ich mich schnell der Arbeit.

„Na, na, lass das mal nicht Anna wissen.“ Frau Ella steht mittlerweile direkt neben uns und stemmt die Arme in die Seiten.

„Anna? Nee, nee, da täuschst du dich, Frau Ella.“ Jo winkt mit beiden Händen ab. Sofort steht er auf, wischt die Hände an der Jacke ab und sieht mich nicht mehr an.

„Na, ich glaube doch, mein Lieber. Ich sehe es dir an, dass du etwas für sie übrighast.“ Frau Ella stupst mit ihrem Finger an seine Nase.

Es ist mir unangenehm, diesem Gespräch beizuwohnen, schließlich sind es persönliche Dinge, die die beiden austauschen. Ich als Fremde sollte diese Informationen nicht hören. Es wäre mir schließlich auch nicht recht, wenn es um mich gehen würde.

Insgeheim weiß ich genau, dass mich noch mehr stört.

Zum Beispiel, dass er jemanden hat, der sich so intensiv für ihn interessiert. Das Gefühl, dass ich womöglich solche Momente auch mit meiner Tante hätte haben können, schmeckt bitter.

Am liebsten würde ich mich verabschieden und verschwinden. Oder nur verschwinden. Ich stelle die letzte Seife ins Regal und möchte gehen, als Frau Ella mich am Arm festhält. „Kindchen, nicht so eilig. Erzähl mir doch mal ein bisschen von dir. Ich kenne dich ja kaum.“

Da mischt sich Jo ein. „Ich denke nicht, dass sie gerade Lust dazu hat. Sie möchte sicherlich ihre Sachen bezahlen und gehen. Es gibt doch einiges zu erledigen, um Rosis Sachen zu regeln.“ Er nickt mir zu und seine Augen sagen mir, dass ich darauf eingehen sollte.

„Ja. Ich bin im Stress. Ich habe gleich einen Termin im … im …“ Mir ist der Name von Annas Lokal entfallen. Anna? Sofort rattert es in meinem Kopf. Wer weiß, ob sie sogar von ihr gesprochen haben.

„Ist ja auch nicht schlimm. Wir heißen dich auf jeden Fall sehr herzlich willkommen.“ Jo streckt mir seine Hand hin. So lege ich meine in seine Hand und er packt kräftig zu.

„Hach, es ist so schön, dass du hier bist." Selbst die alte Frau duzt mich.

Ich muss mich schleunigst daran gewöhnen, dass in diesem Dorf alles etwas anders läuft. Aber es stört mich nicht. Es fühlt sich an, als wäre man ein Teil dieser Gemeinschaft.

„Natürlich sind die Umstände nicht schön, aber wenigstens ist jemand hier – mit Rosis Genen. Wer weiß, was wir alles von dir erwarten können." Frau Ella grinst mich an, dabei habe ich Angst, dass mir ihre Dritten entgegenfallen. Schlimmer allerdings sind ihre Worte und die Erwartungen. Wie alle, die ich bisher kennengelernt habe, glaubt auch sie, dass ich im Namen meiner Tante weitermache. Dabei weiß ich noch nicht mal genau, was sie gemacht hat und vor allem wie.

„Hast du denn schon überlegt, wann du die Hütte oben aufmachst? Ich hätte nämlich zwei Urenkel, die dringend einen Job brauchen. Zum Kellnern oder in der Küche."

Mir schwirrt der Kopf und ich ziehe die Schultern hoch.

„Ich habe mir noch gar keine Gedanken gemacht. Ich –" Das Türglöckchen läutet erneut. Aus dem Augenwinkel erkenne ich sofort, wer den Laden betritt.

„Hab' ich den grünen Twingo also richtig erkannt, da draußen. Grüß Gott, ihr Leut'." Jan kommt näher zu uns.

Einerseits bin ich dankbar für die Unterbrechung, andererseits möchte ich nicht mit ihm reden.

Die ganze Situation am Wichtelhäusl hat mich überfordert und ich hatte noch keine Zeit nachzudenken.

„Mh, Brötchen, Senf, Salami und was ist denn das?“ Der unverschämte Kerl starrt in meinen Einkaufskorb. Als er hineingreifen will, ziehe ich den Korb weg.

„Jan. Bub, du bist heute aber neugierig.“ Frau Ella legt ihre Hand sanft auf seine Schulter. Dann sieht sie selbst in meinen Korb. „Das sind Physalis. Zum Nachtisch.“

Endlich finde ich meine Stimme. „Nein. Die lege ich drauf.“

Ich ernte von allen dreien einen entsetzten Blick. Ich bin es schon gewohnt. „Herzhafter Belag und süß-saures Obst finde ich einfach lecker zusammen.“ Es klingt fast, als würde ich mich dafür entschuldigen. Aber ich stehe dazu. „Also ich muss dann gehen.“ Ohne ein weiteres Wort stelle ich mich an die kleine Theke mit der altmodischen Kasse.

„Ich komme mit, mein Kind.“ Frau Ella hinkt auf die andere Seite der Theke und kassiert alles ab. Bei den Physalis hält sie kurz inne und beugt sich zu mir rüber. „Und das schmeckt wirklich?“

Als Antwort nicke ich ihr zu und sehe hinüber zu Jan. Dieser unterhält sich mit Jo. Warum macht es mich so sauer, dass für ihn alles in Ordnung ist? Warum nimmt er meine Wut nicht zur Kenntnis und fühlt sich schlecht? Oder kommt womöglich auf die Idee, sich zu entschuldigen?

Mit jedem Lachen, das ich von ihnen höre, wird meine Wut größer. Ich kann es nicht erwarten, das Wechselgeld entgegenzunehmen und hinauszustürzen. Für Frau Ella tut es mir leid. Auch wenn ich mich von allen Seiten bedrängt fühle, hätte ich sie gerne anders verabschiedet als mit einem kurzen Gruß und: „Bis bald.“

KAPITEL 10

Stolz darauf, dass ich den Weg zu Annas Restaurant gefunden habe, stelle ich mein Auto auf dem Parkplatz ab und nehme die breite Holztreppe. Ohne weiter darauf zu achten, ziehe ich an der Eingangstür, doch sie öffnet sich nicht. Ich ziehe und drücke sie abwechselnd, doch sie bewegt sich nicht.

Bin ich etwa zu früh? Oder zu spät? Ich schiebe meine Strickjacke vom Handgelenk, um meine Uhr zu lesen, doch da geht schon die Tür von innen auf. „Hallo, Franziska. Schön, dass du hier bist. Komm rein, komm rein.“ Anna strahlt mich an und winkt mich herein. Ich habe schon vergessen, dass sie so ein temperamentvolles Wesen hat. Ihre gute Laune steckt mich an und ich fühle mich gleich besser.

„Wir haben noch nicht auf. Also bleibt genug Zeit zum Quatschen. Magst du einen Kaffee oder Tee?“

„Kaffee ist mir recht.“

Schon ist Anna hinter die Getränketheke verschwunden und öffnet hier und dort Schiebetüren, holt Tassen und bedient eine große silberne Maschine. Ich kann ihr gar nicht folgen, so schnell steht der Kaffee vor mir. „Milch? Zucker?"

Ich schüttle den Kopf und laufe ihr mit dem Heißgetränk zu einem Tisch am Fenster hinterher. Irgendetwas hat Anna daraufgestellt und mit einem weißen Tuch abgedeckt.

„Ich bin froh, dass du heute hier bist. Deine Meinung ist mir wichtig." Sie hält zwei Gabeln in die Luft und schiebt mir einen Stuhl zurecht.

Ich bin überfordert und weiß nicht, was sie mit mir vorhat. Aber wenn es ums Essen geht, bin ich immer gerne dabei.

„Et voila!" Mit diesen Worten lüftet sie das Geheimnis. Vier Kuchen hat sie darunter versteckt. Einer schöner als der nächste. Fein dekoriert und aufwendig vorbereitet läuft mir das Wasser im Mund zusammen.

„Wir müssen uns hier mal durch naschen. Ich bin ganz sicher, dass du mir helfen kannst, welche ich von denen anbieten soll. Ich habe vor, einen Kuchennachmittag anzubieten. Für unser älteres Publikum."

„Na, ich bin dabei." Ich halte ihr die Hand hin und sie legt mir umgehend die Gabel hinein.

Nachdem wir uns durch die Sachertorte, Linzertorte und Zwetschgendatschi probiert haben, lehne ich mich im Stuhl zurück. So leckere Sachen habe ich lange nicht mehr gegessen. Ich beneide Anna um diese Backkunst. Für mich alleine backe ich nicht, das lohnt sich einfach nicht. Außerdem bin ich ziemlich talentfrei.

Weder das exakte Abwiegen noch Sahneschlagen ist etwas, was ich gerne tue. Lieber kombiniere ich Dinge, die auf den ersten Blick nicht zusammenpassen, aber für sich alleine schon sehr lecker sind. Meine Sandwiches und Beilagen sind für mich leichter zu bewerkstelligen. Bei den wenigen Versuchen, meinem damaligen Freund einen Kuchen zu backen, scheiterte es schon an der Backzeit. Zu kurz oder zu lang. Roh oder verbrannt. Besser habe ich es nie hinbekommen. Umso mehr habe ich Annas Kuchen genossen. Man schmeckt die Liebe und das Handwerk.

„Gibst du schon auf? Hier, der Letzte ist eine Biskuitrolle."

Auch hier bekomme ich ein halbes Stück und steche voller Vorfreude in den saftigen Teig.

„So erzähl mal, warst du schon beim Wichtelhäusl? Wie sind deine Pläne?"

Bevor ich die Cremefüllung probieren kann, setze ich die Gabel ab.

Bis zu diesem Augenblick hatte sie mich so gut abgelenkt, dass ich gar nicht mehr an den Vormittag gedacht habe. Ich lasse die Gabel auf den Teller sinken.

Anna merkt sofort, dass etwas nicht stimmt. „Oje. Habe ich etwas Falsches gesagt?" Sie schiebt sich die Hälfte des Stückchens in den Mund und kaut fleißig darauf herum, während sie mich interessiert ansieht.

„Na ja. Eigentlich nicht. Ich denke, das liegt an mir. Ich habe mir das alles ein bisschen anders vorgestellt."

„Ach ja? Wie denn?" Die andere Hälfte verschwindet in ihrem Mund.

Ich muss mich überwinden, ihr das anzuvertrauen. „Dein Bruder hat mir heute klargemacht, dass es nicht so funktioniert, wie man sich das mit mir vorgestellt hat."

Annas Gabel knallt so laut auf den Teller, dass ich zusammenzucke. „Das ist doch nicht wahr? Mein Bruder hat sie nicht alle. Was hat er gesagt?“

„Hauptsächlich, dass er nicht weiß, was ich hier überhaupt will.“

Anna legt ihre Hand auf meine und sieht mich ernst an. „Liebe Franziska. Wenn alle auf meinen Bruder hören würden … Es ist nur seine Meinung. Ich kann dir sagen, er ist ein Hirni. Glaub mir, wenn du es wirklich willst, dann kannst du es schaffen.“

Nickend lächle ich sie an. Ich traue mich nicht, ihr zu sagen, dass ich gar nicht weiß, ob ich es will.

„Weißt du: Es gab da mal jemanden … Ist schon ein paar Jahre her. Er hat ihr Urlaub gemacht und sich sofort in diesen Ort verliebt.“ Anna hält inne und sieht aus dem Fenster über die Terrasse zum See.

Unsicher, ob ich sie dabei stören sollte, starte ich den zweiten Versuch, meine Biskuitrolle zu probieren.

„Jo heißt er. Ich habe ihm eine Stelle als Türsteher verschafft. Seither lebt er bei uns hier im Dorf und kann nicht glücklicher sein. Er wohnt mit seiner Freundin in einer kleinen Wohnung im Zentrum.“

Mit der Gabel vor dem Mund stutze ich. Bei dem Namen Jo klingelt es. Türsteher würde zu seiner Statur passen. „Meinst du den ganz großen und breiten Kerl?“

Anna nickt mir zu und etwas in ihrem Blick macht mich traurig. Ich bin verwirrt über die Informationen, die ich bisher von ihr und Tante Ella bekommen habe. Sollte ich einfach sagen, was die alte Dame gesagt hat? Würde dies Anna helfen? Oder bringe ich nur etwas ins Rollen, was für keinen gut enden wird?

Ich beschließe, zunächst zu schweigen. Sicherlich bekomme ich noch einmal die Gelegenheit, in diesem kleinen Ort auf Jo oder Tante Ella zu treffen. Wenn ich mehr Puzzleteile habe, kann ich das Bild vielleicht erkennen, was sich abzeichnet.

„Ich habe ihm geholfen, hier neu anzufangen. So wie mein Vater deiner Tante. Ich liebe diesen Ort und scheue keine Arbeit. Wenn ich dir helfen kann, werde ich das tun. Aber lass dich nicht von diesem Deppen beeinflussen. Wenn Jo das damals gemacht hätte, würde er hier nicht mehr leben. Und das wäre echt … traurig."

Ich traue mich nicht, nachzuhaken. Es sieht so aus, als hätte sie ihn sehr gerne.

Aber ich will mich lieber nicht in Liebesdingen anderer einmischen. Das steht mir nicht zu. Ich habe schon oft mitbekommen, wie sich Leute bei anderen eingemischt und sich daran sehr verbrannt haben. Mein Klassenlehrer hatte damals einen tollen Spruch: „Der Bote wird immer erschossen." Egal, ob es eine gute oder eine schlechte Nachricht ist.

Die Stimmung zwischen uns beiden hat sich verändert. Traurig und schwermütig sitze ich ihr gegenüber. Der Frau, die immer lächelt. Das mit Jo macht ihr etwas aus, da bin ich mir sicher. Hilflos frage ich mich, wie ich sie auf andere Gedanken bringen kann. Ich denke an meine Schulzeit zurück, als ich Freundinnen mit Liebeskummer trösten musste. Leider bin ich aus der Übung und hole aus meiner Tasche das halbe Brötchen von meinem Mittagessen.

„Schau mal hier. Alle sind verwundert, wie ich mein Brötchen esse. Es passt zwar nicht zu dem Kuchen, aber vielleicht magst du mal versuchen?"

Annas Interesse ist geweckt und ich fühle mich schon ein bisschen besser. Auch wenn sie mich aufmuntern wollte, sitzt sie nun da und scheint, sich schlecht zu fühlen. Anna greift sofort zu und nimmt einen herzhaften Bissen. Ich kann kaum glauben, dass jemand, der das Essen derart in sich hineinschiebt, so eine traumhafte Figur hält.

„Mh, das ist ja superlecker. Was hast du denn da drauf?" Sie hebt die Brötchenhälfte an und sieht erstaunt auf das Stückchen Obst auf der Salami. „Ist nicht wahr. Das schmeckt ja genial."

Ich bin dankbar, dass sie ohne Vorbehalt probiert hat und es ihr schmeckt.

„Das ist super. Da stinken meine langweiligen Kuchen ja voll ab. Weißt du, deine Tante hat auch super Ideen gehabt. Einen Teil von ihnen hat sie auch schon umgesetzt. Aber vieles … Nun ja … hat sie nicht mehr geschafft."

Die Stimmung trübt sich. Ich frage mich, wie man aus diesem Loch der Trauer herauskommt. Mehr damit beschäftigt, ihre Laune aufzubessern als meine, vergesse ich fast die Zweifel an meiner Reise. „Erzähl mir ein bisschen mehr von ihren Plänen." Anna beißt noch einmal herzhaft in mein Brötchen und schüttelt den Kopf.

„Das kann ich leider nicht, so gerne ich es auch möchte. Ich kann mich nur noch vage an die Gespräche mit meinem Vater erinnern. Aber Sigrid wird sicherlich mehr wissen." Das letzte Stück des Brötchens landet in ihrem Mund und sie leckt sich die Fingerspitzen. „Mein Gott, was hast du denn da für eine Creme drunter geschmiert?"

„Das bleibt mein Geheimnis."

„Nun gut. Dann soll das so sein. Es tut mir wirklich leid, dass ich dir nicht weiterhelfen kann. Aber eins kann ich machen." Anna zückt einen Zettel und reicht ihn mir rüber. Zwei Adressen stehen darauf.

„Was ist das?"

„Diese Gaststuben oder Hütten könnten nicht unterschiedlicher sein, was ihre Angebote und Umsetzung betreffen. Ich denke, dass es für dich interessant sein könnte, was wir hier in der Umgebung an Hütten haben und was alles möglich ist."

Ich befürchte, Anna denkt wie alle anderen: Sie ist der festen Überzeugung, dass ich das Wichtelhäusl wiedereröffne und hierbleiben werde. Kein Wort über meine Zweifel kommen mir über die Lippen. Ich habe das Gefühl, dass Anna es sowieso nicht hören möchte. Sie scheint davon überzeugt zu sein, dass es sinnvoll für mich ist, hierzubleiben. Ich stecke den Zettel in die Tasche.

„Ich danke dir. Mal schauen, ob ich es schaffe, dort irgendwann mal hinzufahren."

„Was hält dich auf?"

Viele Sachen gehen mir durch den Kopf, die ich benennen könnte. „Irgendwie alles. Und irgendwie gar nichts."

„Ich verstehe. Du musst erst mal richtig ankommen. Dann sind die Adressen das Beste, um dich hier umzusehen, die Leute kennenzulernen und die Umgebung zu spüren. Diese beiden Adressen habe ich dir nicht ohne Grund gegeben. Das eine ist sehr traditionell gehalten. Sie machen alles selbst. Das andere ist eine Wellnessanlage oben auf einem Berg. Da gibt es jeden Schnickschnack. Wer weiß, was davon zu dir passt."

Mir schwirrt der Kopf von den vielen Informationen. Das Gedränge löst Panik in mir aus. Es fordert mich und mein Leben heraus, auf eine Art, die ich bisher noch nie erlebt habe. „Anna, ich kann weder das eine noch das andere führen. Ich arbeite in einer Bücherei und schreibe ab und zu mal einen Mahnbrief." Ich hoffe, sie versteht, was ich ihr damit sagen will.

Doch ihr Lächeln lässt mich daran zweifeln. „Liebe Franzi, es ist egal, was du vorher gemacht hast. Jetzt bist du hier. Gesund und am Leben. Was hast du zu verlieren?"

Ihre Worte müssten mich motivieren, doch leider fühle ich mich immer kleiner auf meinem Stuhl. Meine Gedanken schwirren ums Versagen, bis ich mich innerlich dazu zwinge, endlich aufzuhören, darüber nachzudenken. Ich mache in erster Linie Urlaub hier, um das Erbe meiner Tante zu sichten.

All diese Menschen scheinen es gut zu meinen, aber ich habe kein Interesse daran, mein ganzes Leben für sie umzukrempeln.

Während ich noch versuche, Kraft zu schöpfen, legt Anna ihre Hand auf meine. „Ich kann mir vorstellen, dass das gerade alles viel zu viel für dich ist. Wir wollen dich nur wissen lassen, dass wir uns sehr freuen, dich hier zu haben. Für mich ist und bleibt deine Tante eine besondere Frau, die ich sehr vermisse. Es wäre schade, wenn du aufgibst, bevor es losgeht. Sie hat es sich so sehr gewünscht."

Ihre Worte treffen mich. Ich kann nicht sagen, ob es daran liegt, dass sie Salz in die Wunde kippt oder dass es der Wunsch meiner Tante ist, die ich nie kennengelernt habe. „Es ist unfair, mir so etwas zu sagen, Anna."

Sie zieht ihre Hand von meiner weg. „Was meinst du?“

„Das dies der Wunsch meiner Tante ist. Nur weil sie diesen Traum hatte, muss ich meine Bedürfnisse, Träume und Wünsche nicht zurückstellen.

Ich bin ein eigenständiger Mensch mit eigenen Träumen.“ Ich erwarte Widerworte oder Argumente, die mich womöglich entkräften könnten.

Doch Anna sitzt mir ruhig gegenüber und sieht mir einfach nur in die Augen. Es macht mich nervös, bis sie fragt: „Was sind denn deine Träume?“

Ich öffne den Mund, weil ich mir sicher bin, dass ich diese Frage leicht beantworten kann. Doch mir fällt nichts ein. Anna nickt mir nur zu und sieht mich an, als wäre es ihr klar gewesen, keine Antwort von mir zu bekommen.

Ich weiß nicht warum, aber ich empfinde keine Scham. Eher bin ich erschrocken darüber, dass ich mir bisher keine Gedanken darüber gemacht habe, was ich mit meinem Leben anfangen möchte. Während meiner Schulzeit schon, als ich noch bei der Schwester meiner Mutter lebte, sah ich neidisch auf die klaren Ziele der anderen. Anscheinend wusste jeder, was er gerne in der Zukunft machen wollte. Von Automechaniker, über Pilot, Bankkauffrau oder Bergsteiger war alles dabei. Viele der damaligen Kameraden habe ich aus den Augen verloren. Ab und an allerdings hat man durch die sozialen Medien erfahren, dass so mancher seinen Traum tatsächlich erfüllen konnte.

Schon damals habe ich mich in die Welt der Bücher zurückgezogen. Viele Partys gab es nicht, auf die man mich eingeladen hatte.

Erst Sabine schaffte es, mich aus meinem Bau herauszulocken. Lieber blieb ich zu Hause in Kuschelkleidung, einem Kakao und einem tollen Buch. Und daraus entwickelte sich die Idee, beruflich etwas mit Büchern zu machen. Es ergab sich dann einfach, da ich so oft als Kundin vor Ort war, dass mich die Angestellten der Bibliothek schon kannten.

Ohne Vorbereitung fragte ich nach einer Stelle und bekam den Ausbildungsplatz. Aber ob es mein Traum war, kann ich nicht beantworten.

Bevor ich ihr das sagen kann, höre ich ihn. Jan.

„So, das ist unser Gastraum. Hier kannst du dich wie zu Hause fühlen." Er zieht eine brünette Frau in einem engen Kleid herein.

Mein Stichwort, um zu gehen. Ich möchte weder ihn noch seine Freundin in meiner Nähe haben. Ein Stich in der Brust verrät mir, dass ich immer noch sauer auf ihn bin. „Ich werde gehen, Anna."

„Ach bleib doch. Er ist gar nicht so …"

Ich höre nicht, was sie mir noch zu sagen hat. Ich habe meine Tasche geschultert und drücke die Türklinke zur Terrasse herunter. Zu meiner Erleichterung ist sie offen und ich verschwinde, bevor ich von ihm angelächelt werde, als wäre nichts gewesen.

Erst vor der Haustür des Mehrfamilienhauses merke ich, dass ich auch hierfür keinen Schlüssel mitgenommen habe. Auf mehreren Klingelschildern sind nur Nummern und keine Namen angezeigt. Tante Rosi finde ich nicht. Ich atme tief ein und puste die Luft kräftig aus, bevor ich mich mit der Stirn gegen die Tür lehne. „Was ist das heute nur für ein Scheißtag."

Ein leichtes Klopfen lässt mich hochschrecken.

Durch die Glastür erkenne ich, dass jemand auf der anderen Seite der Haustür steht. Fest entschlossen, mich zu bedanken, dass die Person die Tür nicht einfach aufgerissen hat, sondern mich vorgewarnt hat, sehe ich neugierig zu, wie der Durchgang geöffnet wird.

„Na Kindchen, wir haben dich schon viel früher erwartet.“ Sigrid hat einen angeknabberten Apfel in der Hand und winkt mich mit der anderen Hand herein. Gemeinsam gehen wir nach oben. Ich möchte nicht sprechen, möchte mich einfach in meine Gedanken vertiefen und mir grundsätzliche Fragen stellen.

Manfred sitzt auf der Couch vor dem Fernseher und sieht sich eine Quizshow an. In der Hand hält er ein Schneidebrettchen und schiebt sich ein Stück Wurstbrot in den Mund. Er würdigt mich keines Blickes. „Ich bin da. Wie geht es dir?“

Ich versuche, seine Aufmerksamkeit zu bekommen, indem ich mich direkt neben den Fernseher ans Sideboard stelle.

„Gut. Nur fast verhungert. Hast du meine Sachen bekommen?“

Wieder muss ich tief seufzen. Vielleicht sehe ich gerade sehr schwarz, aber es fühlt sich an, als wäre ich nur ein Laufbursche für ihn. „Ich habe alles bekommen. Ja.“

Ohne eine Antwort zu erwarten, gehe ich mit der Einkaufstasche in die Küche.

Dort steht Sigrid und rührt in einem Topf. „Hast du Hunger?“

Ich finde es nett, dass sie für Manfred an das Essen gedacht hat. Ich habe vergessen, dass auch er mittags etwas braucht. „Danke, aber Anna hat mich ordentlich mit Kuchen vollgestopft.“

Sofort schaltet Sigrid den Herd aus und schiebt den Topf zur Seite. „Na dann erzähl mir doch mal von deinem Tag."

Vor dieser Frage fürchte ich mich schon die ganze Zeit. Aber ich werde nicht drum herumkommen, sie zu beantworten. Sigrid sieht mir zu, wie ich die Lebensmittel einräume. Es fällt mir leichter, ihr meine Gedanken mitzuteilen, ohne sie direkt anzusehen.

„Ich bin mir nicht sicher, wie es hier weitergehen soll. Ich brauche noch Zeit, um mir das alles genauer zu überlegen."

„Du hast ja auch noch Zeit. Rosi hat gehofft, dass du herkommst. Es war ihr sehr wichtig und deshalb bin ich auch so glücklich. Sie wollte sicherlich, dass du hierbleibst und –"

„Jaja. Dass ich alles übernehme und ihre Träume verwirkliche. Ich kann es nicht mehr hören. Ehrlich." Die Worte wirklich ausgesprochen zu haben, erschreckt mich. Und dennoch bin ich erleichtert, dass sie raus sind. Es brodelt schon die ganze Zeit in mir und ich weiß nicht wohin mit dieser Spannung. Mit einem Blick zu Sigrid versuche ich herauszufinden, wie schlimm es sie getroffen hat. Schließlich kann sie am wenigsten dafür.

Sie schweigt und sieht mich einfach nur an. Kein Kontra, genau wie Anna. Ihr erwartungsvoller Blick macht mich nervös, das bin ich nicht gewohnt. Ich habe mich bisher immer aus solchen Situationen rausgehalten. Wenn niemand eine Erwartung an mich hat, kann ich ihn auch nicht enttäuschen. Ich glaube, dass ich diesen Satz schon mit mir herumtrage, seit ich aufgehört habe, der Schwester meiner Mutter gefallen zu wollen.

Als Kind habe ich mich sehr angestrengt, alles richtig zu machen. Aber ich wusste, dass ich ihr eher ein Klotz am Bein war.

Sie hat mir keine Träne nachgeweint, als ich mit meinem Ausbildungsgehalt in eine werkgeförderte Wohnung gezogen bin. Als sie einige Jahre später starb, erfuhr ich es nur durch ein Anwaltsschreiben, da ich bis dahin keinen Kontakt mehr zu ihr hatte.

Traurig denke ich an meine verkorkste Kindheit zurück. Doch ich will nicht zu tief gehen, will die Wunden nicht wieder aufreißen und versuchen, mich im Hier und Jetzt aufzuhalten. Sicher wollen sie alle nur von mir hören:

Ich bleibe hier und werde alles so machen, wie Rosi es wollte. Aber das kann ich nicht. „Es tut mir leid, dass ich dich so angefahren habe. Alle scheinen hier besser zu wissen, was ich zu tun habe und was nicht."

Sigrid streckt die Arme aus und ich weiß genau, dass sie eine Umarmung fordert. Ich kenne sie kaum, aber ich habe ein gutes Gefühl bei der Sache. Ohne lange zu überlegen, nehme ich diese Geste an und drücke mich an sie. Dabei schließe ich die Augen und genieße den Moment. So lange bin ich auf Abstand zu anderen Menschen gegangen, dass ich vergessen habe, wie gut sich so etwas anfühlt. Während ich meine Augen geschlossen halte und versuche, nicht zu weinen, atme ich ihren Lavendelduft tief ein. Diesmal wird mir nicht schlecht, vielleicht gewöhne ich mich langsam daran.

„Ich kann mir vorstellen, dass das alles ein bisschen viel für dich ist. Du solltest wissen, dass du uns wichtig bist. Du bringst mir ein Stück Rosi zurück." Sie schiebt mich ein wenig von sich weg und greift mit Daumen und Zeigefinger an mein Kinn. „Du siehst aus wie sie. Du benimmst dich manchmal sogar wie sie."

Ihr anfängliches Lächeln verschwindet schnell. „Es tut mir leid, wenn ich zu viel Druck mache.“

Ich nicke nur, da sich meine Kehle wie zugeschnürt anfühlt.

„Ich weiß, dass du keine Ratschläge gebrauchen kannst. Aber …“

Es kostet mich alle Kraft, nicht mit den Augen zu rollen. „Ja?“

„Wir haben hier unten im Keller ein Schwimmbad und eine Sauna.“

Die Idee klingt gut. Ein paar Bahnen schwimmen, ein wenig in der Sauna schwitzen und versuchen, den Tag von meinem Körper zu waschen. Mehr als ein weiteres Lächeln und ein leichtes Kopfnicken bringe ich nicht zustande.

„Gut. Dann mach du das mal schön. Ich kümmere mich um unseren Freund.“ Sigrid will die Küche verlassen.

Da bekomme ich einen Arm zu fassen. „Ich danke dir“, sage ich noch.

KAPITEL 11

Schon im Erdgeschoss rieche ich das Chlor. Ich freue mich sehr darauf, mich ein wenig im Wasser zu entspannen. Die schwere Glastür öffne ich mit dem Haustürschlüssel, den ich diesmal mitgenommen habe. Mir graut es vor dem Augenblick, in dem ich Sigrid nach dem Hüttenschlüssel fragen muss. Es ist mir peinlich, dass ich nicht vorher daran gedacht habe und ohne ihn hochgefahren bin.

Hinter der Tür beginnt ein gefliester Bereich. Es riecht noch intensiver nach Chlor und ich höre das Plätschern des Wassers. Dieser Geruch erinnert mich an die Sommerferien als Teenager. Damals wurde ich von meiner Tante immer ins Freibad geschleppt. Jeden Nachmittag, bis das Schwimmbad zumachte, saßen wir mit ihren Freunden und Bekannten zusammen.

Die anderen in meinem Alter tobten sich im Wasser aus, aßen ihre Pommes und bolzten auf dem Sandplatz, während ich die ganze Zeit las.

An sehr heißen Tagen habe ich mich auch mal ans Wasser getraut und eine Stelle gesucht, die nicht von übermütigen Kindern besetzt war. Lange hielt ich es aber nie im Wasser aus und bin wieder zurück auf mein Handtuch – zurück in meine Bücherwelt.

Hier auf dem Gang sind mehrere Türen mit Schildern. Putzraum und Technikraum sowie Garderobe lasse ich hinter mir. Ich habe mich diesmal vorbereitet und meinen Badeanzug gleich angezogen. Allerdings suche ich noch einen Ort für mein Handtuch und meine Duschsachen.

Ich laufe weiter geradeaus. Keine Tür versperrt mir den Weg. Die Mosaikfliesen in Weiß und verschiedenen Blautönen weisen mir den Weg zum Becken. Hier sind Haken und Fächer an der Wand angebracht. Darüber hängt ein handbeschriebenes Blatt Papier.

Bitte vor dem Gebrauch des Beckens abduschen. Wir danken euch allen.

Rosi.

Sofort wird mir flau im Magen. Rosi hatte überall ihre Hand im Spiel. Ihre verschnörkelte Handschrift mit einem großen Kreis als I-Punkt kommt mir sehr unbeschwert vor.

Irgendwo habe ich mal gelesen, dass es Menschen gibt, die aus einer Unterschrift Krankheiten oder Charakterzüge erkennen können. Was diese Menschen über sie sagen würden?

Während ich mein Handtuch aufhänge und mich abdusche – wie es auf dem Blatt gefordert wird – denke ich darüber nach, was für eine Person meine Tante war. Schließlich habe ich so gut wie keine Erinnerungen an sie. Die wenigen Male, die ich sie als Kind gesehen habe, sind so blass, dass ich noch nicht mal sagen kann, in welchem Zeitraum es war. Ob wir drei Tage oder drei Stunden bei ihr waren.

Eine nette, zuvorkommende Frau, die immer lachte? So wie Sigrid. Die keine Probleme kennen wollte, sondern nur Lösungen? Oder gab sie sich selbst für alles und jeden auf, lebte nur vom Nötigen, damit es andere gut hatten? Wahrscheinlich hatte sie nie Probleme, das alles in Waage zu halten. Ich habe das Gefühl, Fortschritte zu machen. Mittlerweile schaffe ich es, ohne traurig zu werden, über sie nachzudenken und mir auch mal Gedanken zu machen.

Die ersten Bahnen laufen schleppend, erst mal muss ich mich warm schwimmen. Warum gehe ich so selten schwimmen? Ich habe doch alle Zeit der Welt.

Als ich endlich meinen Rhythmus gefunden habe, ziehe ich meine Bahnen schneller und leichter. Dabei spüre ich förmlich, wie sich die Knoten im Kopf lösen.

Die Erwartungshaltung der anderen macht mir Angst, doch schlimmer ist die Ungewissheit, was ich eigentlich will und brauche. Diese Frage hämmert in meinem Kopf.

Was will ich denn? Was ist mein Traum? Was ist mein Wunsch? Als würde ich einen Weg entlanglaufen und mich eine unsichtbare Barriere aufhalten, weiterzugehen. Ich komme nicht voran und weiß nicht warum.

Eine Blockade, als würde ich mir selbst den Zugang zu meinen Träumen verbieten.

Aber das kann doch nicht sein. Irgendwas muss es geben. Ich bleibe nach dieser Runde am Beckenrand und lege meine Arme auf die Fliesen.

Ich bedaure es sehr, dass ich mich vor Rosis Tod nicht bemüht habe, hierherzukommen und sie kennenzulernen. Denn sie hätte mir sicher einiges über meinen Vater erzählen können, das ich so nie erfahren werde. Meine wenigen schönen Erinnerungen an ihn und meine Kindheit auf seinem Bauernhof verblassen mit jedem Tag mehr. Ich ärgere mich darüber, dass die negativen Dinge so fest in meinem Kopf verankert sind, dass ich diese wohl nie mehr loswerde. Mit einem tiefen Seufzer schließe ich meine brennenden Augen. Dabei drücke ich die Tränen heraus, die geweint werden wollen. Es dauert einen Augenblick, bis ich mich wieder im Griff habe und all die schlechten Gedanken wegsperre.

Nützt ja nichts, Trübsal zu blasen. Ich hoffe darauf, einfach mehr von Rosis Freunden und Bekannten zu erfahren, wie sie war.

Nachdem ich mich abgetrocknet habe, laufe ich die Räume ab, bis ich die Sauna finde. Hier ist alles schön sauber und gepflegt.

Immer wieder sehe ich auf Schildern, der Hausordnung und Namensaufklebern die Schrift meiner Tante. Als würde sie mich verfolgen, als würde sie mir etwas sagen wollen.

Die Dusche vor der Sauna tut mir gut. Ich schäle mich aus dem Badeanzug und öffne die Tür. Der heiße Nebel schlägt mir entgegen.

Erst jetzt wird mir bewusst, wie lange ich mich nicht mehr in eine Sauna begeben habe. Das letzte Mal muss einige Jahre her sein.

Damals bin ich mit Sabine und meinem Freund zum Mondbaden in die Therme gefahren. Sie hatten bis zwei Uhr morgens geöffnet und im stolzen Preis war der Aufenthalt in der Sauna inbegriffen. Weder meinen Freund noch Sabine überzeugte ich damals mitzugehen. Mir wird bewusst, dass sie zu der Zeit sicherlich schon etwas miteinander hatten und ich ihnen auch noch gemeinsame Zeit verschafft habe. Die Sauna selbst hat mir gut gefallen. Zumindest bis ich mich an den Anblick der vielen nackten Menschen gewöhnt hatte.

Hier bin ich alleine und ich entscheide mich für einen Sitzplatz auf der untersten Stufe. Das muss für den Anfang reichen. Die stärkere Hitze auf den oberen Plätzen würde ich wahrscheinlich nicht lange aushalten. Begeistert, dass es in diesem Haus so einen Service gibt, breite ich mein Handtuch aus und lege mich entspannt darauf.

Schon merke ich, wie die Poren aufquellen und sich ein Schweißfilm auf meine Haut legt. Ich schließe die Augen und versuche, über meine Träume nachzudenken. Vielleicht sollte ich erst mal den Ist-Zustand klären. Mein Job in der Bücherei reicht für eine kleine Wohnung und ein Auto. Ich muss nicht jeden Cent umdrehen, kann mir auch mal ein schönes Kleid oder neue Schuhe kaufen. Ich denke an meine Freunde. Die Liste ist kurz. Eigentlich ist sie leer. Ich habe meine Kollegin Tanja und meinen Nachbarn Herrn Born. Meinen Job mache ich gerne. Ich sitze den ganzen Tag im Büro an einem Schreibtisch und …

Was mache ich mir vor. Es ist langweilig.

Ich muss mir eingestehen, dass mein Erwachsenenleben bis zu dem Tod von Rosi ziemlich ereignislos verlief. Aber woran es liegt, dass ich mich immer verkrieche und lieber für mich alleine bin? Die Erklärung liegt nahe. Die vielen Hunde auf der Straße, Bekannte, die mich einladen wollen und mir dann von ihren Vierbeinern erzählen.

Trotzdem bin ich zufrieden gewesen. Zumindest glaube ich das. Aber was wäre, wenn ich tatsächlich hierherziehen würde? Ich müsste Leute bedienen, Gäste in meinem Haus übernachten lassen. Das kann ich doch nicht mit der Arbeit hinter dem Schreibtisch vergleichen.

Meine Ausbildung bei der öffentlichen Verwaltung wird mir da sicherlich nicht weiterhelfen können. Ich habe keine Ahnung, wie man ein Restaurant und Hotel führt. Aber Rosi wusste es auch nicht.

Weiter komme ich nicht, da spüre ich einen Luftzug. Als ich aufstehe, betritt ein Mann die Sauna. Ich habe keine Probleme, nackt in einer Sauna zu liegen, aber in der Fremde in so einer privaten Umgebung ist es doch etwas ganz anderes. Sofort stehe ich auf und bedecke mich mit meinem Handtuch.

„Na, da hast du es dir aber gemütlich gemacht, was?“

Mittlerweile bin ich es gewohnt, dass man hier geduzt wird, ob man sich kennt, oder nicht. Der dickbäuchige Mann mit weißen Haaren steht in der Tür und lässt die kühle Luft herein. Ich weiß nicht genau, was ich auf seine Aussage antworten soll.

„Ich hab’ mir die Sauna vor ein paar Stunden angeheizt.“

Im Erdboden könnte ich versinken. Natürlich ist es bei den privaten Haussaunen so, dass man sie selbstständig vorbereiten muss. Niemand hier im Haus wird sie auf gut Glück jeden Tag aufheizen. Wenn mein Gesicht nicht schon erhitzt wäre, würde ich rot anlaufen. „Es tut mir wirklich von Herzen leid. Ich habe ein paar Bahnen –“

Sein Lachen lässt mich stocken. „Alles gut, kleine Lady. Alles gut. Wir sind hier eine große Hausgemeinschaft. Wir wissen schon alle, dass Rosis kleine Nichte bei uns im Haus ist.“

Erleichtert atme ich wieder normal. Ich habe das Gefühl, dass hier alle viel entspannter sind als in Berlin. Vielleicht liegt es an der tollen Bergluft, die weite Sicht oder den wenigen Menschen auf einem Haufen. Sicher haben die Leute hier auch ihre Probleme und Sorgen, doch ich glaube, dass sie nicht so schnell in Hektik verfallen. Vielleicht weil es nur ein kleines Örtchen ist, in dem jeder jeden kennt. In Berlin kenne ich noch nicht mal alle Nachbarn im Haus. Hier sind sie allgemein freundlicher, offener und positiver. Zumindest die Menschen, dich ich bis jetzt kennenlernen durfte. Bis auf den einen, über den ich nicht nachdenken möchte. Gerade in diesem Augenblick wünsche ich mir dasselbe entspannte Verhalten.

Ob ich auch mal diesen Status erreichen werde? Dafür müsste ich hierbleiben.

Als der Mann sein Handtuch ganz oben auf das Holz gelegt und sich daraufgesetzt hat, sieht er mich freundlich an und bewegt den Kopf zaghaft nach rechts und links. „Mensch, Mensch, Mensch. Du siehst ihr so ähnlich.“

Tapfer lächle ich ihn an und weiß nicht, was ich sagen soll.

„Dass du hier sitzen kannst, liegt nur an deiner Tante. Welch Ironie."

Ich bin mir nicht sicher, ob es Tränen sind, die er sich aus dem Gesicht wischt, oder Schweiß. „Deine Tante war eine Seele. Sie hat uns bei allem geholfen, was wir hier in der Hausgemeinschaft gebraucht haben. Ich weiß gar nicht, was wir ohne sie machen sollen."

Diesmal bin ich mir sicher, dass es Tränen sind, denn ich kann sehen, dass sein Kinn vor Rührung vibriert. Immer noch bleibe ich stumm. Manchmal reicht es, nur zuzuhören. Vielleicht braucht er nicht mehr als das.

Womöglich brauche auch ich genau das. Mit jedem Wort, das er über meine Tante verliert, fühle ich mich ein bisschen wohler hier. Ich lerne sie zwar nicht persönlich kennen, aber wenigstens all ihre Eigenschaften. Es fühlt sich an, als wäre sie noch hier.

Auch wenn ich nie mehr etwas über meinen Vater hören werde, möchte ich nicht denselben Fehler bei meiner Tante machen. Es ist schön zu hören, wie hilfsbereit sie war. Ich bin mit Stolz erfüllt, aber ich glaube nicht, dass ich so eine große Leere wirklich füllen kann. Vor allem, weil ich nicht weiß, was sie noch alles geleistet hat. Ich ärgere mich darüber, dass ich nie den Kontakt gesucht habe.

Obwohl Rosi mir zu jedem möglichen Anlass eine Postkarte oder einen Brief zugesendet hat, mit den Worten, dass ich immer herzlich willkommen sei.

Alles hängt wie eine dunkle Wolke über meinem Kopf. Bewege ich mich, folgt mir die Wolke – egal, wohin ich gehe.

„Weißt du, ich vermisse sie sehr. Wir alle hier im Haus vermissen sie."

Ich habe Angst vor seinen weiteren Worten. Wird auch er sagen, dass er froh ist, mich hier zu haben, dass ich all ihre Dinge übernehmen werde? Bevor ich ihm die Chance dazu gebe, stehe ich auf und wickle mich in mein Handtuch ein. Gerade, als ich den heißen Türgriff drücken möchte, spricht er weiter. „Es tut mir leid, wenn ich etwas Falsches gesagt habe."

„Daran liegt es nicht." Ich versuche, das Siezen und Duzen ganz automatisch zu vermeiden. „Ich habe die Zeit hier drin vergessen. Langsam sackt der Kreislauf ein."

„Ach so. Dann lieber schnell abduschen und ausruhen. Es hat mich sehr gefreut, dich kennenzulernen."

Ich trete aus der Sauna.

„Es ist eine Tragödie, dass diese fantastische Frau gehen musste."

Ich schließe schnell die Tür, damit ich nicht noch mehr hören muss.

Trotz der geschlossenen Tür nehme ich sein Schluchzen wahr. Es scheint ihm sehr nahezugehen und ich fühle mich schlecht, weil ich mich nicht genauso fühle.

Nach einer langen Dusche in der Wohnung setze ich mich zu Manfred auf den Balkon. Anscheinend sein neuer Lieblingsplatz. Ich kann es gut verstehen. Die Lichter der Häuser, die Berge, der Himmel und die Sterne sind einfach so schön anzusehen. Nur wenig Lärm ist zu hören. Ein paar Autos und lachende Menschen, die die Straßen entlanglaufen, dringen an unsere Ohren. Aber sonst ist alles friedlich.

So sieht auch Manfred aus, wie er da in seinem Stuhl sitzt und vor sich hinträumt. „Und?“

So vertieft in seinen Anblick erschreckt mich seine Stimme. „Was meinst du?“

„Na, du hast vorhin ganz schön mit Sigrid geschimpft.“ Ich senke den Blick zu meinen Händen, die ineinander gefaltet auf meinem Schoß liegen.

„Es tut mir leid. Glaub es mir. Aber ich habe es sattgehabt. Den ganzen Tag habe ich nichts anderes gehört. Ich weiß nicht, wie die sich das alles vorstellen und wie ich das machen soll. Das ist nicht so leicht.“

„Kindchen, ich hab’ dich nicht angegriffen.“

Wieder merke ich, dass ich mich aufregen möchte. Die Leichtigkeit ist verschwunden, die ich eben durch den Ausblick gefühlt habe.

„Ich denke, dass es nicht darauf ankommt, was die anderen wollen, sondern was du möchtest.“

Ich ziehe die Schultern hoch. „Ich weiß es nicht. Ich weiß es einfach nicht.“

Manfred antwortet mir nicht. Was soll er auch dazu sagen.

„Jan macht es sich leicht. Er sagt, ich würde hier nichts erreichen. Anna und Sigrid und alle anderen verlangen so viel von mir. Was heißt verlangen? Sie gehen davon aus, dass ich das alles weitermache.“

Manfred hebt seine Hand. „Ich denke nicht, dass sie davon ausgehen. Sie erhoffen es. Schließlich war Rosi ein großer Teil ihres Lebens. Sigrid hat erzählt, da gibt es Auflagen und andere Sachen …“

„Genau, da fängt es an. Ich habe davon doch keine Ahnung.“ Bevor Manfred etwas erwidern kann, rede ich weiter.

„Ich glaube, ich mag da jetzt nicht drüber reden. Aber das passt zu meiner nächsten Frage: Was ist mit dir los?"

Er winkt ab. „Gar nichts ist mit mir."

„Ach, Manfred. Ich glaube schon, dass etwas mit dir ist. Etwas bedrückt dich."

Er sieht zu mir herüber und schweigt.

„Ich kenne dich schon eine Weile. Du hast dich zu Hause ganz anders verhalten als jetzt hier."

„Ich werde nicht drum herumkommen, was?"

Ich lächle ihn nur an und warte auf seine Erklärung. Aber ich merke schnell, dass seine Antwort nicht lustig sein wird.

Etwas Ernstes muss dahinterstecken. Während die Sonne hinter den Bergen verschwindet, beginnt er zu reden. „Immer, wenn ich hier war, hatte ich meine Frau dabei. Immer nur mit ihr."

Sein Blick in die Ferne lässt mich kräftig schlucken. Der Kloß im Hals verschwindet aber nicht. Mit dieser einfachen und doch so starken Erklärung weiß ich alles, was ich wissen muss. Und alles ist klar für mich. „Du vermisst sie."

Manfred nickt eifrig. „Du glaubst nicht, wie sehr. Es fühlt sich falsch an, hier zu sitzen und das hier zu genießen." Er macht eine ausladende Handbewegung. „Manfred. Ich glaube, sie wird immer bei dir sein.

Sie ist sicherlich bei uns und ist traurig, dass du es nicht genießen möchtest – für sie."

„Meinst du?"

Es fühlt sich an, als würde ich mit einem kleinen Jungen sprechen. Und genauso sieht er mich an.

Die trauervollen Augen in seinem faltigen Gesicht brechen mir fast das Herz. „Ich bin mir sicher. Sie würde nicht wollen, dass du dich hier quälst. Sie würde sich sicherlich wünschen, dass du dein Leben lebst und nach vorne siehst. Nicht dass du noch aus den falschen Gründen etwas verpasst."

Er legt seine Hand auf meine und sieht mich ernst an. „Dieser Tipp wäre auch etwas für dich, meine Liebe."

Von seiner Antwort überrascht überlege ich, was ich genau zu ihm gesagt habe. Dann wird es mir klar. Auch ich zögere und suche Gründe, um traurig zu sein, anstatt loszuziehen und das Glück zu suchen. Vielleicht sollte ich es ihm vorleben. „Du hast recht. Morgen werde ich versuchen, ein bisschen anders an die Sache heranzugehen."

Manfred nickt mir zufrieden zu. „Und ich bemühe mich, Österreich eine Chance zu geben."

„Das ist doch mal ein Deal."

KAPITEL 12

Die erste Adresse von Annas Zettel liegt außerhalb. Auch hier muss ich mein Auto die steilen Berge hinauf quälen. Die kurvigen, engen Straßen bringen mich ins Schwitzen. Lange wird mein Auto diese Strecken nicht mehr durchhalten. Trotzdem genieße ich den Ausblick, die Landschaft ist so vielfältig. Saftige Wiesen, karge Steinwände, romantische Wasserfälle, Tannen und ab und zu taucht ein modernes Haus zwischen den urgemütlich wirkenden Holzhäusern auf. Ich glaube nicht, dass ich jemals genug davon haben könnte.

Als ich endlich die Beschilderung „Freilicht Bergdorf" finde, schalte ich erleichtert mein Navi aus. Ich biege auf die noch steilere schmale Straße ein. Unsicher, ob ich mich noch immer auf dem richtigen Weg befinde, gehe ich vom Gas und sehe mich um. Überall nur Felder, ganz weit hinten ein paar Bäume.

Doch einen Hof, ein Bergdorf oder etwas Ähnliches mache ich nicht aus.

Endlich, als ich schon umdrehen will, kommt ein weiteres Schild. Es ist also doch der richtige Weg. Ich ärgere mich schon ein wenig darüber, dass Manfred trotz unseres Gespräches nicht mitfahren wollte, um sich die Hütte anzusehen.

Aber immerhin hat er mir versprochen, diesmal netter zu Sigrid zu sein. Also bin ich wieder einmal auf mich alleine gestellt, obwohl ich das in der Fremde gar nicht gerne bin.

Das nächste Schild an einer unscheinbaren Kreuzung führt mich einen autobreiten Pfad entlang. Keine Zäune, keine Häuser, kein Anzeichen von Leben.

Nach dem Hügel allerdings erstreckt sich vor mir ein bebautes Areal. Ich hätte nicht für mich möglich gehalten, dass sich hier in dieser Einöde noch etwas anderes befindet außer Natur.

Die Häusergruppe ist umgeben von einem Holzzaun. Doch er scheint mehr Deko zu sein, denn ein Tor gibt es nicht. Auf einer erhöhten Ebene stehen zwei längliche einstöckige Holzhäuser in dunklem Braun, die auf den ersten Blick historisch wirken.

Diese Vermutung bestätigt sich direkt nach dem Aussteigen. Ein Mann in einem beigefarbenen Leinenhemd und einer Lederhose kommt auf mich zugelaufen und drückt mir eine Broschüre in die Hand.

„Willkommen im Bergdorf. Hier, wo Geschichte lebendig wird.“ Er dreht sich von mir weg und macht eine ausschweifende Handbewegung. Sehr dramatisch, aber wirkungsvoll. „In dem Flyer stehen die Vorträge und Workshops drin und Sie haben Glück. Heute ist Brotbacktag.“

Mit diesen Worten verabschiedet er sich von mir und wendet sich einer Wandergruppe zu, die das Gelände betritt.

Ich fühle mich hier tatsächlich wie in einer anderen Zeit. Außer dem Parkplatz sind hier kaum moderne Sachen zu sehen. Selbst die Gaststube hat nur Bänke und Tischplatten aus Baumscheiben. Es ist rustikal und mit vielen Blumen schön dekoriert.

Zunächst sehe ich mir das kleine Museum an. Die zwei länglichen Gebäude sind originale Berghütten, die sie hier herumgezogen haben. Alles darin wirkt klein und unpraktisch. Die Feuerstelle besteht aus einem ausgehöhlten Stein.

„In die Kuhle wurde das Holz gelegt zum Anheizen." Neben mir steht eine Mutter mit ihrem Kind. Sie erklärt ihm ganz genau, wie die Leute früher gekocht haben. „Aber das Schlimmste zu dieser damaligen Zeit siehst du hier." Sie zeigt mit dem Finger über die Kochstelle nach oben.

Beeindruckt von ihrem Vortrag sehe auch ich hinauf und kann nichts erkennen. „Da ist doch nichts."

Die Frau lächelt mich an. Es scheint sie zu freuen, noch einen Zuhörer zu haben. „Eben. Es gab keinen Abzug. Die Leute haben hier im Qualm gehockt."

Überrascht von dieser Aussage wandert mein Blick noch einmal hoch zur Decke. Man glaubt es kaum, dass die Menschen damals so gelebt haben.

Eine laute Glocke von draußen lässt uns aufhorchen. „Mama, Mama, der Bäcker ist da." Das kleine Mädchen stürmt raus. Auch ich bin neugierig und möchte gerne wissen, was los ist. Also folge ich den beiden.

Nicht nur die kleine Familie, sondern auch die Wandergruppe und einige andere Besucher gehen dem Mann in der historischen Kleidung nach.

Kräftig wedelt er mit der Glocke.

Um die nächste Ecke wurde ein Backhaus errichtet. Es sieht moderner aus als der Rest des Dorfes.

„Ihr Loaid, ihr Loaid. Wir backen Brot."

Ich stehe leider zu weit hinten, um alles genau verfolgen zu können, aber immerhin spricht der Mann laut genug, um ihn zu verstehen.

Wir werden Zeuge davon, wie sie früher Backhäuser gesäubert und aufgeheizt haben.

Die ersten Zuschauer verschwinden, da wohl nicht so viel passiert, wie sie sich gewünscht haben. Somit habe ich die Möglichkeit, ein wenig aufzuschließen und zu beobachten, wie er die Tür schließt und seine Handschuhe auszieht.

„So. Wir treffen uns hier in einer Stunde. Dann ist er heiß genug, um die Brote einzuschießen.

Ja, einschießen, so nennt man das. Hat jemand eine Frage?" Die Hände, die sofort nach oben gehoben werden, zähle ich nicht. Lieber wende ich mich ab und gehe eine Runde spazieren. In einer Stunde, wenn es weitergeht, möchte ich wieder hier sein und beobachten, wie er das Brot macht.

Ich komme nicht weit und setze mich erst mal in den Außenbereich der Gaststube. Die viele frische Luft hat mir Appetit gemacht und so bestelle ich bei einer Kellnerin namens Susanne eine Vesperplatte.

„Kann es sonst noch etwas für dich sein?"

Ich überlege einen Augenblick, ob ich wirklich diesen Wunsch äußern sollte. Aber ich habe nichts zu verlieren. „Habt ihr Balsamico-Creme und Mandarinen?"

Wie zu erwarten, sieht die Bedienung mich etwas verwirrt an. „Ich bin da ein bisschen eigen."

Warum auch immer ich das Gefühl habe, mich rechtfertigen zu müssen, ich tue es immer wieder.

Es dauert nicht lange, bis mein Essen mit meinen Sonderwünschen kommt. Susanne bleibt stehen und sieht auf meinen Teller. Ihre Neugier springt mich förmlich an. „Was machst'n damit genau?"

Ich versuche, mein Lächeln zu unterdrücken und trinke erst mal einen großen Schluck der eiskalten Kräuterlimonade. Diese ist natürlich nicht authentisch für die Umgebung, aber eine Empfehlung von Sigrid. Und sie hat recht. Es schmeckt köstlich. „Ich mache mir fast überall Balsamico-Creme drauf. Und Mandarinen unterstreichen all diese Köstlichkeiten."

„Das ist ja echt interessant. So was habe ich noch nie probiert."

Susanne ist sehr nett und da ich mir vorgenommen habe, offener zu werden, ist das eine gute Übung. „Na dann probiere es mal." Es fühlt sich seltsam an, aber das Duzen fällt mir leichter, als ich gedacht habe.

Sie sieht sich erst mal in alle Richtungen um, bevor sie ihre Hände aneinanderreibt, als hätten wir einen Plan ausgetüftelt. „Ja. Sehr gerne."

Sofort belege ich ihr eine Scheibe des Bauernbrotes, wie ich es am liebsten mag, und schneide es in zwei Hälften. Ehe ich einen Bissen davon nehme, warte ich auf ihre Reaktion. Ein Seufzer, ein Augenverdrehen.

„O mein Gott, das ist ja so lecker." Sie ruft so laut, dass sie die Aufmerksamkeit von anderen Gästen auf sich zieht.

Natürlich freue ich mich sehr über ihre Reaktion und beiße in meine Eigenkreation.

Auch ich bin überrascht, wie besonders gut das Brot schmeckt und kann mir das Seufzen nicht verkneifen. „Mh, das Brot ist ja köstlich."

„Ja, das ist hier von dem Bäcker. Er wird gleich neues Brot backen. Dann kannst du dir eins kaufen. Wenn ich nur solche Sachen zubereiten könnte. Das ist echt der Wahnsinn." Sie beißt voller Genuss von ihrem Brot ab und spricht mit vollem Mund. „Und dann zauberst du sicherlich noch mal so schöne Sachen." Susanne leckt sich die Finger nach dem letzten Bissen und strahlt mich an. „Du solltest diese Kreationen verkaufen, meine Liebe. Die sind super." Mit diesen Worten lässt sie mich mit meiner Vesperplatte alleine.

Begeistert, dass Brot so schmecken kann, fallen mir sofort Abwandlungen ein, wie ich es belegen könnte. Ich werde ganz sicher ein bis zwei Brote mit nach Hause nehmen. Vielleicht freuen sich Sigrid und Manfred über die neuen Varianten, die ich austesten möchte. Der Gedanke beflügelt mich, dass andere meine Ideen, die für mich schlichtweg Alltag sind, gut finden.

Mein Herz klopft schneller, als ich mir vorstelle, dass ich damit viele weitere Leute begeistern könnte.

Als die Glocke des Bäckers ertönt, sehe ich erschrocken auf die Uhr. Ich wollte doch diesmal vorne stehen, damit ich besser verfolgen kann, was er genau macht.

Diese alten Öfen und das Handwerk, das man sonst nur noch im Fernsehen sieht, interessiert mich sehr. Vor allem, weil ich frisches Brot so sehr liebe. Sofort winke ich Susanne zu mir und bezahle meine Rechnung.

Die Menge der Interessierten hat sich nach meinem Gefühl verdoppelt. Das mag an der Mittagszeit liegen und auch daran, dass es frisches Brot gibt.

„Damit es schnell geht, brauche ich kleine Hände, die mir helfen. Die Kinder stellen sich bitte in zwei Reihen auf und reichen das Brot auf meine Schaufel."

Das Gewusel geht los. Keiner hat den Mann verstanden, vor allem nicht die Kinder, die sich gegenseitig auf den Füßen stehen. Belustigt sehe ich zu, wie sich die größeren und kleineren Kinder wegschubsen und manche Elternteile ihre Sprösslinge nach vorne schieben. Dem Bäcker wird es bald zu bunt, sodass er einfach anfängt und es ihm egal ist, wer die vorbereiteten Teigstücke auf die Schaufel legt. Nach und nach werden alle vier Bleche geleert, der Ofen geschlossen und er widmet sich den Leuten, die Fragen haben.

Der Duft der Brote liegt schon wenig später in der Luft und ich kann es kaum erwarten, welche zu kaufen und sie Manfred zu präsentieren. Sicherlich werden sie ihm auch so gut schmecken wie mir.

Zu meiner Überraschung verkauft mir der Bäcker nur eines seiner Brote. „Tut mir leid, nur eines pro Haushalt. Sonst reicht es nicht für alle."

Ich verstehe ihn, trotzdem bin ich ein bisschen enttäuscht.

Mein Auto lasse ich mehr rollen, als dass ich Gas gebe und sehe mich in der Landschaft um. Hier ist tatsächlich ein hohes Maß an Entspannung zu finden. Idyllisch liegt das Bergdorf im Nirgendwo. Keine Ablenkung, frische Luft, als wäre man in einer anderen Welt.

Ich schwelge in Vorstellungen, wie man das am Wichtelhäusl umsetzen könnte.

Durch die Seilbahnstation, deren Hauptweg direkt an der Gaststube vorbeiführt, hätte ich immer genug Laufkundschaft. Zumindest, wenn diese auch den Berg runter und nicht weiter hoch wollen. Aber wenn die Leute erst einmal hochfahren, um eine Wanderung zu starten, wollen sie doch nicht gleich einkehren und sich bei mir hinsetzen.

„Bei mir?“, flüstere ich und stelle mir tatsächlich vor, wie die Leute in mein Wichtelhäusl kommen.

Überrascht von mir selbst, dass ich es wirklich in Betracht ziehe, wird mein Griff ums Lenkrad fester. Denke ich tatsächlich darüber nach, das Erbe anzutreten? Und dass nur wegen meines Sandwich-Hobbys?

Ich versuche, cool zu bleiben und mich nicht in irgendetwas hineinzusteigern. Traue ich es mir denn wirklich zu, so etwas Gewaltiges auf die Beine zu stellen? Würden die Menschen extra zu mir kommen und für meine Ideen Geld bezahlen? Für die Brote? Ob jemand wegen meines Geschmacks hochkommt? Ich kann es mir nicht vorstellen. Das Hochgefühl nach Susannes Einschätzung ist verflogen und die Zweifel krallen sich in meine Gedanken.

Obwohl ich gemütlich fahre, zieht die Landschaft schnell an mir vorbei. Das erste Ortsschild mit Mayenhofen habe ich schon entdeckt und bin stolz auf mich, dass ich es bisher ohne Navi geschafft habe. Zunächst mache ich mir keine Gedanken über die braunen Büsche am Straßenrand. Ich konzentriere mich zu sehr auf die Straße. Doch als ich mich langsam aus meiner Traumwelt in die Realität ziehe, glaube ich, eine liegende Kuh zu erkennen. Und noch eine, und noch eine. „O nein. Schon wieder Kühe."

Erst als ich mich voll und ganz auf die Tiere fokussiere, realisiere ich, wie viele hier weiden. Außerdem erspähe ich nirgendwo einen Zaun. Was ist, wenn die einfach über die Straße …

Den Gedanken noch nicht vollendet, stehen mehrere Kühe mitten auf dem Weg, sodass ich eine Vollbremsung machen muss. Ich habe ein Déjà-vu. Mein Auto und die Kühe.

Ich kann hier auf der Straße mit dem schmalen Bachlauf an der Seite und den Büschen nicht ausweichen, um an ihnen vorbeizufahren.

Die Kühe stehen unbeeindruckt auf der Straße. Während ich sie beobachte, überlege ich, wie viele Unfälle diese wohl auslösen. Wer weiß, ob mir nicht gleich noch einer reinfährt, weil er zu schnell die Kurve nimmt. Ich bin mir nicht sicher, ob diese Herde aus ihrem Gehege ausgebrochen ist oder hier sein darf.

„Das ist doch einfach nicht wahr." Ich verkrampfe die Hände ums Lenkrad. Mein Weg ist nicht mehr weit, zumindest glaube ich das. Ich sehe mich ratlos um und bemerke erst in diesem Augenblick, wie dunkel die Wolken sind, die sich anbahnen. Die Sonne versteckt sich schon hinter ihnen und die Bäume und Büsche geben preis, dass es sehr windig wird. Jetzt könnte es ungemütlich werden. Das müssen die Tiere doch merken.

Und endlich habe ich Glück. Mit den ersten Regentropfen auf meiner Windschutzscheibe trotten die sturen Kühe von der Straße. Und in diesem Augenblick erkenne ich sie.

Die hellbraune Kuh mit der giftgrünen Glocke ist unter ihnen. „Du blöde Kuh verfolgst mich doch." Ich komme mir blöd vor zu flüstern, aber ich kann nicht anders.

Der Regen hat zugenommen und ich muss die Scheibenwischer schon auf mittlerer Stufe laufen lassen, während ich den Weg hinabrolle. Bis eben noch stolz auf meine Orientierung fühle ich mich unter dem Regenschauer und der plötzlichen Dunkelheit verloren. Ich sehe kaum etwas, bleibe irgendwann an der Seite stehen und schalte meinen Warnblinker an. Lieber warte ich, bis sich der Himmel aufklart. Das erste Donnergrollen ist lauter als das Geräusch des Regens, das auf mein Autodach prasselt. Nach und nach nehmen die Blitze zu und der Donner folgt in kürzeren Abständen. So wie es sich anhört, ist das Gewitter genau über mir. Es kracht so laut, als würde ein Haus über mir zusammenstürzen.

Sonst habe ich nie so viel Himmel über mir. In der großen Stadt stelle ich mich in irgendeinen Laden und warte ab, bis es vorbei ist. Da bekommt man kaum mit, wenn draußen ein Weltuntergang vonstattengeht. Aber hier, in der Fremde, fühlt sich das Gewitter bedrohlich an. Vor allem, weil ich alleine unterwegs bin und mich nicht auskenne. Um mich abzulenken, checke ich mein Handy. Da entdecke ich die kleine Zahl auf dem E-Mail-Icon. Tanja hat mir geschrieben.

Hallo Franzi,
ruf mich doch mal aus dem schönen Österreich an.
PS: Der Student ist göttlich – in jeder Hinsicht.
Gruß Tanja

Da es Mittwochnachmittag ist, hat die Bücherei geschlossen. In dieser Zeit brauche ich erst gar nicht versuchen, im Büro anzurufen. Sie wird sicher dem Studenten nachlaufen und ihm bei der Arbeit behilflich sein. Dann ist meistens auch der Anrufbeantworter an.

Ich drücke den Button für Antworten und überlege, was ich schreiben soll, als es an meiner Seitenscheibe klopft.

Erschrocken wende ich mich der Person neben meinem Auto zu und kurble die Scheibe einen Zentimeter nach unten.

„Na, hast du ’ne Panne?“ Jan beugt sich vor und zieht eine Kapuze weiter über seinen Kopf.

Eingeschnappt will ich mich von ihm wegdrehen, aber hier jemanden Bekannten anzutreffen, beruhigt mich ein wenig. „Ja, schon. Alles gut. Ich habe nur nichts mehr gesehen. Ich warte, bis es weniger regnet.“

„Da kannst du lange warten. Wenn es hier runterkommt, dann knallt es für gewöhnlich ein bisschen länger. Die Wolken hängen an den Bergen fest.“

Er grinst mich an und ich weiß nicht, ob er einen Witz gemacht oder es ernst gemeint hat.

„Na ja, dann warte ich eben“, gebe ich zurück, ohne auf seine Erklärung einzugehen.

„Das musst du wissen. Aber wenn du hier rechts abbiegst, bist du doch gleich in der Wohnung.“

Dankbar für diese Information nicke ich nur. Ich möchte nicht zugeben, dass ich tatsächlich die Orientierung verloren habe.

„Na ja. Du musst wissen, was du tust. Ich fahre dann mal weiter, wenn es hier keinen Notfall gibt.“ Er klopft zweimal aufs Dach und dreht sich weg.

Erst jetzt nehme ich wahr, dass er sein Auto mitten auf der Straße abgestellt hat. Während er um seinen Jeep herumgeht, erkenne ich auf dem Beifahrersitz eine blonde Frau. Es ist nicht dieselbe, die er gestern im Restaurant dabeihatte.

Warum interessiert mich das überhaupt? Ich wundere mich über mich selbst und warte, bis er eingestiegen und weggefahren ist.

Mit den Scheibenwischern auf höchster Stufe starte ich den Motor und fahre rechts um die Ecke. Vor mir sehe ich den steinernen Bogen und weiß, wo ich bin.

KAPITEL 13

An der Wohnung angekommen ziehe ich das Brot in seinem braunen Papier unter meinem Pulli hervor. Es ist zum Glück nicht allzu nass geworden. Bevor ich die Wohnungstür öffne, höre ich, wie Sigrid und Manfred lachen. Sie scheinen einen schönen Mittag zu haben. Zögerlich streiche ich über die Tür, da ich sie nicht unterbrechen möchte. Aber durch den Sturzregen bin ich durchnässt und zittere. Ich brauche unbedingt eine heiße Dusche.

Also schließe ich auf und das Lachen der beiden verstummt. Es fühlt sich seltsam an, schließlich hört man doch in der Regel auf zu lachen, wenn man sich über denjenigen amüsiert hat. Lästern die beiden etwa über mich? So was kenne ich zur Genüge aus Berlin. Schon in der Schule, dann in der Ausbildung und selbst im Büchereiposten hatte ich das Gefühl, dass über mich geredet wurde.

Hauptsächlich natürlich wegen meiner Angst vor Tieren. Kurz muss ich die Augen schließen. Es ist vergangen. Entspann dich. Damit trete ich ein und sehe direkt in Sigrids Gesicht.

„Ach, wie siehst du denn aus? Ich halte es nicht aus. Ab in die Dusche, meine Liebe."

Ich nicke ihr zu, reiche ihr das Brot und verschwinde sofort im Bad. Nachdem ich die nassen Sachen ausgezogen habe, bemerke ich eine Herrenbadehose am Heizkörper hängen, die ich Manfred bei unseren Vorbereitungen gekauft habe. Ich greife an eine der Ecken und merke, dass sie nass ist. Ein Schmunzeln kann ich mir nicht verkneifen. Ich wickle mir ein Handtuch um und öffne die Tür ein Stück. „Na, warst du heute baden, Manfred?" Es ist schön, mal über etwas anderes nachzudenken und das Thema gezielt woanders hinzusteuern.

„Jaja. Das hättest du wohl gerne. Die hat mich gezwungen." Mit dem Finger zeigt er von der Couch aus zu Sigrid, die den Esstisch abräumt.

„Was? Ich habe in meinem Leben noch niemanden zu irgendetwas gezwungen. Und außerdem: Du hattest jede Menge Spaß."

„Einen Scheiß hatte ich."

Manfreds Worte erschrecken mich.

Ich kann nicht einschätzen, ob er Spaß macht oder doch gezwungen wurde. Rein solidarisch muss ich zu ihm halten, da wir uns schon so lange kennen. Aber gerade deswegen weiß ich auch, dass er es gerne übertreibt.

„Ach, du alter Griesgram. Gib doch zu, was ich herausgefunden habe." Sigrid stellt sich zwischen uns und stemmt die Arme in die Seite.

Immer wieder sieht sie über die Schulter zu mir herüber und wartet, dass Manfred eine Antwort gibt. Dieser sitzt auf der Couch, hat die Arme vor der Brust verschränkt und einen Schmollmund gemacht. „Na komm schon. Sag Franziska, wie es um deine Beine steht. Sonst mach ich es."

„Nichts wirst du machen. Du hast doch gar keine Ahnung." Er scheint beleidigt zu sein.

Sigrid dreht sich ganz zu mir. „Seine Beine sind in Schuss. Wenn er sich mehr bewegen würde, würden sie auch nicht mehr so wehtun. Sie sind einfach eingerostet." Sie zwinkert mir zu und schiebt mich zurück ins Bad.

„Das stimmt doch gar nicht. Meinen Beinen geht es schlecht. Ihr steckt doch nicht in diesem alten Körper, sondern ich." Sein Atem geht schneller und er beginnt zu husten.

Ich fühle mit ihm, habe Angst, dass er keine Luft mehr bekommt und trete aus dem Bad heraus.

Doch Sigrid ist schneller. Sie legt ihm eine Hand auf den Rücken sowie eine auf den Brustkorb. „Das ist kein Grund, sich aufzuregen, okay? Niemand maßt sich an, zu sagen, wie du dich wirklich fühlst. Ich kann nur mit meinem Erfahrungsschatz sagen, dass dir hauptsächlich Bewegung fehlt. Vielleicht braucht es auch ein bisschen mehr, aber ich bin ja kein Arzt. Aber weißt du was?

Bewegung tut immer gut. Wir liegen damit also immer richtig." Während sie mit sanfter Stimme auf ihn einredet, beruhigt er sich zügig. Sigrid nickt mir zu und ich gehe schnell duschen. Dass er sich so aufregt, verstehe ich nicht. Ich will mir aber merken, ihn niemals so zu provozieren, damit so was nicht noch einmal passiert.

Als ich das Bad verlasse, steigt mir der Geruch von Tomaten in die Nase. Mein erster Gang führt mich in die Küche. Dort treffe ich auf Sigrid, die eine herrlich duftende Tomatensuppe umrührt.

„Ich denke, so 'ne Suppe tut dir bei dem Wetter richtig gut." Sigrid bemuttert mich und ich muss sagen, dass es mir in diesem Augenblick gut gefällt.

„Die hättest du nicht extra kochen müssen."

„Habe ich nicht. Zumindest nicht frisch. Meine Tochter macht Tomatensuppe immer ein, weil sie ein Faible für Tomatenpflanzen hat.

Sie kann nur nicht so viel essen, wie sie erntet, also deckt sie alle Bekannte, Freunde und die Familie mit Tomatensuppe ein. Und sie ist wirklich schmackhaft."

Ich bin froh, dass sie sich nicht so eine große Arbeit gemacht hat. Die Suppe sieht sehr lecker aus und ich freue mich, diese mit dem frischen Brot zu essen.

„Mh, da fällt mir was ein." Sofort habe ich das Rezept für geröstetes Knoblauchbrot im Kopf.

Sigrid sieht mir über die Schulter, wie ich die Knoblauchbutter zubereite und auf das Brot schmiere. Das Rösten ist schnell erledigt, sodass ich mit einer Schüssel und dem Brot am Esstisch sitze. Sigrid nimmt neben mir Platz und auch Manfred hinkt langsam zum Tisch, um mir Gesellschaft zu leisten.

„Na, das ist doch schon mal eine gute Voraussetzung." Während ich den ersten Löffel zum Mund schiebe, strahlt Sigrid mich an. Ich weiß nicht, was sie mir damit sagen will, weswegen ich sie einfach nur ansehe.

„Wenn du kochen kannst, kannst du auch ein Restaurant aufmachen."

Den Löffel lasse ich sinken. Meine Entspannung ist wie weggeblasen. „Wenn ich das Restaurant aufmache?"

„Ja, na klar. Dann kannst du dort deine leckeren Sachen zubereiten. Oder einen Koch einstellen, der dann das kocht, was du willst.

Es gibt Möglichkeiten, du musst das ja nicht alleine aufziehen." Sigrid lächelt mich voller Zuversicht an.

Ich weiß nicht, wie ich reagieren soll. Im Kopf male ich mir aus, wie die Speisekarte mit meinen Sandwichkreationen aussehen würde, während ich einen Löffel der köstlichen Suppe nach dem nächsten esse. Vielleicht sollte ich Sigrid von meiner Idee erzählen? Ob es ihr gefallen würde? Ob es mir zusagen würde, in Österreich zu bleiben und etwas ganz anderes zu machen als bisher?

Der Gedanke daran fühlt sich weniger beängstigend an, als ich bisher dachte. Hin- und hergerissen lege ich den Löffel in den leeren Teller und lehne mich im Stuhl zurück. „Ich weiß es nicht."

„Na, dann lassen wir das Thema lieber. Bei dem Mistwetter können wir ein bisschen Karten spielen." Ohne eine Antwort abzuwarten, steht sie auf, zieht die Schublade des Sideboards auf und hält Rommé-Karten hoch.

Dankbar dafür, dass ich nicht mehr darüber nachdenken muss, spielen wir mit großer Freude. Sogar Manfred kann dem Ganzen etwas abgewinnen. Und lacht, wenn er uns mit einem Handrommé die Punkte hochtreibt. Nach und nach bin ich wie in einer Trance und freue mich, einfach zu schweigen.

„So, Franzi. Dann erzähl doch mal ein bisschen von deinem Leben in Berlin." Falsch gedacht.

Sigrid lehnt sich zurück und wartet auf eine Antwort, während Manfred am Zug ist.

„Da gibt es nicht viel zu erzählen. Mein Leben verläuft ruhig. Ich gehe aus, treffe Freunde, hab supernette Kollegen, ich liebe meinen Job und –"

„Das ist doch alles Schmarrn, was du da erzählst." Manfred unterbricht mich und zeigt mit dem Finger in meine Richtung. „Du hast keine Freunde und ich weiß genau, dass deine Kollegin Tanja eine dumme Nuss ist. Du langweilst dich. Das hast du mir selbst schon gesagt."

Ich weiche Sigrids Blick aus, denn Manfred hat recht. Nur zugeben will ich das nicht. Lieber lebe ich in dieser Blase, in der alles so gut ist, wie es ist. Doch seit ich hier bin, hinterfrage ich alles. Wer bin ich? Und wo will ich hin? Was sind meine Träume und Wünsche?

„Na aber einen Freund hast du sicherlich, oder?"

Bevor ich überlegt habe, was ich sagen möchte, redet Manfred. „Nein, hat sie nicht. Anscheinend will sie lieber alleine alt werden. Das ist nicht schön."

Sigrid legt ihre Karten auf den Tisch und tätschelt meine Hand. „Hier finden wir sicher einen netten Burschen für dich. Da bin ich mir sicher. Hier laufen genug rum."

Ich kann nicht anders, als laut zu lachen. „Ja. Aber auch genug Kühe."

„Ja, die haben wir auch. Ist das nicht schön?"

Lieber verkneife ich mir meinen Kommentar, wer weiß, ob ich damit ihre Gefühle verletze. „Ja. Ganz toll." Schnell möchte ich das Thema wechseln. „Morgen will ich noch mal hoch zur Hütte. Ich weiß nur nicht genau, wo ich den Schlüssel –"

„Ach du liebes bisschen. Den habe ich gar nicht mehr im Kopf gehabt."

Sofort steht sie auf und verlässt die Wohnung. Wenig später kommt sie zurück, stellt sich in die Tür, stemmt die Arme in die Seiten und sieht mich mit gerunzelter Stirn an. „Sag mal, wie bist du denn gestern in die Hütte gekommen?"

Ich habe gehofft, dass es niemals rauskommt, doch ich komme nicht drumherum. „Gar nicht. Ich war nur kurz oben, habe sie von außen gesehen, Bekanntschaft von Jan, Hühnern und den Ziegen gemacht. Und dann bin ich runtergefahren."

Sigrid steht mit offenem Mund da und scheint zu überlegen, was sie sagen soll. Dann schüttelt sie den Kopf und setzt sich hin. „Hier ist der Schlüssel. Ich hätte ihn dir schon viel früher geben müssen. Es tut mir leid."

„Nichts passiert." Ich lächle sie tapfer an und würde am liebsten im Erdboden versinken. Wenigstens versucht sie, die Schuld auf sich zu schieben und mich nicht auffliegen zu lassen. Denn, wer ist so blöd und fährt zu einer Wichtelhütte ohne Schlüssel?

„Also ich denke, einen kleinen Ausflug morgen in die Berge können wir machen, oder, Manfred?"

Ich habe das Gefühl, dass sie in ihrer Rolle als Babysitter von Manfred aufgeht.

Ob sie sich auch so intensiv um meine Tante gekümmert hat, als sie so krank war? Gerne würde ich sie danach fragen, aber ich glaube, dass dies nicht der passende Augenblick dafür ist.

„Also ich bleibe hier. Ihr bekommt mich nicht auf den Berg."

Rausgerissen aus meinen Gedanken sehe ich ungläubig zu Manfred. Hatten wir das Thema nicht am Vortag besprochen? Warum sträubt er sich denn immer noch, irgendwas zu erleben?

„Ach Mensch, du kannst doch ruhig mit hochfahren. So steil ist es nicht."

„Aber es ist steil. Meine Beine werden das nicht schaffen. Was ihr alles von mir verlangt. Erst Wasser und dann ein ganzer Berg. Ich bin ein alter Mann. Ich bleib' hier." Manfreds Entschluss steht fest und ich glaube nicht, dass ich ihn umstimmen kann. Warum genau habe ich ihn mitgenommen? Damit er hier in der Wohnung versauert und einen Betreuer wie Sigrid braucht?

„Also ich fahre morgen mit dir nach oben. Ob der Meckerfritze mitkommt, oder nicht." Dankbar nicke ich Sigrid zu. „Da freue ich mich."

KAPITEL 14

Natürlich kommen wir ohne Kuhvorfall am nächsten Morgen am Häusl an. Diesmal habe ich sogar den richtigen Parkplatz angesteuert.

Bei diesem zweiten Besuch fühlt sich das Betreten des Geländes schon nicht mehr fremd an. Mir fallen ganz andere Sachen auf. Vielleicht, weil mich diesmal nicht Jan begleitet oder ich nach dem leichten Aufstieg nicht damit zu tun habe, richtig zu atmen.

Die Steinmauer geht mir nur bis zum Oberschenkel. Sie scheint mehr Deko zu sein, als jemanden fernzuhalten. In regelmäßigen Abständen sind die Steine ausgehöhlt. Sicherlich, um sie zu bepflanzen. Der schmale Kiesweg führt direkt zum Haupteingang und von dort aus nach rechts und links zu den gepflasterten Terrassenbereichen. Der Platz reicht meiner Meinung nach für acht Bierzeltgarnituren, ohne dass sich jemand anrempeln muss.

„Komm, lass uns mal hineingehen.

Ich war so lange nicht mehr hier.“ Sigrid steht am Haupteingang und winkt mich zu sich.

„Wie sah es denn hier aus? Also ich meine die Tische?“

„Rechts gab es vier Vierer, zwei Sechser und zwei Singletische. Hier drüben gab es für größere Wandergruppen lange Bänke und Tische. Alles steht im Keller und kann, wenn wir links ums Haus gehen, hochgeholt werden.“

Die Informationen speichere ich ab und schließe das Gebäude auf. Es fühlt sich seltsam an, dass womöglich Rosi die Letzte war, die diesen Ort abgeschlossen hat. Das Holz ächzt unter dem leichten Druck, den ich brauche, um die schwere Tür zu öffnen.

Die Luft riecht abgestanden. Die Gerüche von Holz, Frittierfett und Alkohol mischen sich dazu, sodass ich sofort alle Fenster öffnen möchte. Sigrid folgt mir langsam und verkeilt die Tür so, dass sie offen stehen bleibt. Dieser Vorraum ist gleichzeitig ein Treppenhaus. Der goldene Handlauf führt hinauf und auch hinunter in den Keller. An der Wand entdecke ich ein Schild mit der Aufschrift „Toiletten“. Der Pfeil deutet nach unten. Der Treppenteil nach oben ist mit einer goldenen Kette abgesperrt. Hier prangt ein großes Schild mit „Privat“ an der Wand.

Braune Fliesen und ein abgenutzter Teppich zieren den Raum.

Links, gegenüber der Treppe, hängt ein langer Spiegel in goldenem Rahmen über einer rustikalen Kommode.

Daneben steht ein offenes Glasregal mit Flyern und Nippes. Schnell stelle ich fest, dass alle Termine auf den Zetteln längst abgelaufen sind.

„O Mann. Hier muss echt Luft rein." Sigrid entfernt die Kette und steigt wenige Treppenstufen nach oben. Das winzige Fenster habe ich gar nicht wahrgenommen. Mit einem Ruck öffnet sie es und fächert sich Luft zu.

Ich sehe auf den Flyer in meiner Hand. Traurig darüber, dass hier kein Leben mehr herrscht, lege ich den Zettel zurück und schlinge meine Strickjacke enger um meinen Körper. Es fröstelt mich, aber nicht, weil es kalt ist.

Wie gerne würde ich Sigrid fragen, wie es früher hier aussah. Doch sie stürzt vor mir in den Gästeraum und reißt alle Fenster auf. Rechts und links neben der Tür stehen Garderobenständer mit Hutablage und Schirmhalter. Alles ist mit Goldrändern verziert. Die Holztische sind quadratisch. Die dazu passenden Stühle und Eckbänke an den Seiten sind rot gepolstert.

Ich stelle mir vor, wie die Gäste ein und aus gegangen sind. Da eine Feier, dort eine kleine Familie, die sich für ihren Wandertag stärkt. Das Abendbier für die Angestellten oder im Winter der heiße Kakao zum Aufwärmen.

Als ich in die Realität zurückfinde, muss ich ernüchternd feststellen, dass dieser Raum kahl ist.

Selbst der Inhalt der Blumentöpfe, die Sigrid von den Fensterbänken räumt, um frische Luft hereinzulassen, sieht trostlos aus.

„Alles vertrocknet. Verdammt." Sigrids Flüche höre ich nur ganz leise.

Erst möchte ich sie in Ruhe lassen, doch ich folge meiner Intuition. „Warst du oft hier?"

Sigrid dreht sich nach meiner Frage sofort zu mir herum.

„Kindchen." Das Lachen in ihrem Gesicht ist verschwunden. „Jeden Tag."

Ihre Worte dringen bis an mein Herz und vor Rührung muss ich kräftig schlucken. Ratlos, wie ich sie aufmuntern soll, laufe ich durch die Gaststube. Mir will nichts einfallen, bis ich an der langen Holztheke ankomme. „Erklärst du mir, wie das hier alles funktioniert?"

Sie schüttelt den Kopf und öffnet das letzte Fenster. „Das kann dir nur ein Techniker erklären, oder Anna vielleicht. Das Teufelszeug bediene ich alles nicht. Ich bin froh, wenn das Ding einen Kaffee macht. Das letzte Mal, als ich da einen Knopf gedrückt habe, stand der Boden unter Milchschaum."

Ich versuche, mir das bildlich vorzustellen, wie Sigrid in Milchschaum steht und mit meiner Tante versucht, den richtigen Schalter zu finden.

Ich muss zugeben, dass ich Vollautomaten nicht gerne bediene. Ich bin da klassisch veranlagt und brühe auch mal mit einem Porzellantrichter meinen Kaffee auf.

Mein Versuch, Sigrid aufzumuntern, hat funktioniert. So steuere ich die Tür neben der Theke an. Darüber steht Küche fein säuberlich an die Wand gepinselt. Schön verziert mit Edelweiß und Efeu.

„Dahinten geht's zum Lager, Büro, Küche und so."

„Gut. Ich sehe mich mal um."

„Mach das. Ich gehe mir mal die Hände waschen. Ach ja, die Toiletten sind unten." Sie zeigt zurück ins Treppenhaus.

„Die habe ich gesehen. Danke." Damit drücke ich gegen die Schwenktür und stehe in einem langen Flur.

In einem Horrorfilm müsste nun das Deckenlicht flackern und auf der anderen Seite eine dunkle Gestalt stehen. In solchen Situationen frage ich mich immer, warum die Leute kein Licht anmachen oder warum sie zum Teufel immer alleine sein müssen.

Und jetzt stehe ich selbst hier und betrete den abgenutzten beigefarbenen Teppich. Die Türen sind weiß und beschriftet. Die Küchentür steht offen, alles ist dunkel darin. Kein Leben.

Bei dem Gedanken daran, dass hier viele Jahre lang die Angestellten ein und aus gegangen sind und die Räume voller Leben waren, bekomme ich eine Gänsehaut.

Die ganzen Existenzen, die dahinterstehen. Ich male mir aus, wie viele schöne und unschöne Sachen hier passiert sind und was sich Rosi bei alldem gedacht hat. Um die Gänsehaut zu verdrängen, streiche ich über meine Oberarme. Es fröstelt mich bei der Vorstellung, wie früher die Frau auf dem Bild hier gekocht haben muss. All diese Gebrauchsgegenstände, die vor sich hin stauben und nicht benutzt werden.

Ob ich das hier kann? Ohne die Küche zu betreten, greife ich um die Ecke und versuche, einen Lichtschalter zu ertasten. Doch ich finde keinen. Ich stelle mir vor, wie all die Arbeitsflächen mit den Broten und Aufstrichen, dem frischen Gemüse und Saucen gefüllt sind. Sofort bemerke ich meinen schnelleren Herzschlag. Doch diesmal nicht nur aus Angst. Ein bisschen Vorfreude und Lust auf so ein Projekt schleichen sich ein. Ich bin über mich überrascht und drehe mich weg. Das Schild auf der Tür gegenüber lässt mich kräftig schlucken.

„Rosis Büro."

Mein Gefühl sagt mir, dass ich diesen Raum respektvoller behandeln sollte als die anderen.

Schließlich bin ich mir hundertprozentig sicher, dass sie hier viel Zeit verbracht hat. Dieser Gedanke ist wertvoll, auch wenn ich mir ein wenig dumm vorkomme.

Das Büro ist, so wie alles andere im Wichtelhäusl, nicht sehr hell gehalten. Ein grauer Schreibtisch, ein eckiger Besprechungstisch mit einer orangefarbenen Tischdecke, die schräg drapiert wurde. Zwei Besucherstühle und ein Drehstuhl am Schreibtisch, mehr gibt es hier nicht. Wenn ich nicht wüsste, dass es Rosis Büro ist, würde ich es für einen Mitarbeiterraum halten. Die liebevolle Einrichtung aus der Wohnung kann ich hier nicht entdecken. Haben sie denn schon alles von Rosi weggeräumt?

Da bemerke ich das Vibrieren in meiner Tasche. Mein Handy. Oje. Ob was mit Manfred ist? So schnell ich kann, setze ich die Tasche auf dem Schreibtisch ab und krame darin herum. Wie traurig es ist, dass ich nur daran denke, dass etwas mit Manfred sein könnte. Sonst habe ich wohl nichts im Leben. Ganz schön bitter. Endlich habe ich das Telefon gefunden und lese verwundert die Berliner-Vorwahl auf dem Display. „Löwen?“

„Franziiiii!“ Tanjas Schrei muss jeder in Mayenhofen gehört haben.

Ich bin überrascht von ihrem Anruf, da sie mich noch nie in meinem Urlaub angerufen hat. Wenn ich darüber nachdenke, hat sie sich noch nie so gemeldet.

Es macht mich stutzig. Erst die E-Mail und jetzt noch ein Anruf. Irgendetwas wird passiert sein.

Ob meinem Chef dieser Urlaub doch nicht passt? „Hallo, Tanja. Ich habe dir geantwortet …“

„Ich weiß, ich weiß. Nun erzähl doch mal von Österreich."

Es macht mich skeptisch, dass sie einen Plausch mit mir halten möchte. Wir sind bisher keine sonderlich guten Freundinnen gewesen.

Tanja hat sich bisher immer in den Vordergrund gestellt und von sich erzählt. Das war mir recht, denn so musste ich nichts von mir preisgeben. Auf eine private Freundschaft hatte ich es mit ihr nicht abgesehen. Anscheinend möchte sie diese aber gerne. Vielleicht hat sie mich ja vermisst?

Trotzdem kommt es mir komisch vor, ihr von meinem Urlaub zu erzählen. Gerade weil sie sich nur für sich selbst interessiert hat. Trotzdem sitze ich wenig später auf dem Drehstuhl und berichte munter von Kühen, Weiden, Pool und dem Brotbacken.

„Ist ja der Wahnsinn. Das klingt ja so, als hättest du richtig viel Spaß. Das freut mich für dich. Wirklich."

Überraschenderweise habe ich es genossen, so mit ihr zu sprechen. Bisher dachte ich nicht, dass wir uns privat verstehen würden. Wir sind so verschieden in … allem. Angefangen vom Kleidungsstil.

Während sie so viel Haut wie nur möglich zeigen möchte, kuschle ich mich lieber in bequeme Kleidung oder in adrette und farblich abgestimmte Blusen sowie Hosen mit passenden Accessoires. Ihre Art, wie sie auf Männer zugeht und was sie allgemein von sich selbst hält, ist weit von meiner entfernt. Sie rennt jeder Gelegenheit hinterher. Bezeichnet die Männer als „Beute" oder „Material" und bietet sich ihnen so billig an, dass selbst ich mich manchmal schäme, in ihrer Nähe zu sein. Dagegen bin ich wie ein stilles Wasser, unscheinbar. Und so möchte ich das auch haben.

Ich akzeptiere sie als meine Kollegin und dachte, dass wir mehr nicht bräuchten. Doch anscheinend habe ich mich getäuscht.

„Ach ja. Bevor ich es vergesse. Ich hatte dich ja gestern schon angeschrieben, dass du mich mal anrufst." Ihre Stimme klingt verändert ernst.

„Ich wollte wissen, ob du dortbleiben wirst, oder nicht."

Ich fühle mich überrumpelt, da ich nur einen zweiwöchigen Urlaub angetreten bin. „Also eigentlich nicht, ich –"

„Weißt du, es geht darum: Meine beste Freundin hat sich endlich von ihrem Arsch getrennt und wohnt bei mir. Und sie braucht unbedingt eine Stelle. Sie hat schon mit dem Chef gesprochen und …"

Ich nehme den Hörer vom Ohr und stecke das Handy ein. Ihre Stimme kann ich noch hören, aber nicht, was sie sagt. Enttäuschung treibt mir die Tränen in die Augen. Was habe ich mir nur dabei gedacht zu glauben, dass sie doch eine Freundin sei? Ihre beste Freundin braucht einen Job? Tja, dann jagen wir doch die blöde Kuh von Kollegin nach Österreich. Besser kann es für Tanja nicht laufen. Ich bin überrascht. Nicht über das, was Tanja sagt, sondern eher, dass ich daran geglaubt habe, ich hätte eine Freundin gefunden.

Ich brauche dringend frische Luft und stürze in den Gang durch die Gaststube hinaus. Sigrid ruft mir etwas hinterher, aber ich möchte ihr gerade nicht zuhören.

Endlich im Freien nehme ich ein paar tiefe Atemzüge, bevor ich mir die Umgebung ansehe. Langsam spaziere ich den Kiesweg links um das Haus herum, um mich abzulenken. Das Blöken der Ziegen ist nicht zu überhören. Ich frage mich, warum ich das nicht schon vorher wahrgenommen habe.

Der Holzzaun um die Wiese sieht schon sehr alt aus. Im Maschendraht, den man zusätzlich angebracht hat, prangen an manchen Stellen sehr große Löcher. Wahrscheinlich weil Kinder dort versucht haben, die Hand durchzustecken und die Tiere zu füttern.

Ich zähle sieben dunkelbraune Ziegen, einen größeren weiß-schwarzen Bock und zwei Schafe. An der Hauswand sind mehrere Hasenställe angebracht. Die sechs vergitterten Fenster zeigen mir, dass sie alle bewohnt sind. Heu und Stroh wurden so hoch hineingeschaufelt, dass man kaum noch die Tiere sieht.

Ich traue mich nicht, dem Zaun näher als einen Meter zu kommen. Also sehe ich von meinem Platz einfach nur zu, wie sie dort weiden.

Diese friedliche Szene treibt mir den Schweiß auf die Stirn. Ich muss an Jan denken. Seine abfälligen Worte, seine blöden Witze wegen meiner Tierangst. In meinem Kopf spreche ich mir selbst gut zu und traue mich einen Schritt nach vorne. Die erste Ziege hebt ihren Kopf und sieht in meine Richtung. Ich erstarre in der Bewegung und halte die Luft an. Ihr nach außen schielender Blick und das Gras, das ihr noch halb aus dem Maul hängt, müssten mich zum Lachen bringen. Doch ich möchte lieber wegrennen. Das Einzige, was mich vor ihr schützt, ist der Zaun. Als ich drohe, zu ersticken, atme ich zaghaft ein und aus. Endlich weiß ich, was mich stört. Der Zaun. Er ähnelt dem aus meiner Kindheit. Bilder in meinem Kopf kämpfen sich an die Oberfläche. Dieser Zaun stand zwischen mir und meinem Vater, der blass auf der anderen Seite lag und mit weit aufgerissenen Augen in den Himmel starrte. Regungslos. Meine Beine geben nach und ich gehe in die Hocke.

Meine Hände lege ich über die Ohren. Mit aller Kraft versuche ich, die Erinnerungen zurückzudrängen.

Der leblose Körper, die Kühe, der bellende Hund … Ich will, dass es aufhört.

„Franzi, was ist los?“

Sigrids Hand auf meiner Schulter erschreckt mich, reißt mich aber aus meinen Gedanken. Ich habe nicht gemerkt, wie ich angefangen habe, zu weinen. Doch mein Gesicht ist tränennass.

„Was hast du denn?“

Ihr besorgter Blick macht mir ein schlechtes Gewissen, also überwinde ich mich und versuche, darüber zu sprechen. „Erinnerungen … aus meiner Kindheit.“

Sie nickt verständnisvoll. Ich überlege, wie viel Tante Rosi ihr von mir und meinem Vater erzählt hat. Schön wäre es, wenn sie es einfach wüsste und ich nicht darüber sprechen müsste.

„Weißt du, manchmal sind Erinnerungen sehr schmerzhaft. Aber immerhin sind es Erinnerungen. Versuche doch mal, die schönen Sachen daraus zu nehmen und daran zu denken und nicht an den Mist, der dich zum Weinen bringt.“ Sie streicht mir während ihrer Worte über den Rücken. Es beruhigt mich ein wenig, doch nicht genug, um die Bilder wieder loszuwerden.

Ich löse mich von ihren Berührungen, indem ich mich zur Seite neige, um das Negative abzuschütteln. „Danke, Sigrid, aber ich glaube, das ist gerade alles ein bisschen viel für mich.“

Sie lächelt mich an und nickt. Dankbar, dass sie so verständnisvoll ist, zwinge ich mich dazu, meine Mundwinkel nach oben zu ziehen.

„Ich hole dir mal ein Glas Wasser." Mit diesen Worten lässt sie mich alleine.

Erleichtert atme ich durch, dass ich nicht mehr darüber reden muss. Ich bin ihr sehr dankbar, dass sie mich gerade aus der Erinnerung gezogen hat, aber es ist mir trotzdem sehr unangenehm.

„Hallo, junge Frau." Die Männerstimme klingt tief und unbekannt. Ich suche den Sprecher, doch leider entdecke ich niemanden.

„Na, ich bin hier drüben. Schau doch mal geradeaus."

So in der Hocke sehe ich nur die waagerechten Holzbalken, die als Zaun dienen. Für eine Sekunde überlege ich, ob eine Ziege mit mir spricht. Ich scheine übergeschnappt zu sein und schüttle den Kopf.

„Ignorierst du mich?"

Wieder sehe ich zwischen den Balken durch und erkenne zwischen den Fellbäuchen zwei menschliche Beine in einer braunen Cordhose.

Erschrocken stehe ich auf. Ein älterer dickbäuchiger Mann steht mitten im Gehege mit einem Eimer voller Futter und verteilt es. Sein Gesicht ist sonnengegerbt, sein Haarkranz schimmert weiß. Ein braun-rotes Carohemd steckt ordentlich in der großen Hose, die mit Hosenträgern oben gehalten wird. Sein Bauch ist gewaltig, fast sieht er aus wie eine Kugel. Er grinst mich an, doch ich erkenne nichts Freundliches in seinem Blick.

„Du musst Rosis Franzi sein, was?"

Mich überrascht es nicht, dass er mich erkennt. Also nicke ich ihm freundlich zu.

„Ich danke Ihn…“, ich räuspere mich, „dir fürs Tiere füttern.“

Er winkt mit der freien Hand ab. „Normalerweise macht das mein Sohn. Aber der ist heute unterwegs. Dank mir lieber nicht, sondern wir sollten mal über die Rechnung sprechen.“

„Die Rechnung?“ Überrascht, dass er gleich zur Sache kommt, sehe ich mich nach Sigrid um.

„Na klar. Ich verfüttere hier mein eins a Trockenfutter, das ich meinen Tieren da unten gebe.

Mal abgesehen von dem Angestellten, den ich jeden Tag zum Wässern und Raus- und Reintreiben dreimal hier hochschicke. Da kommt ordentlich was zusammen.“

Mir wird ganz anders bei dem Gedanken, dass ich diese Rechnung bezahlen muss.

Schließlich habe ich noch keinen Einblick in das Vermögen meiner Tante gehabt. Hoffentlich reicht es.

„Vor zwei Tagen warst’ schon hier oben, mit dem Jan. Da dachte ich mir noch nix. Kommt ja öfter vor, dass er mit ’nem Gspusi hier flaniert. Aber jetzt, wo du da bist, kann ich dir die Rechnung ja geben.“ Er wischt die Hand an der Hose ab, zieht einen Zettel hinten aus der Tasche und kommt zu mir herüber.

„Na, was ist denn hier los?“ Sigrid stößt zu uns, reicht mir ein Glas Wasser und nimmt den Zettel sofort an sich. Während sie drüber liest, versuche ich, die Endsumme zu lesen.

„Darf ich fragen, wer du bist?“

„Klar. Ich bin der Schwertleitner. Bernd kannst mich nenne’. Der Hof da gehört mir und meiner Familie.“

„Bernd. Ich muss sagen, dass ich die Finanzen meiner Tante noch nicht durchgesehen habe und –"

„Das ist halb so wild. Ich habe 'ne bessere Idee." Er lehnt sich gegen den Zaun und ich bin froh, dass er auf der anderen Seite steht. „Ich nehm' die Tiere einfach mit runter. So als Tausch." Er grinst mich an und ich habe ein schlechtes Gefühl. Ist er ehrlich zu mir, zieht er mich übers Ohr? Ich habe schließlich keine Ahnung von den Preisen. Andererseits wäre ich dann die Tiere und den Unterhalt los.

Irgendwann müsste ich sie eh verkaufen, denn versorgen werde ich sie sicherlich nicht können.

Die Idee gefällt mir immer besser, doch bevor ich etwas sagen kann, verfällt Sigrid in ein lautes Lachen.

„Das ist doch ein Witz, Bernd. Du denkst auch, die arme Stadtmaus hier hat keine Ahnung, was?"

„Wovon hat sie keine Ahnung?" Der Nächste, der sich in unser Gespräch einmischt, ist Jan. Da steht er lässig mit einer Sonnenbrille auf der Nase. Er trägt über einer hellen Jeans einen schwarzen Pullover, aus dem oben ein Hemdkragen herausblitzt. Der hat mir gerade noch gefehlt. Er stellt sich direkt an den Zaun zu Bernd und greift rüber, um einer Ziege über den Kopf zu streicheln. Dann nimmt er die Brille ab und lächelt mich an. Als würde er mich mit Absicht provozieren wollen. Ich kann das kaum mit ansehen, hoffe, dass sie ihm nicht in den Finger beißt.

„Was willst du denn hier?" Meine Worte klingen schroffer, als ich sie gemeint habe. Aber immerhin weiß er so, dass ich noch sauer auf ihn bin. Doch es scheint ihn wie immer nicht zu interessieren. „Bernd hat mir gerade ein Angebot gemacht und –"

„Ja, das hat sich ja nun erledigt. Ich muss jetzt auch mal runter zu meinen Tieren. Wir reden noch." Bernd wirkt nervös, seit Jan da ist, zumindest kommt es mir so vor.

Jan grinst ihn durchgehend an, scheint die Ruhe selbst zu sein. „Ach komm, erzähl doch mal, was du für ein tolles Angebot hattest."

Da Bernd nicht sprechen möchte, überlege ich, etwas zu sagen, doch Sigrid reicht ihm den Zettel. Jan überfliegt diesen und straft den dicken Mann mit einem bösen Blick. Sofort macht dieser zwei Schritte zurück. „Dein Ernst?" Jan hält den Zettel hoch.

„Das sind die Fakten. Ich hatte Ausgaben." Bernd klemmt die Daumen unter seine Hosenträger.

Er versucht, Jan die Stirn zu bieten, aber die Unsicherheit steht ihm ins Gesicht geschrieben. Warum? Was hat Jan gegen ihn in der Hand, das einen Mann – bestimmt Anfang sechzig – so zurücktaumeln lässt?

„Du hast es ihr versprochen. Du hast gesagt, dass du dich um die Tiere kümmerst. Nie hast du erwähnt, dass du deine Ausgaben bezahlt haben möchtest. Du brauchst hier keinen Finger mehr zu krümmen, wenn es nicht aus Gefälligkeit ist." Jans Stimme macht mir fast Angst. Bedrohlich beugt er sich vor und zeigt mit dem Finger auf Bernd. Dieser zückt ein Taschentuch aus der Hosentasche und wischt sich über die Stirn.

„Er hat uns auch noch ein Angebot gemacht." Sigrid scheint sichtlich Spaß daran zu haben, Bernd in die Pfanne zu hauen.

„Das war nur so zum Spaß. Das war nicht ernst gemeint. Ich gehe jetzt." Bernd nimmt seinen Eimer und läuft zum Tor auf der gegenüberliegenden Seite, sodass er nicht mehr an uns vorbeimuss.

„Mensch, Jan, dem hast du ja ordentlich eingeheizt." Sigrid haut ihm auf die Schulter und klatscht in die Hände. „Mordsgaudi."

Ich habe keinen Spaß an der Sache, denn ich habe die Lösung für die Tiere und mich so nahe gehabt.

„Was machst'n hier?" Diesmal fragt Sigrid bei Jan nach.

„Na, wir leben in einem kleinen Dorf. Mir wurde zugetragen, dass ihr hier oben seid. So können wir mal langsam an den Papierkram gehen."

Sigrid nickt, sieht erst zwinkernd zu mir, dann zu Jan. „Himmel, ist es schon so spät?" Sie sieht auf ihre Uhr und ich merke sofort, dass sie eine Show abzieht.

„Franzi, ich habe total vergessen, dass ich noch einen Termin habe. Gibst du mir den Autoschlüssel?"

„Was?" Was hat sie vor?

„Na, ich störe eh nur bei dem Papierkram. Ihr macht das unter euch aus und dann fährst du Franzi heim, ja?"

Sie hält mir ihre offene Hand hin und wackelt als Aufforderung mit den Fingern hoch und runter.

Ich bin so perplex, dass ich ihr meinen Schlüssel reiche.

„Danke und viel Spaß, ihr Süßen." Sie grinst mich an und zwinkert erneut. Dann verschwindet sie.

Jan und ich bleiben sprachlos stehen und sehen ihr nach, bis mein Auto – ohne mich – nicht mehr sichtbar ist.

KAPITEL 15

„Na gut. Dann sind wir jetzt alleine. Wollen wir uns an die Arbeit machen?“

Ich verschränke die Arme vor der Brust. „Ich denke, du hast deinen Standpunkt klargemacht.“ Beleidigt sehe ich weg.

„Nun ja, vielleicht habe ich dich ein bisschen überrollt.“

Seine Worte überraschen mich, sodass ich mich zu ihm drehe und er nun dicht vor mir steht. Seine blauen Augen bringen mich durcheinander und ich bin froh, dass er weiterspricht. „Weißt du, ich bin auf der Seite der Hütte und sonst nichts. Ich will einfach, dass sie in gute Hände fällt.“

Natürlich fängt er damit an und ich weiß genau, worauf er hinauswill. „Du meinst nicht mich damit.“

„Es bringt doch nichts, jemandem dieses Projekt anzuvertrauen, der vor jedem Marienkäfer Angst hat.“

Er hat sich kein bisschen verändert oder darüber nachgedacht, dass er sensibler mit mir umgehen könnte. Ich möchte ihm so viel an den Kopf werfen, anschreien und toben, doch ich bekomme kein Wort raus. Der Kloß im Hals ist so dick, dass ich Angst habe, daran zu ersticken.

Beleidigt laufe ich los. Hinein in die Gaststube. Ich möchte hier verschwinden, so schnell ich kann. Deshalb beginne ich, die Fenster zu schließen.

Aus dem Augenwinkel sehe ich, wie Jan hereinkommt. Kurz darauf packt er mich am Arm. Sein Griff ist fest und bereitet mir eine Gänsehaut. „Lass mich, ich mache hier alles dicht und dann verschwinde ich."

„Weglaufen. Schon wieder? Überrascht mich nicht. Das kannst du ja am besten." Sein Gesicht ist mir so nah und seine Worte verletzen mich. „Dann lauf weg. Dann fahr doch auch gleich nach Hause und ich suche jemand Besseren. Jemand, der Rosis Erbe verdient hat und lieben wird wie sie."

„Das höre ich mir nicht weiter an. Wie kannst du nur solche gemeinen Sachen zu mir sagen?" Mit einem Ruck löse ich mich aus seinem Griff.

Jan dreht sich von mir weg, streicht sich mit der einen Hand durch sein braunes Haar und sieht zur Holztheke. Wer weiß, mit wie vielen Frauen er hier verabredet war. Bernds Worte habe ich nicht vergessen.

„Glaube mir, ich habe mir das auch anders gewünscht." Er dreht sich zu mir und sieht mich traurig an. „Weißt du, was ich mir gewünscht habe?"

Unsicher, ob ich es wissen möchte, halte ich inne.

„Ich habe mir gewünscht, du wärst nur halb so toll, wie Rosi dich beschrieben hat."

Die Wut kocht über. Mit geballten Fäusten möchte ich mich auf ihn stürzen. Möchte ihm wehtun, so wie er es gerade tut. Aber diesen Gefallen tue ich ihm nicht. Ich versuche, ruhig zu werden, und spreche die einzigen Worte aus, die ich noch herausbekomme: „Du bist verdammt unfair."

„Ich? Unfair? Nein." Sein höhnisches Lachen verspottet mich. „Viel unfairer ist es, dass du niemals deine Tante besucht hast, obwohl sie dich ständig eingeladen hat. Unfair ist, dass du so schnell aufgibst und noch nicht mal darüber nachdenkst, wer deine Tante war und was sie uns allen bedeutet hat. Du bist dir selbst die Nächste und es interessiert dich einen Scheiß, was wir anderen fühlen."

Er trifft genau ins Schwarze. All diese Dinge gehen mir selbst durch den Kopf. Als würde er wissen, wie es in mir aussieht und was ich die ganze Zeit versuche, zu verbergen. Ich kann es nicht zugeben, ich will es nicht vor ihm zugeben.

Also mache ich das, was ich am besten kann, und kontere stur: „Du kennst mich und mein Leben nicht." Ich schließe das letzte Fenster und stelle den Blumentopf zurück auf seinen Platz.

„Genau. Weil du dich auch nicht hier hast blicken lassen. Weil dir alles egal war und ist."

„Es ist mir eben nicht egal. Glaubst du nicht, dass mich die Vergangenheit und meine Entscheidungen nicht quälen? Ständig bekomme ich von allen Seiten gesagt, wie toll Rosi war. Die Frau, die ich nicht kannte und die ihr alle so lobt. Es tut mir weh, wie ich mich entschieden habe, es tut mir leid, dass ich mich nicht aus meinem Schneckenhaus getraut habe. Es tut mir einfach leid." Die Worte, die mir direkt vom Herzen auf die Lippen rutschen, fühlen sich ehrlich an.

Peinlich berührt sehe ich von ihm weg. Ich habe mich ihm offenbart und warte auf seine Keule.

Jan macht einen Schritt auf mich zu. Er hebt mit seinem Zeigefinger mein Kinn an, sodass ich ihn ansehen muss. „Endlich benimmst du dich wie ein Mensch. Was hat dich abgehalten hierherzukommen?“ Sein ernster Blick gefällt mir nicht.

Er will Antworten haben, die ich nicht bereit bin, zu geben. Mein Herz rast und ich weiß nicht, woran das liegt. Jan bringt mich durcheinander.

Ich will stark sein und doch fühle ich mich wie eine Ameise neben einem Elefanten. Vielleicht meint er seine Worte nicht ehrlich. Womöglich wartet er nur auf die Chance, eine weitere persönliche Sache gegen mich zu verwenden, wie das mit der Angst vor den Tieren.

Also wende ich mich ab. Ich will ihm nicht so nahekommen. Ich traue ihm nicht. Ich traue mir nicht. Er ist ein Weiberheld und so einen kann ich ganz sicher nicht in meinem Leben gebrauchen. Jemand, der die Gefühle anderer nicht ernst nimmt, sich einfach nur amüsiert und einen wegschmeißt wie ein altes Paar Schuhe. Nein. Das will ich nicht und das brauche ich nicht. „Ich kann nicht drüber reden. Ich muss gehen.“

Erst, als ich das ummauerte Gelände verlassen habe, bemerke ich, dass mein Auto nicht mehr da steht. Ohne weiter darüber nachzudenken, folge ich dem Schild „Wanderweg Mayenhofen 8 km“.

„Franzi, den Weg packst du nicht mit Ballerinas.“

Ich will seine Worte nicht hören. Wieder tue ich das, was er nicht von mir erwartet, oder gerade das, was er erwartet? Verunsichert, was ich will, stürze ich mich auf den Wanderweg und ignoriere sein weiteres Rufen.

Natürlich hat Jan recht. Mir tun schon nach wenigen hundert Metern die Füße weh.

Durch das ständige Abwärtslaufen drücken sich meine Zehen vorne in die Schuhe und brennen.

Doch ich gebe nicht auf, ich laufe immer weiter. Es kann nicht so schwer sein, unten anzukommen. Meine Motivation wird unterbrochen, als ich die ersten Kühe auf der Weide sehe.

Meine Schritte werden kleiner, meine Umsicht größer. Mit einem schnellen Blick über die Schulter überlege ich, wieder zurückzugehen. Doch nach oben schaffe ich es mit der Kondition sicherlich nicht mehr.

Ein lautes Bäh neben mir lässt mich zusammenzucken. Ich traue mich zunächst nicht, hinunterzusehen. Denn ich bin mir sicher, dass eine Ziege oder ein Bock neben mir stehen muss. Ich drehe den Kopf nur so weit, dass ich aus dem Augenwinkel die Silhouette erkenne. „Verdammte Scheiße."

Sofort renne ich los. Ich muss hier weg, so schnell ich kann. Die Glöckchen am Hals des Bockes klingeln gefährlich hinter mir. Ich ärgere mich über das falsche Schuhwerk und auch, dass der Abstand nicht größer wird. Dieses Tier ist sehr schnell. Der Kiesweg unter meinen Füßen verwandelt sich bei dem Tempo in eine Schlitterbahn. Während ich immer weiterrenne, suche ich einen Ausweg.

Das Einzige, was mir helfen kann, ist die Hütte, die wenige hundert Meter vor mir liegt. Mein Ziel ist erfasst und ich höre das Blöken immer näher.

Mit letzter Kraft renne ich in den offenen Garten des Hauses. Mein Stoßgebet, dass die Tür offen ist, wird erhört. Ich rette mich ins Hausinnere, ohne von dem Monstrum aufgespießt zu werden. Ich bekomme kaum Luft, meine Lungenflügel schmerzen von der Anstrengung.

Mein Körper vibriert und ich spüre, wie trocken meine Zunge am Gaumen klebt. Mit der Stirn gegen die Tür gelehnt versuche ich, meinen Atem zu regulieren.

Dann höre ich ein Räuspern. Ich öffne die Augen und löse die Stirn von der Tür. Ein Glas mit Wasser wird mir gereicht. Ich bin erschrocken über die fünf asiatisch aussehenden Menschen, die mich entgeistert anstarren. „Es tut mir leid, da draußen ist ein Ziegenbock und …“ Ihre verständnislosen Blicke gelten zuerst mir, bevor sie sich einander zuwenden. Schnell trinke ich das Wasser aus, mache ein Kopfnicken in alle Richtungen und öffne vorsichtig die Tür. Ich möchte so schnell wie möglich von diesen Fremden weg, die ich in ihrem Ferienhaus besucht habe. Kaum zu glauben, dass ich bei denen zu Hause in die Schublade „Verrückte Deutsche“ kommen werde.

Der Ziegenbock ist nicht zu sehen, er scheint aufgegeben zu haben.

Also traue ich mich hinaus und laufe weiter. Ich fühle mich noch nicht sicher, sehe mich ständig nach rechts und links um. Man könnte meinen, wenn man den Berg hinunter möchte, ginge es nur bergab. Doch leider gibt es Anhöhen, die meine geschundenen Füße kaum noch bewältigen können. Da entdecke ich eine Bank auf der höchsten Stelle des Hügels. Nur ein Baum steht in der Nähe, so weit weg von seinen Artgenossen.

Ich geselle mich zu der Esche und setze mich mit einem lauten Stöhnen.

Die ersten Tropfen fallen auf mein Gesicht, sobald ich Platz genommen habe. Natürlich beginnt es zu regnen. Natürlich sitze ich hier weit entfernt von einem Unterschlupf, ohne Regenschirm oder Schutz.

Wenn so ein Gewitter wie am Vortag über mich hereinbricht, werde ich doch zurück zu den Asiaten müssen.

Ich bleibe kraftlos sitzen und überlege, was ich hier mache. Nicht nur hier auf der Bank, mittlerweile sieben Kilometer von Mayenhofen entfernt, sondern auch allgemein in Österreich. Meine Gedanken kreisen um das Telefonat mit Tanja. Keiner in Berlin will mich bei sich haben. Niemand vermisst mich, im Gegenteil, sie hoffen, dass ich so schnell wie möglich verschwinde. Und hier will mich auch keiner wirklich haben. Ich werde nur als Rosis Nichte gesehen, nicht als Franziska mit Herz und Gefühl.

Ich weine um die Wette mit dem Regen und schäme mich über sämtliche Situationen mit den Tieren. Ich renne vor einem Ziegenbock weg, mache mich zum Affen vor anderen Touristen und sitze heulend auf einer Bank im Nirgendwo. Dabei hatte ich zeitweise so ein gutes Gefühl bei der Sache. Hierzubleiben und vielleicht meine Brotvarianten im Wichtelhäusl zu verkaufen. Doch all das fühlt sich so weit weg an.

Der Regen sowie meine Tränen lassen nach und ich mache mich auf den Weg weiter den Berg hinab. Meine Schritte bleiben motivationslos und mechanisch. Ich schleppe mich mehr, als dass ich den Schotterweg entlanggehe. Nachdem ich eine zweite Viehsperre überquert habe, hoffe ich, auf sicherem Gelände zu sein. Eine weitere steil abwärts gehende Kurve später sehe ich dem Grauen direkt ins Gesicht. „Wie kann es auch anders sein." Da weiden die Kühe rechts auf der freien Wiese. Links beginnt der Wald, vor dem ein Elektrohäuschen steht. Die dunkelbraune Kuh am nächsten zum Weg kaut auf Gras herum, während sie ihren Kopf in meine Richtung streckt.

Ich wage ein paar Schritte nach vorne und auch die Kuh läuft los. Mein Gefühl sagt mir, dass sie mich ärgern möchte. Mit jedem Meter, den ich vorwärtskomme, macht sie einen Schritt auf den Weg zu.

Dort bleibt sie stehen und ich überlege, was ich tun kann. Irgendwie muss ich an ihr vorbeikommen. Meine einzige Chance: Mich hinter dem Elektrohäuschen vorbeischleichen und hoffen, dass ich nicht alles Kleingetier in meiner Kleidung aufsammle.

Ich lasse die Kuh nicht aus den Augen. Wer weiß, ob sie sich nicht doch noch auf mich stürzen möchte. Meine Hände sind schweißnass, aber es hilft alles nichts.

Die Wut in mir, dass ich ständig in solche Situationen komme, lässt mein Blut kochen. Ich bin stinksauer und genervt. Es fehlt nicht mehr viel, bis ich das Häuschen erreiche, als sich die Kuh in meine Richtung dreht und mit dem Huf über den Boden kratzt. Als würde sie mich warnen, dass sie gleich losstürmt.

„Nicht mit mir, du dummes Vieh." Sicher, dass ich gleich hinter dem Häuschen in Deckung gehen kann, werde ich frech und strecke ihr die Zunge raus. Dann verschwinde ich aus ihrem Blickfeld. Ich kämpfe mich durch das Gestrüpp, falle über eine Wurzel und lande mit den Händen in einem Ameisenhaufen. Schnell wische ich die schwarzen Insekten von meiner Haut. Die Gänsehaut zieht sich über meinen ganzen Körper. Egal, wie lange ich mich abklopfe, ich habe das Gefühl, dass immer noch die ein oder andere Ameise auf mir herumkrabbelt.

Als ich um das Häuschen bin, linse ich um die Ecke. Die Kuh hat sich in meine Richtung gedreht. So dumm ist sie dann doch nicht.

Wahrscheinlich bin ich auch nicht die Erste, die versucht, sich an ihr vorbeizuschleichen. Einen Augenblick lang überlege ich, ob ich rennen sollte. Aber mit meinen Ballerinas den steilen Weg auf den unebenen Steinen herunter, während ich von einer Kuh verfolgt werde, stehen meine Chancen schlecht.

Einen Schritt wage ich heraus und versuche herauszufinden, was die Kuh machen möchte. Da bewegt sie sich ein Stück nach vorne. Ich halte die Luft an und staune. Die braune Kuh legt sich einfach hin. „Na toll. Ich habe hier Panik und du machst es dir einfach gemütlich. Du veräppelst mich doch."

Ein donnerndes Muh folgt als Antwort. Wieder höre ich ein Muhen, doch diesmal ist es höher und klingt wie ein Quieken. Sofort drehe ich mich zum Wald und versuche zwischen den Bäumen hindurch die Kuh zu finden, die so klingt. Ich habe das Gefühl, dass das nicht normal ist.

Selbst die liegende Kuh hat ihren Kopf in Richtung Wald gedreht. Wieder ertönt dieses Quieken und geht mir durch den ganzen Körper. Ich meine, solche Geräusche schon einmal gehört zu haben, aber ich kann nur erahnen, wann das war. Wenn ich richtig liege, war es in meiner Kindheit, doch daran will ich nicht denken.

Wieder das Quieken. Ich laufe los, ohne darüber nachzudenken. Ich bin mir sicher, da braucht eine Kuh Hilfe. Auch wenn ich mich nicht näher rantrauen würde, um ihr wirklich zu helfen, so kann ich die Situation erkennen und schnell Hilfe holen.

Auf dem Weg über Stock und Stein folge ich den jämmerlichen Geräuschen und überlege, wie man hier den Notruf für Tiere anruft.

Und dann sehe ich sie. Mit dem Kopf zwischen zwei Holzzaunbalken eingeklemmt. Die hellbraune Kuh versucht, ihren Kopf immer wieder rauszuziehen, und schafft es nicht. Langsam nähere ich mich. Ich bin mir sicher, dass sie nicht alleine rauskommen wird. Soll ich also versuchen, ihr dabei zu helfen? Wenn ich mich auf die andere Seite des Zauns stelle, dann wird mir auch nichts passieren. Langsam gehe ich um die Kuh herum und lehne mich über den Zaun. Dort sehe ich einen verängstigten Kuhkopf mit einer giftgrünen Glocke um den Hals.

„Du schon wieder. Auch das noch." Das Mistvieh hat mich schon so oft geärgert. Jetzt soll ich ihm helfen? „Ja. Muss ich. Ich kann dich ja nicht so stecken lassen. Wer weiß, wann der Nächste hier vorbeikommt." Mit den Händen in die Hüfte gestemmt sehe ich mich noch mal um. Die ganze Strecke über habe ich sonst niemanden mehr gesehen. Bei dem Wetter wird so schnell wahrscheinlich keiner kommen.

Ein lautes Muh von der blöden Kuh lässt mich zusammenzucken und einige Schritte nach hinten taumeln. Ich verliere das Gleichgewicht und falle auf den Hintern.

Da sitze ich im Matsch, neben dem Hinterteil der Kuh, die es sich wahrscheinlich zur Aufgabe gemacht hat, mich in den Wahnsinn zu treiben. Mein Herz schlägt so schnell und stark, dass es gegen meinen Brustkorb drückt.

„Nein. Du Mistvieh bestimmst nicht, wie ich mich fühle. Hast du verstanden? Du brauchst meine Hilfe, nicht umgekehrt." Mit gebündelter Kraft stehe ich auf und klettere über den Zaun. Zunächst bin ich wütend, während ich den Kopf der Kuh ansehe.

Sie hat mich mit den Augen fixiert und die negativen Gefühle verrauchen ganz langsam.

„Dein Blick", flüstere ich und hebe meine Hand. Einmal will ich mir etwas beweisen. Ich werde diese Kuh anfassen, solange sie noch so hilflos ist. Mit zusammengebissenen Zähnen zucke ich immer wieder zurück, wenn sie schnaubt und mit ihren Hufen kratzt. Die Panik in ihren Augen ist verständlich.

„Du brauchst keine Angst vor mir zu haben. Ich tue dir ganz bestimmt nichts. Auch wenn ich ständig über dich schimpfe." Wieder wage ich einen Schritt nach vorne.

Es trennen mich nur noch wenige Zentimeter von ihrer rosafarbenen Nase und ich spüre den warmen Atem auf meiner Handfläche. „Ich habe keine Angst vor dir. Du bist nur ein Tier. Du bist ein Tier, das ohne meine Hilfe nicht mehr freikommt."

Meine Hand berührt das weiche Fell. Eine Last fällt von mir ab. Ich schließe die Augen und Bilder tauchen auf, die mich früher glücklich gemacht haben.

Nur kurz darf ich die schönen Tage meiner Kindheit auf dem Hof meines Vaters genießen. Dann wird der Himmel dunkel, die Schreie lauter und das Weinen eines Kindes reißt mich in die Wirklichkeit. Erschrocken sehe ich auf meine Hand. Die Kuh leckt meine Finger. Unter der Schockstarre dauert es einen Augenblick, bis ich die Hand wegziehe und die nasse Fläche an meiner Hose abwische.

„Weißt du was, ich will nach Hause. Das ist kein Wetter zum Draußensein. Das solltest du auch. Ich werde dir jetzt helfen. Merk dir mein Gesicht. Und dann verschone mich mit weiteren Angriffen. Okay?“

Zunächst reagiert sie nicht. Und als ich schon gar nicht mehr damit rechne, zieht sie mit aller Kraft, um sich zu befreien. Nur um sofort jämmerlich zu muhen. So laut, dass mir die Ohren klingeln.

Das ist mein Zeichen. Ich hebe den oberen Balken mühevoll an, sodass sie ihren Kopf rausziehen kann.

Es dauert nicht lange, bis sie einen erneuten Versuch startet und endlich befreit ist. Sie schüttelt sich und beginnt sofort den Waldboden abzugrasen.

Stolz lasse ich den Balken sinken und sehe der Kuh in Freiheit zu. Erst jetzt bemerke ich, dass ich lächle. Keine Spur von Angst. Sicher, ich stehe auf der anderen Seite und glaube nicht, dass die Kuh so dumm ist, noch einmal so nah an den Zaun heranzugehen.

Stolz kann ich behaupten, dass ich doch etwas kann. Womöglich schaffe ich es auch, meine Tierangst hier zu überwinden. Es braucht Zeit und ich kann nur kleine Schritte gehen, aber ich schaffe es, ohne Todesangst hier zu stehen und einer Kuh zuzusehen, wie sie weidet. Das ist schon mehr, als ich jemals zu hoffen wagte.

Auch wenn ich wegen meines todesmutigen Einsatzes einen Höhenflug habe, dauert es noch einige hundert Meter, bis ich mich traue, auf die andere Seite des Zauns zu klettern.

Als ich endlich zurück auf dem Weg bin, sehe ich mich zur Orientierung um. Die braune Kuh liegt natürlich nicht mehr auf dem Weg. Wahrscheinlich wollte sie nicht so lange auf mich warten.

Dafür stapft die Kuh mit der giftgrünen Glocke aus dem Wald und grast.

Zufrieden mit mir laufe ich den Weg weiter runter, bis ich eine Seilbahnstation entdecke.

Die, die ich beim Hinauffahren mit dem Auto schon gesehen habe. Dort möchte ich etwas trinken und mich ausruhen. Auch wenn mir die Füße wehtun und ich erschöpft bin, denke ich nicht daran, mit der Seilbahn nach unten zu fahren. So verdreckt und durchnässt, wie ich mittlerweile bin, kann mir auf dem weiteren Weg nach unten eh nicht mehr viel passieren.

Erst als es schon zu spät ist, erkenne ich Jan auf dem Parkplatz der Seilbahn.

Er lehnt an seinem Auto und unterhält sich mit jemandem. So lässig, wie er dort steht, kann ich gar nicht aufhören, hinzusehen. „So ein arroganter Arsch." Warum regt mich dieser Kerl nur so auf? Seine entspannte Art, als wäre gar nichts. Als würde er immer bei null anfangen, um mich noch einmal fertigzumachen.

Jan entdeckt mich, verabschiedet sich von seinem Gesprächspartner und dreht sich zu mir. „Na, hast du es überlebt?"

„Siehst du doch." Allein die Tatsache, dass er hier ist, bringt mich dazu, über die Seilbahnfahrt nachzudenken. So komme ich viel schneller von ihm weg und die Gefahr ist geringer, dass er mir folgt.

„Auf, ich bringe dich nach Hause." Er sagt das in einem Ton, als hätte ich gar keine andere Wahl. So als wäre er der Held hier und würde mir damit einen riesigen Gefallen tun. Ich sehe ihm nach, während er um das Auto herumgeht und einsteigt.

„Ich brauche deine Hilfe nicht. Ich bin schon groß." Meine Stimme klingt wie die einer kleinen verzogenen Göre. Jetzt kann ich es nicht mehr rückgängig machen, denn eigentlich wollte ich eher wie jemand rüberkommen, der auf seine Almosen nicht angewiesen ist.

„Jetzt stell dich nicht so an. Ich fahre dich heim." Er beugt sich rüber und drückt die Tür auf.

Doch ich habe absolut kein Interesse, einzusteigen. Mir tun die Füße weh, mir ist kalt und ich bin müde, aber ich kann es einfach nicht. Ich will es nicht. Was ich will, ist, ihm auch wehzutun, so wie er es die ganze Zeit mit mir macht. Also sage ich das Erste, was mir einfällt. „Ich werde nicht zu dir ins Auto steigen, sonst denken die Leute noch, ich gehöre mit auf deine Gspusi-Liste." Im Kopf fühlt es sich an, als hätte ich ihm direkt ins Gesicht geschlagen, und ich höre die Punkteglocken.

Doch sein Gesichtsausdruck sieht ganz und gar nicht danach aus, dass ich ihn verletzt habe. Eher, dass er stinksauer ist. „Du hast doch gar keine Ahnung, wovon du sprichst."

Seine Worte irritieren mich.

Mein Plan hat nicht funktioniert und ich schäme mich dafür, dass ich überhaupt versucht habe, so wie er zu sein. „Na ja. Man hört so einiges."

„Ja, genau. Und das glaubst du. Behaupte nichts, wenn du jemanden nicht kennst."

Und damit habe ich ihn da, wo ich ihn haben möchte. „Aber du darfst das, ja?"

„Wie meinst du das?"

„Ich rede von mir. Du darfst mich abstempeln, Behauptungen aufstellen und über mich reden, wie es dir passt."

Jan sieht mich einfach nur an.

Ich warte auf einen dummen Spruch, doch da kommt nichts mehr. Spiel, Satz und Sieg. Zumindest dieses Mal. Ich wende mich ab und laufe den Wanderweg weiter. Meine Füße schmerzen gleich viel weniger, meine Müdigkeit ist wie weggeblasen. „Der kann mich."

KAPITEL 16

Die Stufen zur Wohnung kommen mir vor wie ein steiler Aufstieg. Meine Oberschenkel und Waden brennen wie Feuer. In meinen Schuhen hat sich Nässe gesammelt. Ob vom Regen oder der Anstrengung kann ich nicht genau sagen. Ich traue mich gar nicht, die Schuhe von den schmerzenden Füßen zu ziehen.

Bevor ich die Tür aufschließen kann, wird sie von innen geöffnet.

„Na, da bist du ja endlich. Und wie war es?“ Sigrid schenkt mir im ersten Augenblick ein Lächeln. Als sie mich ansieht, verschwindet dieses aber sofort. „Ach du liebes bisschen, wie siehst du denn aus?“

Wenn ich noch ein Fünkchen Kraft in meinem Körper hätte, würde ich ihr meine Meinung geigen. Dass sie mich mit ihm alleine gelassen, Kupplerin gespielt hat und ich dann den sportreichsten Tag meines Lebens gehabt habe.

Aber ich müsste ihr auch danken, denn schließlich habe ich mich überwunden, eine Kuh zu retten und Jan die Stirn zu bieten. Meine diversen schmerzenden Körperteile hingegen sind gerade lauter und möchten sie anschreien.

Manfred sitzt am Esstisch und hält Karten in seinen Händen.

Während ich also den ganzen langen Weg vom Wichtelhäusl ins Dorf gelaufen bin, um dann den Berg zum Haus wieder hochzuwandern, haben die beiden hier gesessen und gemütlich Karten gespielt. Meine Laune wird nicht besser.

„Na Kindchen. Erzähl. Hast du es mit Jan vermasselt?"

Ich kann nicht glauben, dass Sigrid Manfred eingeweiht hat, und sehe sie mit zusammengepressten Lippen an.

„So wie sie aussieht, ja." Sigrid legt ihre Karten zur Seite und mustert mich erneut.

Ich seufze und setze mich auf den nächsten Stuhl. Ich hebe einen Fuß auf das andere Knie hoch und löse langsam den Schuh. Ein paar blutige Stellen sind zu erkennen. Auf dem Weg habe ich sehr viele Steine und Sand in den Schuh bekommen.

„Was ist denn dieser Jan für einer?" Manfred lässt nicht locker, doch ich habe immer noch keine Kraft, um zu reden. Ich bin durstig und möchte ein Fußbad. Oder einfach nur ins Bett fallen und schlafen.

„Jan ist hier der Erbschaftsverwalter und Restaurantbesitzer und bei der Bank und … Ach, er macht hier so einiges." Sigrid läuft in die Küche und lässt Wasser laufen.

„Ach ja. Also eigentlich ein guter Fang für unsere kleine hier, was?"

„Ja, schon. Auf jeden Fall. Aber er ist auch ein harter Hund. Den fängt man nicht so leicht. Der hat viel Mist durch.“ Sigrid kommt mit einer großen Schüssel voller Wasser zu mir und stellt sie vor mir auf den Boden. Dann wirft sie drei Teebeutel hinein. „Kamille.“

Dankbar, dass ich nichts sagen musste, stecke ich die Füße in das warme Wasser und lehne mich im Stuhl zurück. Was für eine Wohltat.

„Und warum soll unsere Franzi dann gerade bei ihm landen?“ Manfred spielt munter eine Karte aus und zeigt auf Sigrid.

Diese setzt sich zu ihm und nimmt ihre Karten auf die Hand. „Na ja, unsere Franzi ist doch einfach ein supernettes Mädchen. Und vor allem nicht von hier.“

Ich weiß nicht genau, was sie damit sagen möchte.

„Weil ich nicht von hier bin, kenne ich seine Vorgeschichte nicht und deswegen würde ich mich herablassen, mit ihm was anzufangen.“ Keine Ahnung, wie ich es geschafft habe, diese vielen Wörter herauszubringen. Sigrid und Manfred sehen mich erstaunt an. „Oder weil ich mal was Neues bin, nachdem er die ganzen Weiber hier durchhat?“

Sigrid legt ihre Handkarten verdeckt auf den Tisch und sieht mich ernst an.

„Nein. Jan ist früher immer in die Stadt gefahren, weil wir ihm zu langweilig waren. Und ich dachte mir, dass das gut passen könnte, weil du aus der Stadt bist.“

Beschämt sehe ich zu meinen Füßen herunter. Ich traue mich nicht, nachzufragen, ob an den Sachen, die ich gesagt habe, trotzdem etwas dran ist. Sigrid hat mir auch keinen Hinweis darauf gegeben.

„Na ja. Dann sollten wir beide heute Abend ausgehen, um auf andere Gedanken zu kommen. Und Handrommé." Sie legt alle Karten vor sich hin und klatscht in die Hände.

„Ich gehe heute Abend nirgendwo hin mit den Füßen."

„Was hast du denn da überhaupt gemacht?" Manfred schmeißt seine Karten auf den Tisch und lehnt sich zurück.

„Ich bin von der Hütte heruntergelaufen, weil Sigrid mit meinem Auto weggefahren ist."

Mit einem vorwurfsvollen Blick zu ihr nehme ich die Füße aus dem Wasser und wackle mit den Zehen. Sie fühlen sich schon besser an.

„Wir gehen heute Abend aus, meine Liebe. Zur Wiedergutmachung. Du musst ja nicht weit gehen. Nur über die kleine Brücke. Manfred, wie sieht es aus?"

Dieser tippt sich mit dem Zeigefinger an seine Stirn. „Ihr habt sie doch nicht alle. Lasst uns hierbleiben und Karten spielen."

„Ach was. Das haben wir doch den ganzen Vormittag."

Ich sehe sie böse an. Natürlich hatte sie keinen Termin und sich einfach zu Manfred gesetzt, während ich mich mit Jan auseinandersetzen musste.

„Lasst uns ausgehen, neue Leute kennenlernen. Manfred, vielleicht ist ja auch was für dich dabei."

„Für mich?" Manfreds Kopf färbt sich rot und seine Lippen zittern. „Davon will ich nichts wissen und gut ist. Ich bleibe hier."

„Und ich bin wirklich müde."

Sigrid steht auf, sieht auf die Uhr und geht zur Tür.

„Na ja. Du hast ja noch ein bisschen Zeit zum Schlafen und Ausruhen und so weiter. Ich hole dich gegen neun Uhr ab. Muss jetzt was erledigen. Bis später."

Sie verschwindet und lässt uns einfach so sitzen.

„Sie nervt mich."

„Ja. Mich auch, Manfred."

Pünktlich holt Sigrid mich ab. Diesmal habe ich versucht, mein Outfit etwas anzupassen. Die anderen Leute im Ort tragen weniger adrette Kleidung. Nur Sigrid scheint es zu lieben, der Paradiesvogel unter all den Eintönigen zu sein. Also habe ich in meinem Koffer gewühlt und eine Kombi aus dunkler Jeans und weißem Top ausgewählt. Darüber habe ich eine rote Bluse gezogen, die ich an den unteren Enden zusammengeknotet habe.

Es fühlt sich bequem an, sodass ich mich beim Schminken nicht eingeengt gefühlt habe.

Meine schmerzenden Knochen haben sich durch die heiße Dusche und das Ausruhen erholt, doch ich spüre sie immer noch. Meine Füße hingegen sind dick und passen nur in meine Turnschuhe. Als Sigrid diese sieht, rümpft sie die Nase.

Entschuldigend hebe ich die Schultern an und die Hände zur Seite hoch.

„Na gut. Mal sehen, ob er uns so reinlässt. Und du bist dir sicher, dass du hierbleiben willst?"

Manfred sitzt eingemummelt auf der Couch mit seinem Brettchen voller leckeren Schnittchen und ignoriert sie.

„Ich denke, das heißt Nein. Lass uns gehen."

Meine Beinmuskeln schreien laut, als wir die Treppe nach unten nehmen. Die friedliche Stille vor der Tür lässt mich aufhorchen. „Ist es immer so still hier?"

Sigrid dreht sich zu mir herum und sieht nach oben. „Was meinst du?"

„Es ist hier so still. Kein Flugzeug, kaum Verkehr. Es ist, als wäre man taub."

„Nun ja. Wir sind in keiner Großstadt. Das Haus liegt ein bisschen abseits hier auf dem Berg. Unten auf der Hauptstraße ist es nicht mehr so leise.

Und außerdem, hörst du das nicht?" Sigrid legt eine Hand um ihr Ohr und lehnt sich nach rechts.

Diesmal bin ich diejenige, die sich umsieht und versucht, etwas zu vernehmen, was sie mir zeigen möchte. Dann erst wird es mir bewusst: „Stimmt. Der Bach rauscht. Das habe ich gar nicht mehr wahrgenommen."

Sigrid lächelt und nickt, dann geht sie weiter.

Ich hingegen bleibe noch kurz stehen. Nicht nur, weil ich meine Muskeln davon überzeugen muss, dass sie weiterarbeiten müssen, sondern auch, weil ich das Geräusch des Baches sehr gerne höre. Tief ziehe ich die frische Luft ein, bei der ich das Gefühl habe, dass sie sauberer ist als irgendwo anders auf der Welt. Mir wird bewusst, dass sich etwas in mir eingenistet hat.

Ein kleines Ding, noch nicht sonderlich groß, namens Wohlfühlen. Ein Heimatgefühl.

Sigrid läuft munter vor mir her, ohne sich nach mir umzudrehen. Lange werde ich den Marsch nicht durchhalten und frage mich jetzt schon, wie ich nachher nach Hause komme. Vielleicht muss Sigrid mich schieben. Gut, dass das Empire nicht weit weg liegt. Nach der schmalen Brücke mache ich das bunt beleuchtete Schild aus.

Vor dem Eingang steht ein breit gebauter Mann, der mir schon auf die Ferne bekannt vorkommt.

Beim Näherkommen verstärkt sich das Gefühl immer mehr, doch ich kann ihn nicht zuordnen.

„Ist was?" Als er mich anspricht, bin ich überrascht. Ich habe nicht bemerkt, dass ich ihn anstarre. „Oh, ähm, es tut mir leid, ich –"

„Alles gut, Franziska. Ich bin Jo. Wir haben uns bei Ella kennengelernt. Du bist wie irre abgehauen, als du unseren Jan gesehen hast." Er zwinkert mir zu.

Natürlich. Jo. Der gut aussehende Bodybuilder in Lederjacke. Der, der laut Tante Ella auf Anna steht.

„Ach ja. Du hast unsere Ella schon kennengelernt? Das freut mich. Und warum bist du vor Jan abgehauen?"

„Das ist keine Geschichte für jetzt, Sigrid." Ich versuche, ihr mit den Augen zu deuten, dass ich das nicht vor Jo besprechen möchte.

„Na gut. Das ist Jo. Er ist vor ein paar Jahren hier in Mayenhofen abgestiegen, um Urlaub zu machen, und dann geblieben." Stolz streicht sie über seinen Arm.

Jo nickt. „Das stimmt. Anna hat mich damals überredet."

Ich weiß nicht, was die beiden mir damit sagen wollen, deshalb lächle ich sie nur an.

„Ja genau. Anna und er sind richtig gute Freunde geworden. Und …", Sigrid klopft ihm auf den Arm, „vielleicht auch mehr." Sie zwinkert ihm zu.

Jos Lachen verschwindet und er zieht die Schultern hoch. „Ich denke eher nicht." Er klingt peinlich berührt. Wie schon bei Tante Ella habe ich das Gefühl, dass er darüber nicht reden will.

Mir gehen Annas Worte durch den Kopf und ich verstehe nicht genau, was die beiden voneinander fernhält. Auf der anderen Seite will ich mich nicht einmischen und für Unruhe sorgen.

„Na ja, Mädels, geht dann mal lieber rein und amüsiert euch gut." Mit diesen Worten öffnet er die Tür und winkt uns hinein. Der Bass der Musik brummt in meinem ganzen Körper.

Nach den vielen ruhigen Momenten in der letzten Zeit ist mir die Lautstärke zu viel und ich brauche lange, bis ich mich daran gewöhnt habe. In dieser Zeit hat Sigrid schon Drinks besorgt und uns einen Stehtisch reserviert.

So viele Menschen kommen an unserem Tisch vorbei und Sigrid scheint sie alle zu kennen. Ständig schreit sie ihnen irgendetwas zu und die für mich Fremden nicken mir zu und lächeln. Ich nehme an, dass sie jedem hier erzählt hat, wer ich bin. Das macht die Situation nicht leichter für mich. Die Leute auf der Tanzfläche sind bunt gemischt. Von Jung bis Alt ist alles dabei. Sie sind ausgelassen und bester Laune, doch ich will nicht so recht in Stimmung kommen. Die laute Musik dröhnt in meinem Kopf und auch im Magen. Es ist mir zu voll und ich kenne niemanden außer Sigrid.

Jetzt weiß ich wieder, warum mich Sabine überreden musste, mit ihr wegzugehen, und warum ich nach dem schmerzhaften Aus unserer Freundschaft nicht mehr ausgegangen bin. Eigentlich höre ich beim Kochen oder Lesen sehr gerne Musik. Am liebsten Soundtracks, aber in einer angenehmeren Lautstärke.

Ich sehe mich weiter um und entdecke am Tresen doch jemanden, den ich kenne. Die Brünette, die mit Jan im Restaurant war.

Immer wieder laufen Menschen durch mein Sichtfeld, bis sich sogar ein Mann vor sie stellt. Ich wollte mir genauer ansehen, was sie so besonders macht. Warum Jan mit ihr ausgeht. Ich muss über mich selbst lachen. Warum interessiert mich das überhaupt?

Ich schüttle den Kopf und nehme noch einen Schluck von meinem Drink. Trotzdem hoffe ich, dass der Mann bald verschwindet und ich weiter zu der Brünetten hinübersehen kann.

Und er gibt mir tatsächlich den Weg frei, indem er sich zu ihr setzt. Jan. Sofort beginnt mein Herz zu rasen. Also ist er mit ihr hier. Das seltsame Gefühl in meiner Brust erschreckt mich. Eigentlich müsste ich genervt sein, dass er immer und überall ist, wo ich bin. Oder dass er mit seinen Frauengeschichten absolut unattraktiv auf mich wirken sollte. Aber leider ist dem nicht so. Im Gegenteil. Ich will ihm gefallen, auch wenn er mich in den Wahnsinn treibt.

Ich möchte ihm zeigen, dass ich nicht das hilflose Mädchen bin, über das er sich ständig lustig macht. Ich will, dass er zu mir aufsieht und glaubt, dass ich eine Wahnsinnsfrau bin. Und das ärgert mich.

„Hey, meine Hübsche, tanzen?“ Ein blonder Mann mit weißem Shirt und offenem Hawaiihemd schreit mich an, um die Musik zu übertönen.

Ich tanze eigentlich schon gerne, meistens aber bei mir zu Hause, alleine. Es ist mir etwas unangenehm mit diesem Fremden, aber was habe ich schon zu verlieren? Sigrid ist vertieft in eine Unterhaltung und Jan amüsiert sich bestens mit seiner Verabredung.

Der Sunnyboy hat gute Laune und warum sollte ich nicht versuchen, ein wenig kontaktfreudiger zu sein?

„Ich bin der Toni.“ Sofort zieht er mich an sich heran und tanzt sehr schwungvoll.

Meine müden Muskeln schreien unter jeder Bewegung. Sofort merke ich, dass es eine blöde Idee von mir war. Hätte ich mich doch einfach geweigert. Erst einen Augenblick später merke ich, wie er mit seiner Hand von meinem Rücken hinunter zu meinem Hintern wandert und hineinzwickt.

„Hey." Ich will ihn von mir schieben, doch er hat mich fest im Griff.

„Ist doch nur Spaß." Er brüllt mir direkt ins Gesicht und sein Atem riecht nach Alkohol. Angewidert drehe ich den Kopf zur Seite und versuche, mich loszureißen.

„Ach Mädel, komm runter. Ich tue dir hier nichts." Er zwinkert mir zu und zieht mich noch ein Stück näher an sich heran.

Während er mich weiter über die Tanzfläche schiebt, suche ich den Raum nach Sigrid ab. Doch sie steht nicht mehr am Tisch. „Lass mich los", brülle ich ihn an und drücke, so fest ich kann, meine Finger in seine Haut.

„Mh, ich mag es, hart angefasst zu werden. Meine Wohnung ist hier gleich um die Ecke."

Seine Sonnenbrille, die auf seinen nach oben gegelten Haaren sitzt, schiebt sich auf die Stirn. Doch er kann sie nicht wegnehmen, da er damit beschäftigt ist, mir wieder an den Hintern zu grapschen.

Es ist mir sehr unangenehm und ich nutze in dieser Sekunde meine Chance, um mich von ihm abzuwenden. Gerade will ich ihm eine Ohrfeige geben, da stellt sich Jan zwischen uns. Er schubst ihn, Toni drückt zurück und grinst immer noch fies. Die Worte der beiden verstehe ich bei der lauten Musik nicht, aber irgendwann hebt Toni abwehrend die Hände und verzieht sich.

Jan wendet sich an mich. „Alles okay?“ Auch er muss sehr laut reden. Ich nicke nur.

Dann zieht er mich am Arm zum Tresen und hält dem Barkeeper zwei Finger hoch. Kurz darauf stehen zwei Schnäpse vor uns. „Du bezahlst, oder?“ Er hält das eine Glas zum Anstoßen hoch. Wieder nicke ich nur und stoße an.

Das Brennen im Hals ist schnell vergessen und ich kann wieder sprechen. „Ich danke dir.“

Er winkt ab. „Kein Problem. Habe ich gern gemacht.“ Er hebt die Hand, um weitere Schnäpse zu bestellen.

Doch ich ziehe an seinem Ärmel, um ihn aufzuhalten. „Nein. Bitte nicht. Das reicht.“

Nach meiner Rotweineskalation in Berlin möchte ich nicht mehr so viel trinken. Ich weiß nicht, ob es an der Lautstärke liegt und er nicht so viel brüllen möchte oder ob er mal tatsächlich keinen dummen Kommentar loslassen kann. Jedenfalls lässt er einen Schnaps zurückgehen und lächelt mich freundlich an. Dann rückt er näher an mein Gesicht. „Ich hätte ja nicht gedacht, dass du nach diesem Tag feiern gehen kannst.“

Sein Mund so nah an meinem Ohr bereitet mir Gänsehaut. Für den Bruchteil einer Sekunde möchte ich mich zu ihm beugen, sodass er mich berühren muss. Den Impuls kann ich nur unterbinden, weil mein Blick in die Ecke fällt, wo er vorhin noch saß. Die Brünette sitzt noch da und hat ihr Handy in der Hand.

Wegen mir hat er sie alleine gelassen. Wegen mir hat sie keinen schönen Abend. Ich sehe mich selbst dort in der Ecke. Damals, als sich Sabine an meinen Freund rangemacht hat.

Wie viele Monate sind sie mir fremdgegangen und haben sich amüsiert, in denen ich dumme Nuss nichts mitbekommen habe?

Mir wird klar, dass ich in diesem Augenblick die andere Frau bin. Der Gedanke schmerzt, denn ich will niemand sein, der eine andere Beziehung kaputtmacht. Niemals.

All diese wohlig warmen Gefühle in meinem Bauch sind vergessen. Ich stehe auf und krame in meiner Tasche nach Geld.

„Was machst du?“

„Ich werde gehen. Ich muss nach Hause.“ Ich rede so leise, dass er mich nicht verstehen kann.

„Was?“

„Ich gehe.“ Es tut mir im Herzen leid, denn ich habe mich tatsächlich das erste Mal mit ihm wohlgefühlt. Doch so geht es nicht. Sein Ruf, seine Frauen, die ich mit eigenen Augen sehe, und dann noch die Tatsache, dass ich hier nur Urlaub mache. Wer weiß, ob ich nächste Woche noch hier bin.

Er zieht mich in seinen Bann, obwohl ich das gar nicht will. Es ärgert mich.

Einen Schein auf den Tresen legend drehe ich mich zur Tanzfläche, suche Sigrid und winke ihr zu, dass ich gehe.

Ich warte nicht darauf, dass sie mich begleitet. Das erwarte ich auch nicht, wo sie doch so viel Spaß hat. Für mich ist der Abend vorbei. Ich möchte nur noch schlafen.

KAPITEL 17

Der nächste Morgen kommt zu früh. Auch wenn ich nicht viel getrunken habe, rächt sich mein Körper für all die Dinge, die ich am Tag zuvor gemacht habe.

Der Muskelkater lässt mich in Zeitlupe laufen, die Kopfschmerzen bringen mich dazu, die Augen nur halb zu öffnen, und der trockene Mund lässt mich kaum ein Wort über die Lippen bringen.

Bei einem Kaffee denke ich über den Abend nach. So ein Tag hätte nicht anders enden können. Auch wenn Sigrid dachte, es sei eine gute Idee, mich auszuführen, war es wohl die dümmste Entscheidung seit Langem.

Mir wird klar, dass sich meine Einstellung zu meiner Reise nach Österreich geändert hat. Es ist noch nicht lange her, da hätte ich wohl gesagt, dass die Party gestern nur die zweitdümmste Idee sei, ganz dicht hinter dem Trip zu meinem Erbe. Doch so sehe ich das nicht mehr.

Diese Gewissheit stimmt mich an diesem Morgen so fröhlich, dass ich nicht mehr an die Belästigung von diesem Widerling denken möchte. An diesem Tag habe ich ein anderes Ziel und das steht auf dem Zettel, den ich von Anna bekommen habe.

So hinterlasse ich für Manfred eine Nachricht, denn ich bin mir sicher, dass er mich auch diesmal nicht begleiten möchte. Ich ziehe gleich meine Turnschuhe an, schnappe mir meine vorbereitete Brotbox, ein paar Kekse sowie eine Flasche Wasser und fahre los in den Nachbarort.

Die zweite Adresse, die Anna mir aufgeschrieben hat, solle das moderne Almleben zeigen. Darauf bin ich sehr gespannt. Modern klingt an sich sehr schön, aber ich glaube, dass unser Wichtelhäusl sehr viele Umbaumaßnahmen bräuchte, um auf modern getrimmt zu werden.

„Unser." Langsam wiederhole ich das Wort. Als hätte ich mich schon an die Hütte gewöhnt und mich mit ihr identifiziert. Aber es bedeutet noch nichts für mich, zumindest glaube ich das. Während ich das Ortsschild von Fuxlsee passiere, stelle ich mir vor, wie es sein würde, hier zu leben. Doch lange kann ich nicht darüber nachdenken. Die ersten Kühe sichte ich diesmal viel schneller auf der Weide neben der Straße. Sofort gehe ich auf die Bremse und schleiche um die Kurven – gefasst auf alles.

Fuxlsee sieht aus wie ein typisches Urlaubsziel. Eine Ferienwohnung neben der nächsten, Hotels und Restaurants, Kneipen und Einkaufsmöglichkeiten. Hier ist es nicht so idyllisch wie in Mayenhofen.

Fuxlsee mit seinen Großparkplätzen für Reisebusse und Sportgeschäften sieht etwas anders aus.

Das Einzige, was mich tatsächlich staunen lässt, ist der See, der mitten im Ort liegt und um den herum die Geschäfte und Hotels angelegt wurden. Ich fahre nahe am Ufer entlang und höre die lachenden Menschen und das Plätschern des Wassers. Ein Urlaubsgefühl wie bei der Ankunft in Mayenhofen überkommt mich. Es fühlt sich befreiend und schön an. Wieder wird mir klar, dass ich gerne hier bin. Als ich den See hinter mir gelassen habe, sehe ich irritiert auf mein Navi.

Leider kann ich die genaue Adresse, die Anna mir gegeben hat, nicht anfahren. Ich halte mit dem Auto vor dem großen verglasten Komplex mit der weißen Aufschrift „Fuxlsee-Center".

Zunächst parke ich auf dem angewiesenen Platz und steige aus. Das Center liegt direkt am Berg und drei Seilbahnstränge führen vom Dach des Gebäudes aus in verschiedene Richtungen die Berge hinauf.

Ich befürchte, dass ich hier nicht die Wellnessanlage finden werde, sondern mit einer Seilbahn zu ihr hochfahren muss.

Unschlüssig ziehe ich mein Handy und gebe in der Suchmaschine „Fuxlgut am Bergsee" ein. Meine Befürchtung wird wahr.

„Unser vital Spa- und Wellnesshotel Fuxlgut liegt direkt am schönen Bergsee. Zu erreichen sind wir mit Seilbahn 2, Fuxlsee-Center", lese ich laut vor und muss kräftig ausschnauben.

Ich versuche, die einzelnen Seilbahnen auszumachen, um die Bergstationen zu erkennen. Erst bei der dritten sehe ich das Ende und bin beeindruckt, welch großer Komplex dort oben steht. Womöglich sieht es auch nur so aus, da es drumherum nur Wald und Gestein gibt.

Hin- und hergerissen überlege ich, was ich tun soll. Ein Flyer würde vielleicht auch reichen. Ob es in diesem Center so etwas gibt? Wieder sehe ich den Weg der Seilbahn hoch. Sofort habe ich Schweißhände. Viel habe ich mir in den letzten Tagen zugemutet, nicht zuletzt die Kuhrettung und den schmerzhaften Abstieg. Würde ich mit der Bahn hochfahren, müsste ich damit auch runter. Wenn ich einmal drinsäße, könnte ich nicht mehr zurück. Mein Herzschlag wird schneller und allein bei der Vorstellung, in so einem Sessel zu sitzen, wird mir ganz anders.

Ich versuche mich zu überwinden, schließlich habe ich am Tag zuvor auch schon mehr geschafft, als ich für möglich gehalten hätte.

Das Center ist wie leer gefegt. Es erinnert mich an die Einkaufscentren, die wir auch in Berlin haben.

Doch hier gibt es nur Wintermode, Skier und Ausrüstungen für Mountainbikes und Wanderer.

An der Information sitzt eine gelangweilte Frau, die sich die Fingernägel feilt. „Kann ich etwas für Sie tun?“ Sie kann nicht verbergen, wie genervt sie ist. Ihre monotone Stimme und das Augenrollen bleiben mir nicht verborgen.

„Ehm, ich interessiere mich für das Wellnesshotel und –“

„Tut mir leid, die Flyer sind leer. Seilbahn zwei, Berg und Tag kostet sechzehn Euro.“ Die junge Frau scheint keinen Spaß an ihrem Job zu haben, so wie sie mir ihren Text herunterleiert.

Fast fühle ich mich, als hätte ich den Fehler begangen und sie angesprochen. Sie zeigt auf den Eingang zur Seilbahn zwei. In dem kleinen Häuschen daneben sitzt ein Mann mit dem Handy in der Hand und den Füßen hochgelegt.

Bei dem Gedanken daran, dass ich ihn bei seinem Nichtstun störe und er mich in die Seilbahn setzt, bekomme ich ein ungutes Gefühl. Ich muss abbrechen, ich fühle mich weder wohl noch sicher.

Ich denke, dass ich im Internet lieber die Seite besuchen sollte und stürze aus dem Center.

„Ach ja. Ich wusste doch, dass ich dein Auto erkannt habe.“ Jan steht vor mir, im Arm die Brünette.

Eine bittere Gewissheit für mich. Wenn sie so früh morgens zusammen sind, haben sie sicherlich die Nacht miteinander verbracht. Die zwei Stimmen in meinem Kopf schreien sich gegenseitig an. Die eine brüllt, ich solle vernünftig sein, er sei ein Idiot, die andere möchte ihm weiterhin gefallen. Ich weiß nur nicht wieso.

„Was machst du denn hier?“

Die Brünette zückt ihr Handy und geht zwei Schritte zur Seite.

„Anna hat gesagt, ich soll mich hier mal umgucken.“ Ich kann es nicht vermeiden und sehe hoch zum Wellnesshotel.

Er dreht sich zum Berg und beginnt zu lachen. „Tja, da wollen wir zwei Hübschen jetzt auch hin.“

„Was? Nein. Ich will ja gar nicht da hoch. Ich habe mich hier unten umgesehen. Nur hier, ohne Seilbahn.“ Ich könnte mir auf die Zunge beißen. Jeder Satz klingt wie der einer dummen Nuss.

Natürlich merkt er mir das an und grinst. Ich komme mir so dumm vor und würde mich gerne verkriechen. „Du hast Angst vorm Seilbahnfahren, was?“

Mir bleibt die Spucke im Hals hängen und ich verschlucke mich. Ich huste und versuche, richtig Luft zu bekommen.

Geschockt, dass er mich durchschaut hat, und wütend, dass er mich vor dieser Frau bloßstellt.

„Nein. Ich habe keine Angst vor der Seilbahn. So eine Lüge." Motzig verschränke ich die Arme vor der Brust.

„Ja, natürlich." Jan sieht rüber zu seiner Freundin und auch sie lacht. Ich fühle mich schlecht und laufe los. „Noch einen schönen Tag. Ich habe keine Zeit mehr, hier zu stehen."

„Ach Franziska."

Ich drehe mich zu ihm herum und erwarte die nächste Spitze. Der nette Mann vom Abend zuvor ist weg. Der Widerling ist wieder da und ich ärgere mich trotzdem darüber, dass er mein Herz höherschlagen lässt.

Er hält mir einen Flyer hin, den ich perplex entgegennehme. „Damit du es wenigstens auf Papier siehst, wenn du schon nicht hochfahren kannst."

Er wartet nicht, bis ich reagiere, sondern geht mit seiner Brünetten ins Center. Zu gerne hätte ich den Flyer zerknüllt und ihm an den Kopf geworfen. Aber was hätte es mir gebracht, außer dass ich mich verrate.

In diesem Augenblick bin ich froh, dass ich mich nicht auf ihn eingelassen habe und am Abend so schnell verschwunden bin.

Wie kann es anders sein, erwartet mich eine böse Überraschung im Auto. Viermal versuche ich, meinen Twingo zu starten. Doch er ruckelt nur und schafft es nicht. Batterie, Zündkerzen, ich habe keine Ahnung, was er hat. Ich lege den Kopf zurück an die Lehne und unterdrücke die Tränen, die sich nach oben kämpfen.

Immer wieder sieht es so gut aus und dann reißt mir jemand den Boden unter den Füßen weg und sagt: „Vergiss es. Du nicht."

Ich zücke mein Handy und suche nach einem Abschleppdienst oder einer Werkstatt in der Nähe. Doch bald bin ich überfordert mit den Orten und der Entfernung zu mir. Also rufe ich Sigrid an.

„Was ist passiert?" Ihre Stimme klingt verschlafen.

„O nein, ich habe dich geweckt."

„Alles gut, Kindchen. Was ist los?"

„Ich stehe in Fuxlsee vor dem Center und mein Auto springt nicht an. Ich weiß nicht, wen ich anrufen soll zum Abschleppen. Ich kenne keine Werkstatt und ich möchte nach Hause." Meine letzten Worte jammere ich und ich sehe durch die Tränen verschwommen. Ich bin verzweifelt und traurig, dass mir alles so schwerfällt.

Es dauert länger als gewohnt, bis Sigrid antwortet. „Ich fahre in fünf Minuten los und hole dich. Dann klären wir das mit dem Auto. Bis gleich." Sie legt auf.

Als sie vorfährt, bin ich überrascht, wie ausgeruht und entspannt sie aussieht.

Nachdem ich alle Sachen aus meinem Auto zu ihr hinübergetragen habe, steige ich ein und schnalle mich an. Ich warte, dass sie losfährt, doch das tut sie nicht.

„Dein Auto scheint auch hier bleiben zu wollen. Vielleicht solltest du darüber nachdenken." Ihre Worte meint sie vielleicht gut oder aufmunternd, aber sie haben die gegenteilige Wirkung.

„Eher nicht. Mein Auto sagt mir, dass ich eine totale Versagerin bin und nichts auf die Reihe bekomme."

„Ach Franzilein, das stimmt aber nicht. Ich habe von deiner Kuhrettung gehört."

Überrascht sehe ich zu ihr rüber. „Was? Woher?“

„Ach, wir sind hier ein kleines Dorf und die Bauern tuscheln untereinander. Gestern im Empire wurde mir das dann gesagt. Der Bauer hat dich gesehen.“

Ich stelle mir vor, wie er mich in dem Wald unbemerkt beobachtet hat. Es fühlt sich seltsam an. Warum hat er mir nicht geholfen? Oder kam er gerade, als ich schon fertig war? Eigentlich bin ich nicht überrascht, dass der Flurfunk hier funktioniert wie auf meiner Arbeitsstelle. Das ist auch der einzige Ort, bei dem die Klatsch- und Tratschgeschichten schneller verändert werden als in den Nachrichten.

Zu Hause im Wohnkomplex von Manfred und mir haben wir über Frau Meyer, die wir Käseblatt nennen, alles erfahren, was es Neues im Haus gibt.

Aber auch sie hat nicht immer alles mitbekommen. Hier scheint das ganze Dorf über alles Bescheid zu wissen. Das fing schon mit meiner Ankunft an. Warum sollte es bei der blöden Kuh aufhören.

„Na ja, aber das ist alles.“

„Ach sag das nicht. Ich denke, dass du gute Fortschritte machst.“

„Ich denke eher nicht. Jan ist ein Ekelpaket. Ich bin für ihn eine Witzfigur. Er traut mir nicht zu, die Hütte zu leiten.“

„Jan hat doch keine Ahnung von so was. Seine Schwester führt das Restaurant ihres Vaters. Er selbst steht zwar als Geschäftsführer drin, aber da hat er überhaupt keine Lust drauf. Der Heuchler. Auf ihn solltest du keinen Wert legen. Viel wichtiger ist seine Schwester. Mit ihr musst du reden. Anna hat die Kontakte, die Erfahrung und kann dir sicher weiterhelfen.“

„Ach Sigrid. Ich versuche es doch. Was meinst du, was ich hier mache? Ich bin hier, um ihre Ratschläge zu befolgen und dann sitze ich da und komme weder vor noch zurück."

„Aber du hast doch mich?"

„Ja. Dafür danke ich dir auch. Ich habe aber keine Ahnung, wie man einen Laden führt. Ich bin eine kleine Angestellte in der Bücherei. Um etwas Neues da oben zu machen, muss man viel Zeit und Geld investieren.

Beides habe ich nicht und ach …" Ich höre auf, bevor ich mich weiter in Rage rede.

„Geld müsste nicht deine Sorge sein."

„Was?" Interessiert höre ich zu.

„Ich habe es Rosi damals auch schon angeboten, aber sie hat es immer und immer wieder abgelehnt. Ich hoffe, dass du es annimmst."

„Was denn?"

„Ich möchte gerne einsteigen."

„Wie einsteigen?"

„Wenn du tatsächlich sagst, du willst hierbleiben und es versuchen, wenn du mir eine gute Idee lieferst, wie man die Hütte – auch im Sinne von Rosi – aufbauen kann, dann steige ich als Geldgeber ein."

Sprachlos sehe ich zu ihr herüber. „Aber warum hat Rosi es nicht angenommen?"

„Weil sie zu stolz war. Sie sagte, dass sie alles alleine schaffen könne. Aber leider kam sie nicht so schnell voran, wie sie es gebraucht hätte."

Wenn es nicht so traurig wäre, hätte ich in diesem Augenblick gelächelt.

Etwas, was ich mit meiner Tante gemeinsam habe. Stolz. Ich bin ängstlich und kann mich nicht zurückhalten, wenn es um Tiere geht, aber ansonsten möchte ich meine Sachen alleine klären. Ich beiße mir auf die Unterlippe.

Wenn ich an die letzten Tage zurückdenke, muss ich leider zugeben, dass ich mir oft gewünscht habe, jemanden bei mir zu haben, der mich unterstützt. Obwohl ich in Berlin bisher so etwas nie haben wollte. Doch hier fühlt sich alles anders an. Also warum sollte ich ihre Hilfe nicht annehmen? Der einzige Haken an der Sache: Ich muss mich dafür entscheiden, hierzubleiben, und das kann ich nicht. „Ich denke, dass ich sicherlich etwas finden kann, womit man die Gaststube öffnen könnte …"

„Na das ist doch schon mal ein Schritt in die richtige Richtung."

„Und du willst dich da tatsächlich finanziell reinhängen? Und wenn es schiefgeht? Ich meine, deine Rente und so."

„Kindchen. Ich hatte zwei Firmen. Beide habe ich verkauft. Ich habe vorgesorgt und muss mir keine Gedanken machen. Ich investiere gerne. Ich stecke finanziell auch bei meinen Töchtern in den Firmen. Also von daher, keine Angst."

Eigentlich ist es sehr schön zu wissen, dass sie mir helfen würde.

Rosi wird aber sicher ihren Grund gehabt haben, abzulehnen. „Denkst du denn, Rosi hätte gewollt, dass ich es annehme?"

Sigrid startet den Motor. „Ich denke, Rosi wollte die Finanzen nicht zwischen unsere Freundschaft kommen lassen. Sie hat dabei nur eine Sache vergessen."

„Was denn?“

„Sie war meine Familie. Und für Familie macht man so was. Man steigt zusammen auf und man geht zusammen unter.“ Mit diesen Worten fährt sie los.

Die Landschaft zieht an mir vorbei, doch ich habe kein Auge dafür. Ich male mir aus, wie es aussehen würde, wenn wir das Wichtelhäusl renovieren würden. Sollte ich mich trauen und ihr von den Sandwiches erzählen? Ich schließe die Augen und spreche es aus. „Ich hätte eine Idee als Konzept.“

„Ach ja, dann schieß mal los.“

„Mir wird nachgesagt, dass ich leckere Sandwiches und belegte Brote mache.“

„O ja, das stimmt. Ich nasche bei Manfred mit. Aber was willst du mit ein bisschen Vesper machen?“

„Nun ja. Ich könnte mir vorstellen, dieses leckere Brot aus dem Bergdorf zu nehmen und andere Sorten an Brötchen, Baguette und Toast.

Eine riesige Auswahl mit verschiedenem Belag und meinen Saucen, Dips und Zutaten.“

„Also ein Sandwichladen.“ Sigrid klingt nicht überzeugt.

Und langsam zweifle auch ich, ob das gut ist. „Na ja, die Wanderer können einkehren oder ihren Proviant einpacken und mitnehmen.“

„Da würde ich vielleicht gerne noch mal ein paar von probieren, wenn das okay ist.“

„Aber sicher.“

Sigrid leckt sich über die Lippen. „Na, da habe ich aber Hunger bekommen.“

„Wenn du möchtest, mache ich dir gleich eines. Dann müssen wir aber noch mal bei Tante Ella vorbei.“

„Einverstanden. Und währenddessen überlegen wir uns, was mit den Übernachtungsgästen wird und ob im Winter geöffnet bleibt."

Dazu fällt mir erst mal nichts ein. Die Fahrt dauert nicht lange genug, um darüber zu sprechen. Sigrid fährt einen heißen Reifen, ganz ohne Angst vor den Kühen auf der Straße.

Zu Hause ist Manfred überrascht, mich schon zu sehen. Er hat sich gerade mit einem Kaffee an den Esstisch gesetzt und seine Tabletten vor sich liegen. „Na, was ist denn hier los?"

„Mein Auto ist kaputt. Wir müssen einen Abschleppdienst benachrichtigen."

„Ach, ich kenne da jemanden. Da musst du dir keine Gedanken machen. Das kriegen wir schon hin." Sigrid steht im Bad und wäscht sich die Hände. „Und jetzt möchte ich bitte ein leckeres Sandwich von dir haben."

„Oh, bekomme ich auch eins?" Manfred hebt den Zeigefinger in meine Richtung, als würde er eine Bestellung aufgeben wollen. So könnte es auch sein, wenn ich in meinem eigenen Laden die Sandwiches anbieten würde. Vor Freude klopft mein Herz ein bisschen schneller. Es fühlt sich so gut an, dass ich andere damit glücklich machen kann.

Und mit diesem positiven Gefühl schneide ich die Baguette-Brötchen auf, mische eine Honig-Senf-Creme mit Frischkäse und schmiere sie auf beide Hälften. Belege das Ganze mit Salat und Gewürzgurken, gekochtem Ei, Käse sowie Bratenaufschnitt. Zum Schluss ein Schuss Balsamico-Creme. Zusammengeklappt und aufgeschnitten serviere ich den beiden je eine Hälfte des deftigen Frühstücks.

Sie genießen ihre Sandwiches, auch wenn ich nicht zufrieden damit bin.

Doch mit den Zutaten, die da waren, habe ich immerhin ein bisschen was zusammenstellen können.

„Also ich bin überzeugt, dass man damit was machen kann.

Ich kann mir mit dieser leckeren Creme auch so kleine Fladenbrote vorstellen." Sigrid beißt noch einmal kräftig in ihr Brötchen.

„Willst du die auf der Hütte verkaufen?" Manfred wischt sich mit einer Serviette die Creme aus den Mundwinkeln.

„Ja. Das wäre eine Idee."

„Stimmt. Aber da muss natürlich noch mehr passieren. Kaffee, Hauptgerichte, Ordentliches für die Sportler. Und vor allem brauchen wir ein Konzept, was wir mit den Übernachtungsgästen machen wollen." Sigrid lehnt sich nach dem letzten Bissen zurück.

„Ist das Wichtelhäusl nicht schon ein Thema? Also Wichtel." Manfred schiebt sich das letzte Stück in den Mund.

„Ja. Stimmt. Aber Rosi hat es nicht komplett konzipiert. Die sieben Gästezimmer im ersten Stock haben alle einen Wichtel an der Tür. Aber das war's auch schon."

„Und was war ihre Idee? Wollte sie es märchenhaft gestalten? Wollte sie Märchenurlaub anbieten und Geschichten erzählen?"

In meiner Fantasie stelle ich mir Familiengruppen vor, die durch eine Märchenkulisse laufen und ich in Mittelalterkleidung von alten Sagen und Legenden berichte.

„Rosi hat vorher als Kindergärtnerin gearbeitet. Sie hat gerne vorgelesen und die Kinder in Fantasiewelten entführt. Als sie das Gebäude hier gekauft hat, haben wir so einen kleinen Wichtel in einer Ecke stehen gesehen. Und daraufhin ist der Name entstanden. Sie wollte alles zum Thema Wald und Fabeln gestalten. Aber sie konnte es nicht umsetzen – weder die Zimmerdekoration noch das Restaurant.

Das wollte sie alles nach und nach machen."

„Okay. Und ist das Thema denn etwas Gutes?"

Sigrid wackelt mit dem Kopf nach rechts und links. „Ich bin mir nicht sicher. Im Winter kann ich mir das sehr gut vorstellen. Kakao, Kamin und Märchen. Aber im Sommer? Da braucht man schon schlechtes Wetter, um die Menschen hier oben dazu zu bringen, bei uns zu bleiben und Märchen zu hören. Vor allem, weil es dauert, bis das nächste Wäldchen beginnt. Kinder wollen draußen toben oder planschen. Und im Winter fahren sie alle hier Ski."

„Also ich bin gerne mit meiner Frau in die Berge gefahren. Da gab es mal eine Pension, in der es romantisch und kuschelig war. Die haben dort auch Hochzeiten ausgerichtet."

Überrascht, dass Manfred vor Sigrid über seine Frau redet, höre ich ihm gespannt zu.

„Hochzeiten klingen gut. Das ist doch eine schöne Sache.

Die Gäste können mit der Seilbahn oder mit dem Auto hochfahren. Wir haben sieben Zimmer und einen Gastraum zum Feiern. Super Idee. Aber wir können nicht nur Hochzeiten anbieten."

„Ich habe die Zweisamkeit und Ruhe sehr genossen. Ein Hotel ohne Kinder und ohne große Gruppen wäre doch gut."

Sigrid lacht laut los. „Das ist doch nicht dein Ernst. Du kannst doch Familien nicht ausschließen. Gerade die, die bereit sind, immer mal ein bisschen mehr auszugeben."

„Ja." Manfred ergreift das Wort. „Aber die auch die meiste Arbeit verursachen. Kinder machen nun mal Dreck. Ich mag Kinder, aber rein geschäftlich gesehen kann man mit alleinstehenden Pärchen oder Singles sicherlich auch gut was verdienen. Sie wollen dann Wellness und Rotwein und …"

Sigrid hebt die Hand, um Manfred zu unterbrechen. „Das will ich wirklich nicht hören. Man sollte für alle offen haben. Vor allem vielleicht auch für Menschen mit Hunden.

Hier gibt es viele Wanderer, die ihren Hund mitbringen wollen. Und Hundehotels gibt es kaum welche."

„Hunde?" Erschrocken sehe ich zu Sigrid.

Hat sie schon vergessen, was bei Anna vor ein paar Tagen passiert ist? Sie kann doch nicht allen Ernstes glauben, dass ich hier Hunde haben möchte.

„Ja natürlich. Gäste bringen Hunde mit. Ach Franzi, du wirst dich daran gewöhnen. Du musst einfach." Sie tätschelt mir über die Hand und scheint, keine Antwort von mir zu erwarten. Dann nimmt sie von dem Papierstapel, der in der Ecke der Sitzbank liegt, ein paar Zettel und breitet sie auf dem Tisch aus. „Das sind die Baupläne. Seht ihr. Die Hochzeiten können wir hier gut feiern. Kinder", sie wirft Manfred einen bösen Seitenblick zu, „haben hier einen Spielraum. Das wollte Rosi gerade angehen, als sie krank wurde. Wichtiger ist aber noch zu überlegen, was wir im Winter machen. Winterhochzeiten sind schön, aber …"

„Können wir noch mal über die Hunde reden?“

„Ja. Sehr gerne. Rosi wollte gerne im Außenbereich für die Hunde der Gäste einen Auslauf gestalten und …“

Ich kann nicht anders, als mit der flachen Hand auf den Tisch hauen. „Stopp. Es reicht. Ich will hier keine Tiere. Mir reichen, dass da schon Tiere sind. Auch die müssen weg. Ich kann das nicht. Ich will das nicht. Ich …“ Verzweifelt sehe ich abwechselnd in ihre Gesichter.

„Sag mal, was hast du denn?“ Sigrid spricht weiter, als würde sie meinen Ausraster nicht akzeptieren.

„Ich weiß es nicht. Ich glaube, ich lege mich erst mal eine Weile hin. Das ist mir gerade alles zu viel.“

Ohne auf eine Reaktion zu warten, stehe ich auf und gehe ins Schlafzimmer. Ich weiß nicht, was ich erwartet habe. Weiter als bis zu dem Sandwich bin ich nicht gekommen und auf einmal hat sich eine Eigendynamik entwickelt, die mir entgleitet. Der Gedanke an Tiere im Gebäude, wenn schon draußen welche sind … Wie schlimm. Und immer wieder neue Hunde, auf die ich mich einstellen müsste. Die Vorstellung macht mir Sorgen.

KAPITEL 18

Mein Mittagsschlaf dehnt sich länger aus, als ich beabsichtigt habe. Erst als es schon anfängt, dunkel zu werden, öffne ich meine Augen. Noch nie habe ich so lange und gut geschlafen, obwohl ich mich doch so verärgert hingelegt habe.

Vielleicht liegt es daran, dass ich das erste Mal, seit ich hier bin, eben nicht von meinem Vater geträumt habe. Sondern von einem kleinen Mädchen, das vor dem Wichtelhäusl zur Skischule abgeholt wird. Die Vorstellung, wie ich morgens das Frühstück für ein paar Familien organisiere und sich die Kinder freudestrahlend auf den Weg machen, finde ich schön. Friedlich und entspannt. So hätte ich es mir vielleicht auch gewünscht, als Kind aufzuwachsen.

Meine Gedanken gleiten zurück zu meinem Vater. Es liegt alles viel deutlicher vor mir, als hätte jemand die zehn Schutzfolien von seinem Bild genommen.

Ich balanciere es wie ein rohes Ei auf meinem Herzen. Meine Gedanken schwingen hin und her. Mein Vater, das Kind, mein Vater, das Kind.

Vielleicht sollte ich Sigrid davon erzählen, dass ich zurzeit keine Tierpension eröffnen möchte.

Auch wenn ich versuche, mich meiner Angst zu stellen, kann ich nicht sagen, wann ich sie überwinden werde. Eine Kuh anzufassen, die feststeckt, ist schließlich noch keine Meisterklasse. Und wie sähe es aus, wenn die Leiterin einer Pension, die für Tierliebe wirbt, Angst vor ihnen hat. Lieber würde ich mich an die Familien wenden. An die lachenden Kinder und sorgenfreien Gesichter ihrer Eltern. Aber kann ich das überhaupt? Hat Manfred vielleicht recht damit, dass sich das nicht lohnt?

Aber muss es sich lohnen? Muss ich reich werden mit dieser Idee oder einfach weitermachen können? Ich bin keine Geschäftsfrau, sondern ein normaler Mensch, der sich schöne Sachen wünscht. Bei der Vorstellung, mit ein paar Kindern Sandwiches vorzubereiten, ihnen im Winter Kakao zu kochen oder warmen Orangensaft mit einer Spur Zimt anzubieten, muss ich lächeln. Ein Wohlfühlmoment, der mich entspannt nach vorne sehen lässt. Und wenn ich mich nicht irre, war es auch Rosis Ziel, mit Kindern zu arbeiten. Also würde ich sogar ihren Traum erfüllen.

Als ich aus dem Schlafzimmer komme, sitzt Manfred vor dem Fernseher und sieht mich böse an. „Na endlich, Dornröschen. Ich hätte nicht mehr lange gewartet. Bestimmt habe ich den Sonnenuntergang heute verpasst."

„Tut mir leid. Aber ich war irgendwie müde und erschlagen."

„Das kenne ich. Das geht mir jeden Tag so."

Ich setze mich neben ihn und sehe zum Fernseher. Eine Quizshow läuft, aber Manfred macht den Ton leiser.

„Im Übrigen ist Sigrid beleidigt weggegangen."

„Das glaube ich. Ihr wolltet mir nur helfen und ich bin so ausgeflippt."

Manfred nickt und starrt weiter auf den Bildschirm, während ich meine Füße auf den kleinen Tisch vor uns lege. Unser friedliches Zusammensitzen gefällt mir ganz gut. Wir hätten das in Berlin schon machen sollen. Ich ärgere mich schon ein wenig, dass ich Abend für Abend alleine vor dem Fernseher saß und Manfred – wenige hundert Meter von mir entfernt – auch.

Mit dem Bedürfnis, ihm das zu sagen, sehe ich zu ihm hinüber. Doch mir fallen nicht die richtigen Worte ein. So rutsche ich auf meinem Platz nach vorne und lege mich bequem hin. „Ich denke, dass ich mich für eine Richtung entschieden habe."

„Ach ja? Lass mich raten. Kinder."

Eigentlich überrascht es mich nicht, dass er das weiß, trotzdem hake ich nach.

„Na ja, ich bin alt, aber nicht blöd. Deine Tante wollte es, du bist noch jung und magst Action. Wer weiß, du wirst vielleicht auch bald eine Familie gründen. Da ergibt es schon Sinn."

Bei dem Gedanken an meine Zukunftsplanung wird mir ganz anders. Hier leben und Kinder großziehen? Dauerhaft? Ich nehme ein seltsames Gefühl im Magen wahr. Ein Flattern, als wäre ich aufgeregt. Also eigentlich ein schönes Gefühl. Wie Vorfreude.

„Das heißt, du musst komplett renovieren, alles kindgerecht einrichten und irgendwelche Kurse für Kinder oder Familien anbieten. Ich habe da was im Fernsehen gesehen. Kochkurse für Groß und Klein oder auch geführte Wanderungen und so was."

Erstaunt, dass Manfred mit so viel Elan an die Planung gehen möchte, lege ich meine Hand auf seine.

„Na ja, wenn du dann hierherziehst, wird es sicherlich ganz komisch. Einsam." Sein Lächeln verschwindet.

Ich verstehe im ersten Augenblick nicht, was er damit meint. „Wieso einsam? Ich komme doch hierher."

„Ja. Hierher. Und ich fahre im Zug zurück nach Berlin."

„Du willst zurück nach Berlin? Wieso denn das? Du kannst doch auch hierbleiben."

„Ach Kindchen. Einen alten Baum versetzt man nicht. Ich bin in Berlin zu Hause."

„Ja und? Was hält dich denn dort? Genauso viel wie mich."

Manfred dreht seinen Kopf langsam in meine Richtung. „Genau das wollte ich hören, meine Liebe." Er hat mich reingelegt, wollte, dass ich diese Worte ausspreche.

Eigentlich könnte ich böse auf ihn sein, aber wozu? Ich habe gesagt, was ich fühle. „Ich meine, es ist eh noch ein bisschen früh, so was zu planen. Wir sind gerade mal fünf Tage hier. Und es sieht aktuell nicht so aus, als würde ich mich hier gut integrieren."

„Das kommt mit der Zeit von ganz alleine. Ich fühle mich hier sehr wohl." Manfred kuschelt sich in das Polster der Couch und zappt durch das Programm. Er sieht wirklich zufrieden aus, obwohl er bisher noch nicht viel von Mayenhofen gesehen hat.

„Du sagst, dass du es hier schön findest. Aber du gehst überhaupt nicht raus. Wie willst du Österreich genießen und erleben, wenn du hier drin nur versauerst?"

„Das ist ja meine Sache." Der sture Bock verschränkt die Arme vor der Brust. „Und außerdem hab' ich gerade unwahrscheinlich Rückenschmerzen."

„Aber woher weißt du, dass es das Richtige ist, hierherzuziehen?"

„Manchmal weiß man es einfach, Kindchen."

Lange bleiben mir diese letzten Worte im Kopf.

Während er schnarcht, zappe ich noch weiter und ergänze die imaginäre To-do-Liste fürs Wichtelhäusl. Und das fühlt sich gut an.

Um tatsächlich hierherzuziehen, sind ein paar Dinge ganz wichtig. Zum einen muss ich versuchen, mit den Tieren klarzukommen. Nicht nur die, die am Wichtelhäusl leben, sondern auch die frei laufenden Kühe und Hunde von Einwohnern und Touristen. Zum anderen die Seilbahnen. Ich komme nicht drumherum, irgendwann mit einer zu fahren. Für mich und weil ich keine Lust habe, weiterhin unter Jans Gespött zu leiden, nehme ich mir gleich morgen früh nach dem Frühstück vor, meiner Höhenangst entgegenzuwirken. Mein Ziel ist das Wichtelhäusl, um mich umzusehen, ein wenig zu planen und darüber nachzudenken, ob ich es wirklich schaffen kann.

So eine Entscheidung kann man schließlich nicht über Nacht treffen, auch wenn Manfred ziemlich sicher klang.

Den Weg zur Seilbahn kenne ich schon. Als ich vor zwei Tagen den langen Abstieg gemacht habe, musste ich hier halten, um meine wunden Füße auszuruhen.

Die Schlange an der Kasse ist für neun Uhr morgens ungewöhnlich kurz. Zumindest glaube ich das.

Vielleicht ist es aber ganz normal, dass sich nur wenige Leute um diese Uhrzeit auf den Berg wagen. Kaum gesagt, fahren zwei Reisebusse vor. Die Traube an Wanderern, die sich schnell in einer Reihe hinter mir aufstellt, wird lang. Da habe ich Glück gehabt, denn vor mir sind nur sieben Leute. Nach und nach schlängeln wir uns mit den Tickets durch die Drehkreuze. Fasziniert beobachte ich, wie sich die kleine Gruppe nach Anweisung des Mitarbeiters auf die markierten Punkte stellt und sich dann auf die roten Polster fallen lässt, die im Tempo gedrosselt auf sie zukommen. Fünf Leute können in einer Sesselbahn zeitgleich mitfahren. Der Angestellte drückt eine Stange herunter, die eine Fußablage besitzt und gleichzeitig als Haltebügel verwendet wird. Neugierig begutachte ich die Leute vor mir.

„Na, was machst du denn hier?“

Irritiert drehe ich mich zur Seite und entdecke Jan. „Das könnte ich dich auch fragen.“

Er zeigt auf den Angestellten. „Ich besuche einen Freund. Und du?“

Noch habe ich keinen blöden Kommentar von ihm gehört. Es ist also meine Chance, etwas zu sagen und dann in der Seilbahn abzuhauen. Eigentlich kommt es mir gelegen, dass er live dabei ist, wie ich meine Angst überwinde.

Vielleicht schaffe ich es auch, so cool zu sein, dass er sich sogar entschuldigt, wie er sich vor der Seilbahn in Fuxlsee verhalten hat. „Was ich hier mache? Ich genieße die Seilbahnfahrt. Die Landschaft und den Berg.“ Sofort merke ich, dass ich unsicher klinge.

Mit jedem Wort muss er rausgehört haben, wie elend es mir bei dem Gedanken geht, viele Meter hinunterstürzen zu können. Mit schweißnassen Händen streiche ich mir über die Stirn und lächle ihn tapfer an.

Als Antwort sehe ich nur in eine frech grinsende Grimasse. „Ach ja. Das will ich sehen.“

„Nächster!“ Der Angestellte winkt mich ran und vor lauter Schreck quietsche ich kurz auf. Es ist mir peinlich und ich hoffe, dass Jan es nicht gehört hat.

Nervös stelle ich mich auf den markieren Punkt und sehe nach hinten. Die Reisegruppen stehen noch am Kassenautomat, sodass ich alleine fahren werde. Der Gedanke daran, dass ich feststecke und alleine bin, ist gruselig. Nur weil Jan da ist, renne ich nicht weg. Ich möchte mir keine Blöße vor ihm geben.

Die Gondel rückt immer näher, der Angestellte nimmt mir meine Tasche weg und legt sie auf den zweiten Platz von links. Ich selbst plumpse auf den mittleren Sitz. Im Bruchteil einer Sekunde sitzt plötzlich Jan neben mir und der Bügel wird heruntergeklappt.

„Was machst du denn da?“

„Na, ich begleite dich auf deinem Abenteuer. Ich will die Landschaft und die Berge genießen."

Mit einem Ruck beschleunigt die Gondel und wird aus der Schienenführung der Station gezogen. Nun bin ich allein mit ihm auf einer Strecke, deren Länge ich nicht abschätzen kann.

Perplex starre ich Jan an. Dieser wartet auf keine Reaktion, sondern sitzt neben mir und sieht in die Ferne. Wie immer trägt er eine helle Jeans und einen Pullover lässig über einem Hemd. Diesmal sind es aber Blautöne. Seine braunen Haare sind heute nach oben gegelt und sein Dreitagebart glänzt im Sonnenlicht.

„Mehr hast du nicht zu bieten?" Ich weiß nicht, woher diese provokante Frage kam. Aber als ich sie gestellt habe, möchte ich sehen, wie er reagiert. Doch es kommt keine Antwort. Erst als ich merke, dass das Schaukeln weniger wird, registriere ich, wie fest ich den Bügel vor mir umklammere. Steif sitze ich neben ihm, während der Boden unter mir in immer weitere Entfernung rückt.

Ich möchte mich nicht bewegen, ganz flach atmen, um das Schaukeln so gering wie möglich zu halten. Es war eine blöde Idee, hier einzusteigen. Ich ärgere mich über meinen Stolz. Hätte ich doch einfach zugegeben, dass ich Angst habe.

Was hätte im schlimmsten Fall passieren können? Ich bin in Jans Augen sowieso eine Witzfigur. Es tut mir weh, nur daran zu denken, wie ich in seinen Augen rüberkomme. Aber was kann ich tun, um das zu ändern? Nichts. Denn jedes Mal, wenn ich es versuche, geht alles schief. Und es ärgert mich, dass er mich so fühlen lässt.

Da sitzt er neben mir, sein rechter und mein linker Oberschenkel berühren sich. Die Arme hat er entspannt vor der Brust verschränkt. Es kann nicht lange dauern, bis eine neue Beleidigung aus ihm herausplatzen wird. Sein blödes Grinsen verrät es mir. „Na komm, erzähl schon, warum du so lachst."

„Nur so. Ich hätte nicht gedacht, dass du trotz Angst mitfahren würdest." Er hat mich durchschaut, wie jedes Mal. Wozu mache ich mir die Mühe, wenn eh alles egal ist? „Und ich fand es schade, dass du im Empire so schnell verschwunden bist."

Sofort spüre ich, wie meine Wangen heiß werden. Das auch noch. Ich hoffe sehr, dass er die Röte nicht sieht.

Es ärgert mich, dass der Gedanke an den gemeinsamen Abend so etwas in mir auslöst. Das Flattern im Bauch fühle ich deutlich. Aber ich versuche, mich daran zu erinnern, dass er mit einer anderen Frau an diesem Abend aus war. Nicht mit mir.

Ich konzentriere mich darauf, in die Ferne zu sehen und nicht direkt nach unten. Nichtsdestotrotz erkenne ich aus dem Augenwinkel einen schmalen Bachlauf, Bäume und Steine. Ich erahne sogar die Kieswege, auf denen ich nach unten gewandert bin. Einige Mountainbiker sind unterwegs und ich muss zweimal hinsehen. Anstatt den einfachen Weg zu nehmen, strampeln sie den Berg hinauf.

Auch in der Ferne mache ich die Kühe auf der Weide aus, dort, wo das Elektrohäuschen steht. Und ich denke zurück an das Gefühl, wie stolz ich war, die Kuh mit der grünen Glocke befreit zu haben. Solche Momente sollte ich viel mehr haben und daraus schöpfen, anstatt mich in seiner Nähe wie ein kleines Mäuschen zu fühlen.

Ich erinnere mich an das Zusammentreffen mit Jan und der „Fahrerkuh". Anstatt mir zu helfen, hat er sich über mich lustig gemacht. Schlimmer noch, er hat mir das Gefühl gegeben, die Situation sei gar nicht schlimm. Allerdings hat er mich durch sein Verhalten eine ganze Weile abgelenkt. Somit habe ich einiges von der Angst verloren, das muss ich zugeben.

Vielleicht bin ich zu hart zu ihm? Er hat mich schließlich auch im Empire beschützt und sich um mich gekümmert, obwohl er eine Verabredung hatte. Das Gedankenkarussell macht mich ganz wirr. Meine Gefühle für ihn sind so durcheinander, dass ich gar nicht mehr weiß, ob ich ihn mag oder hasse.

So etwas habe ich noch nie zuvor erlebt. Das verunsichert mich.

In diesem Augenblick beginnt die Gondel, stark zu schwanken. Sofort kralle ich mich an den Bügel und sehe mich um. „Was ist denn das?" Mein Blick fällt auf Jans Beine. Das eine steht auf der Fußhalterung, das andere baumelt in der Luft.

„Keine Ahnung, was du meinst." Und da ist er, der widerliche Jan. Der Teil von ihm, der mich immer nur schlechtmacht und mich klein fühlen lässt.

„Hörst du bitte damit auf?"

„Mit was denn?" Er grinst mich provokant an.

Bei jedem Schaukeln habe ich das Gefühl, dass ich vorne überkippe. In den Abgrund. Aber ich will es nicht zugeben. Ich möchte ihm nicht zeigen, dass er damit gewinnen könnte.

Ich drehe meinen Kopf von ihm weg und versuche, mich auf etwas weit entfernt zu konzentrieren. Doch dann stoppt die Seilbahn.

Ich beiße die Zähne zusammen und erstarre. „O nein, o nein. Was passiert? Stürzen wir ab?“ Panisch schließe ich die Augen und warte auf den Aufprall. Ob er kommen wird? Oder haben sie die Seilbahn einfach ausgemacht? Haben wir technische Probleme und müssen nun stundenlang hier ausharren, bis wir gerettet werden?

Was ist denn, wenn ein Gewitter aufzieht und wir hier ungeschützt sitzen? Wir. Da fällt mir Jan ein. Ich habe vergessen, dass er neben mir sitzt. Wieder mal habe ich mich vor ihm zum Affen gemacht.

Da spüre ich seine Hand auf meiner. „Alles gut, Franziska. Die Seilbahn hält ab und zu mal. Es geht gleich weiter.“

Seine beruhigende Stimme lenkt mich ab, das Gefühl von seiner Hand auf meiner entspannt mich. Für diesen einen Moment fokussiere ich mich nur auf seine Berührung. Die Wärme, die durch meinen Körper strömt, ist mir fremd, aber sie fühlt sich gut an. Damit habe ich nicht gerechnet. Ich möchte diesen Augenblick genießen und suche seinen Blick. Seine blauen Augen sind direkt auf mich gerichtet und mir rutscht das Herz in die Hose. Es fühlt sich gut an und doch ziehe ich meine Hand unter seiner hervor. Wer weiß, wann er mit dem nächsten dummen Spruch kommt. „Das Schaukeln wird weniger, merkst du es? Atme durch.«

Auch wenn ich mich ihm entziehe, spricht er beruhigend weiter. Er bringt mich dadurch durcheinander.

Im nächsten Augenblick bewegt sich die Gondel mit einem anfänglichen Ruck vorwärts.

Erleichtert lehne ich mich zurück, meine Hände sind weiterhin um den Bügel gekrallt. Es dauert keine zehn Sekunden, da schaukelt es stark und wir bleiben wieder stehen.

„Das Anhalten ist echt fies.« Mit geschlossenen Augen warte ich, bis wir still stehen.

„Das ist normal. Sie halten ihn nur an, wenn jemand aus- und einsteigt, der das nicht so gut kann. Oder etwas transportiert wird.«

Endlich benimmt er sich wie ein normaler verständnisvoller Mensch und damit kann ich absolut nicht umgehen. Wir sitzen in der Gondel wie ein Pärchen, das einen gemeinsamen Ausflug machen will, und ich würde am liebsten meine Hand unter seine schieben.

Doch die Bilder dieser Frau tauchen vor meinem inneren Auge auf. Die Gefühlsachterbahn scheine ich langsam unter Kontrolle zu bekommen.

Denke ich zumindest, bis Jan seine Hand auf meine legt. „Du packst das schon."

Ich habe das Gefühl, dass seine blauen Augen immer schöner werden, umso länger ich sie ansehe.

Das Teufelchen und Engelchen auf meinen Schultern streiten sich. Mein Herz brüllt nach Gefühlen, mein Kopf sendet Bilder der Frauen, mit denen ich ihn schon gesehen habe.

Ich muss auf Distanz gehen, sonst wird er mich verletzen wie mein Ex, denn ich werde ganz sicher keine weitere Kerbe in seinem Bettpfosten.

„Und es tut mir leid."

Irritiert von seinen Worten lege ich den Kopf zur Seite. „Was?"

„Ich hätte dich wegen der Tiere vielleicht nicht so aufziehen sollen.“

Als würde es eine Party in meinem Kopf geben, könnte ich vor Freude sofort lostanzen. Er hat sich, ohne eine Pistole an die Brust gedrückt zu bekommen, bei mir entschuldigt. Ob das nur ein Trick ist, weil er merkt, er kommt anders nicht bei mir weiter? Wieder ertappe ich mich dabei, dass ich hin- und hergerissen bin. Die Zweifel sind so groß. Nicht nur an seiner Aufrichtigkeit, sondern auch daran, dass es hier wirklich um mich gehen könnte. Ich will bei ihm lieber vorsichtig sein, da ich ihn viel zu wenig kenne.

„Ich bin es einfach nicht gewohnt, einen Menschen um mich zu haben, der Tiere nicht so abgöttisch liebt, wie ich es tue.«

Seine Worte lösen etwas in mir aus. Ich habe das Gefühl, dass ich weggezogen werde. Ich fliege durch einen Tunnel und sehe mich auf einer Holzbank vor dem Haus sitzen. Ich kenne das Haus nur zu gut.

Es ist das Haus, in dem ich geboren wurde. In meinen Händen halte ich ein Stück Holz und ein Schnitzmesser. Ich erinnere mich daran, dass ich versucht habe, wie Michel aus Lönneberga eine ganze Sammlung an Tieren zu schnitzen. Nicht weil ich böse war, sondern einfach aus Spaß. Dann halte ich die Luft an, denn ich bin nicht alleine. Mein Vater sitzt neben mir. Er putzt seine Stiefel.

„Ich glaube, du brauchst eine Brille.“ Meine eigene Mädchenstimme klingt fremd, doch ich kenne die Worte, als wären sie erst gestern ausgesprochen worden.

Mein Vater schrubbt mit der Bürste weiter über den Dreck. „Na, warum denn das, mein Schatz?“

„Weil du es nicht schaffst, um die Haufen der Kühe rumzugehen."

„Du bist aber ein freches Ding." Er stellt den Stiefel ab und kitzelt mich. Wir lachen. Wir lachen so laut, dass etwas in mir zu zerreißen droht. Es tut so weh.

„Weißt du, mein Kind. Ich liebe diese Tiere einfach. Ich kann mir nicht vorstellen, dass es Menschen gibt, die diese tollen Geschöpfe nicht leiden können."

Ich sehe die kleine Franzi, wie sie sich an seinen Arm kuschelt, und höre ihre Stimme: „Ich auch nicht, Papi."

Es tut so weh, ich möchte mich aus der Erinnerung lösen doch gleichzeitig nicht weg von meinem Vater. Er hat seine Tiere auf dem Hof über alles geliebt.

Er wäre sicher sehr traurig, wenn er wüsste, was ich durchmache – wegen ihnen.

Betrübt über die schmerzhaften Erinnerungen wende ich mich von meinem Vater ab und komme zurück in die Seilbahn.

„Alles in Ordnung?"

Auf diese Frage gibt es keine richtige Antwort. Viel zu lange habe ich es aufgeschoben, mein Kindheitserlebnis zu verarbeiten. Es war leichter, alles in meinem Herzen zu verpacken und in eine Ecke zu schieben. Die Leute haben gefragt, wie es mir geht. Ein Lächeln und ein Nicken haben gereicht und sie waren zufrieden. Keiner hat jemals nachgehakt. Also war es auch für mich in Ordnung.

Doch diese Annahme war falsch. Das weiß ich jetzt. Es ist gut, dass ich langsam versuche zu verarbeiten, was damals passiert ist. Vielleicht ist es auch sehr gut, dass ich diese Erinnerungen zulasse und nicht weiterhin in meinem Inneren verschließe. Trotzdem tun sie mir weh.

„Ich habe mich an etwas erinnert, das schon viele Jahre zurückliegt."

„Das ist doch schön, oder?" Seine Stimme klingt ungewohnt sanft.

Wieder zieht mich meine Erinnerung weg, nur diesmal sehe ich die Bilder klar vor meinen Augen, ohne weg zu driften. Den Tod meines Vaters habe ich seit diesem Tag niemals mehr so deutlich vor mir gesehen.

„Ich habe Tiere auch mal geliebt."

„Ach ja?" Jan sieht mich sehr interessiert an.

„O ja. Und wie ich das habe.« Traurig starre ich auf meine Hände, die sich nicht mehr um den Bügel krampfen, sondern auf meinem Schoß liegen.

Ein erneuter Ruck lässt die Gondel weiterfahren.

„Erzähl mir, welche Tiere du hattest."

„Ich hatte ein eigenes Lamm. Kaninchen und Vögel.

Auf unserem Hof lebten auch Hühner, Kühe, Schweine, Pferde und Hunde."

„Unserem Hof?"

„Ja. Wir hatten einen Hof auf dem Land. Mein Vater war Landwirt, e-er … Ich habe ihn gefunden." Ich rattere die Worte schnell runter, damit es schnell vorbei ist.

„O mein Gott." Mehr sagt Jan nicht.

„Ja." Erleichtert, dass ich es ausgesprochen habe, weiß ich nicht, wie man diesen Brocken aus der Luft bekommt. Es hat mir gutgetan, es gesagt zu haben.

Natürlich hat Tante Rosi davon gewusst, weswegen mich ihre Entscheidung, hier Tiere zu halten, sehr überrascht hat.

„Was ist denn passiert?" Jans Stimme durchdringt die Stille.

Das bedrückende Gefühl kehrt zurück.

Ich möchte mich gerne verkriechen und nicht noch einmal an diesen Tag zurückdenken. Aber es auszusprechen macht es vielleicht einfacher für mich. Zumindest hinterher.

„Ich habe an dem Tag Eier im Hühnerstall gesammelt und wollte sie ihm zeigen. Doch ich habe gesucht und gesucht und ihn nicht gefunden. Bis ich das Bellen unseres Hundes gehört habe." Ich muss unterbrechen und den Kloß herunterschlucken. Es fällt mir so schwer, darüber zu sprechen. „Der Hund hat an meinem Vater gezerrt. Da war Blut und die Kühe stapften nervös um ihn herum." Mühsam versuche ich, noch den letzten Satz herauszupressen, bevor meine zitternden Lippen nicht mehr zu kontrollieren sind. „Sie haben ihn totgetrampelt."

Sofort umarmt mich Jan. Die Gondel wackelt stark, doch es ist mir einerlei. Er schweigt, hält mich einfach nur fest. Und das tut mir sehr gut.

Ich atme seinen Duft tief ein. Seine Umarmung legt sich wie ein Pflaster auf die schmerzende Wunde und ich genieße seine Wärme.

In diesem Augenblick wird mir klar, dass ich, egal wie schlimm ich damals von meinem Freund verletzt wurde, die körperliche Nähe eines Mannes brauche. Ich wünschte, er müsste mich nicht mehr loslassen. Doch da schaltet sich mein Kopf wieder dazu.

Er sagt mir ganz vernünftig, dass Jan mich wahrscheinlich in Zukunft besser verstehen wird. Und das ist das wirklich Wichtige.

Nach und nach verfliegt meine Traurigkeit. Ich habe es überstanden, bin stark genug gewesen, darüber zu sprechen. Also genieße ich Jans Umarmung, seinen Geruch, seinen Körper so dicht an meinem.

Bis ich die Bergstation vor uns auftauchen sehe. Ich muss mich von ihm lösen, auch wenn es mir schwerfällt. Mit einem leichten Klopfer auf seine Schulter gibt er mich frei und die Gondel erreicht ihr Ziel. Wieder werden wir langsamer. Der Angestellte hier oben hebt den Bügel an und reicht mir seine Hand. Alles geht sehr schnell. Dabei vergesse ich, meine Tasche mitzunehmen. Ich drehe mich noch einmal um und renne gegen Jan.

Sofort schiebt er mich aus dem gelb markierten Bereich, winkt dem Angestellten zu und reicht mir meine Tasche.

KAPITEL 19

Ich fühle mich anders. Als hätte die Seilbahnfahrt etwas mit mir gemacht. Eigentlich kann ich es nicht auf die Seilbahn schieben, sondern mehr auf das Gespräch und wie ernst Jan mich diesmal genommen hat. Das Gelände der Seilbahnstation haben wir schnell hinter uns gelassen, da stellt er sich mir in den Weg.

„Danke, dass du mit mir darüber geredet hast."

„War vielleicht mal an der Zeit."

„Wie lange ist das her?"

„Schon lange. Ich war damals fünf." So wie er vor mir steht, macht er mich nervös. Sofort denke ich an die Umarmung und würde mich am liebsten in seinen Arm kuscheln. Die Alarmglocken schlagen aus und ich sehe lieber in die Ferne, als ihm ins Gesicht.

„Also vor fünfzig Jahren?" Jan grinst frech in meine Richtung.

Ich kann nicht anders, als ihn anzusehen und mitzulachen. „Wie charmant du bist beim Alter einer Frau. Bist du immer so?“ Schnell gehe ich um ihn herum, möchte den Weg fortsetzen. Wir sollten lieber ein wenig Abstand zwischen uns haben, bevor ich für nichts mehr garantieren kann.

„Ich bin oft zu charmant zu Frauen. Das bekommen sie meist in den falschen Hals.“ Sein Ton klingt ernst und ich vermute, dass er seine Worte für mich so gewählt hat. „Aber eins möchte ich dir noch sagen.“ Jan dreht sich zu mir. „Rosi hat erzählt, dass ihr Bruder einen Herzinfarkt hatte.“

Seine Worte überraschen mich. Irritiert stemme ich die Arme in die Seite und sehe ihn böse an. Wie kann er sich solche Lügen ausdenken? „Hat er nicht. Wie kommst du denn auf so etwas?“

„Hey. Sei nicht böse auf mich. Das sind die Worte von Rosi gewesen.“

„Mein Vater wurde totgetrampelt. Ich war doch da.“ Ich kann die Tränen nicht zurückhalten, gerade jetzt, wo ich mich halbwegs im Griff habe.

„Und wenn es nicht so war? Wenn du dich irrst?“

Ich schnaube nur verächtlich in seine Richtung. Ich will mir nicht ausmalen, was dies bedeuten würde.

„Wenn er einen Herzinfarkt hatte und der Hund ihm helfen wollte, um ihn vor den Kühen zu beschützen? Und wenn die Kühe in Panik gerieten, weil ihr geliebter Bauer da lag?“

Ich fühle mich, als würde mir jemand den Boden unter den Füßen wegziehen. Alles, was ich die ganzen Jahre über geglaubt habe, soll nicht stimmen?

Sofort sehe ich die Bilder. Wie er vor mir lag, wie die Kühe laut muhten und das Bellen des Hundes.

Mir dreht sich alles und ich hebe meine Hand, um Halt zu finden.

Jan greift sofort zu und zieht mich zu der Bank in der Nähe. Nie konnte ich jemanden danach fragen, was damals genau passiert ist. Die Schwester meiner Mutter hat sich nur für sich selbst interessiert und sich kaum um mich gekümmert. Jede Frage, die ich an sie hatte, wurde herablassend beantwortet. Ich wurde mit meinen Ängsten alleine gelassen. Vielleicht lag es auch an mir, weil ich ihr nicht zur Last fallen wollte. Es gab Augenblicke, da habe ich nur gespielt, dass ich stark bin, gelächelt, obwohl mir zum Heulen war. Nur um nicht lästig zu werden. Denn wo sollte ich denn sonst hin, als Kind?

Jetzt ärgere ich mich darüber. Hätte ich damals nur den Mund aufgemacht und mich mehr damit beschäftigt. Hätte ich damals jemanden gehabt, mit dem ich darüber hätte reden können, wäre es vielleicht nie so weit gekommen. Womöglich hätte ich sogar zu Rosi ziehen können, wenn ich nur gesagt hätte, dass ich mich bei Tante Moni nicht wohlfühle. Ich war fünf Jahre alt und habe mir die Bilder so oft durch den Kopf gehen lassen. Für mich ist es eindeutig so gewesen, dass die Tiere ihn totgetrampelt haben.

Eigentlich friedliche Wesen, die von ihm geliebt wurden, verwandelten sich in unkontrollierbare Monster. Es wäre vielleicht alles anders gelaufen.

Ich bin gefangen in meiner Erinnerung, höre das Bellen, das Muhen und die Schreie nach meinem Vater. Die Arme fest um den Körper geschlungen, versuche ich, tief zu atmen, damit die Übelkeit vorübergeht.

Jan kniet vor mir und streicht mir die Haare aus dem Gesicht. „Es tut mir leid, wenn ich dich damit traurig gemacht habe. Aber deine Tante hat immer von einem Herzinfarkt gesprochen. Ich kann mir nicht vorstellen, dass es die Tiere waren."

Mein Blick richtet sich auf ihn, doch ich sehe nur verschwommen. Ich kämpfe innerlich mit mir und der Mauer, die sich so langsam wieder aufbauen möchte. All die Jahre war ich im Glauben, dass die Kühe es waren. Und ich bin selbst daran schuld, weil ich mich nicht mitteilen konnte. Wahrscheinlich hätte Rosi mir bei allem viel besser helfen können.

Noch einmal fühlt es sich an wie eine schallende Ohrfeige, dass ich nicht früher nach Österreich gekommen bin, um mit Rosi zu sprechen.

Jans Hand liegt auf meiner Wange. Sie fühlt sich kühl an, beruhigend.

„Denkst du denn wirklich, dass sein Vieh ihn nur beschützen wollte?"

„Ich denke, dass wir das nachforschen können. Wir können sicherlich herausfinden, was wirklich geschehen ist."

Ich bin mir nicht sicher, ob ich es wissen will. Beide Todesarten sind nicht schön, aber wenn sich herausstellt, dass es doch die Herde war, dann werde ich das seelisch nicht überstehen. Da bin ich mir sicher. „Ich denke, dass ich es nicht wissen will. Ich habe es nie gesagt bekommen und ich glaube, ich würde es nicht aushalten, wenn ich doch recht habe."

Jan nickt. „Okay. Aber ich bin davon überzeugt, dass dein Vater nicht durch einer seiner Lieblinge zu Tode kam. Tiere spüren es, wenn du sie liebst."

Seine Worte ergeben Sinn. Schließlich habe ich bis zu seinem Tod niemals eine Angst verspürt.

So viele Erinnerungen schießen durch meinen Kopf wie Pilze aus dem Boden.

So viele Momente, in denen mein Vater bei seinen geliebten Kühen stand, sie liebevoll und warmherzig behandelte. Warum sollten sie dann eine Gefahr für ihn sein? Es würde mich trösten, wenn sie ihm beistehen oder sich bemerkbar machen wollten, weil es ihm nicht gut ging. Aber es hört sich an wie ein Märchen. Vielleicht liegt es daran, dass ich einfach schon zu lange die Angst mein Handeln steuern lasse. Diesmal komme ich leichter aus der Erinnerung und sehe Jan an.

Dieser blickt mich aufmunternd an. „Was denkst du?"

„Ich denke, dass du recht haben könntest. Aber ich brauche ein wenig Zeit, darüber nachzudenken."

„Das ist verständlich." Jan steht auf und streckt sich.

Erst in diesem Moment sehe ich die Landschaft um uns herum. Das Einzige, was ich dann noch über die Lippen bekomme, ist: „Ziegenbock."

„Na so hat mich noch niemand genannt." Jan stemmt die Arme in die Seiten und runzelt die Stirn.

„Nein. Ziegenbock." Ich strecke die Hand nach vorne und zeige in die Richtung, in der ich das Tier auf uns zulaufen sehe.

Jan dreht sich um und erst nachdem er sich aus meinem Blickfeld bewegt, sehe ich das ganze Ausmaß.

Der Holzzaun am Wichtelhäusl ist umgekippt. Die Tiere laufen frei herum.

„Jan?" Ich steige auf die Sitzfläche, als würde ich keine nassen Füße bekommen wollen.

„Ja, ja. Ich schaue mir das mal an." Schon lässt er mich allein auf der Bank zurück und läuft den Hügel hinunter zu den ersten Hühnern. Dabei treibt er den Ziegenbock zurück.

Ich bewundere, wie mutig er sich einsetzt. Er versucht, sie zurück auf das vorher eingezäunte Gelände zu führen, doch sobald er sich umdreht, verschwinden ein paar von ihnen.

„Es ist unmöglich, das allein zu schaffen." Auch wenn ich meine Worte genauso meine, dauert es einen Moment, bis meine Beine gehorchen. Ich muss ihm helfen. Tierangst hin oder her. Wenigstens den Zaun aufstellen. Dann fällt mir ein, dass es hinter dem Haus noch ein Gehege gibt, in dem der Hühnerstall steht. Da müssten wir sie hinbringen. Ich schultere meine Tasche und laufe den Hügel hinab. „Ganz ruhig, Franzi, geh den Tieren einfach aus dem Weg. Geh einfach zum Zaun."

Ich versuche, nicht nach rechts und links zu gucken und schaffe es bis zu meinem Ziel. Ein Huhn fliegt mir vors Gesicht und ich zucke erschrocken zusammen. Ich torkle nach hinten, knicke um und stürze. Der Schmerz in meinem Bein ist so heftig, dass mir direkt schlecht wird.

Ich bin über einen Nagel im Holzbrett gestolpert.

Ich sehe Blut, habe aber keine Zeit, mich darauf zu konzentrieren. Das Blöken neben mir lässt mich zusammenschrecken. Direkt neben mir steht eine Ziege und streckt mir beim nächsten Gebrüll die Zunge raus. Sie ist so nah, dass ich ihren Atem auf meiner Haut spüre und ich aus tiefstem Inneren anfange zu schreien.

Es dauert nicht lange, bis Jan angelaufen kommt, und die Ziege von mir wegzieht.

Er schubst sie davon und ich frage mich, wieso ich es nicht geschafft habe, sie zu vertreiben. Warum bin ich lieber das Opfer und muss Mädchen in Not spielen?

Jan sieht sich mein Bein an und sein Gesichtsausdruck wirkt nicht besonders positiv.

„Schlimm?“

„Na ja, ich würde lügen, wenn ich sage, es ist alles gut. Komm, versuch mal, aufzustehen.“ Jan drückt ein Taschentuch auf die schmerzende Stelle. Ich traue mich nicht nachzusehen oder zu fragen, was genau ist. Aufstehen geht, auch wenn es am Knöchel zieht. Gestützt auf Jan komme ich voran. Er begleitet mich bis zur Bank und zückt sein Telefon. Ich verstehe nur, dass er versucht, ein Auto aufzutreiben, damit ich zum Arzt komme. Das Gackern und Blöken erinnern mich aber an das nächste Problem. Als er auflegt, hake ich sofort nach.

„Was machen wir denn mit den Tieren? Wir können sie doch nicht einfach so rumlaufen lassen.“

Bevor Jan antworten kann, kommt eine Frau mit einem Huhn auf dem Arm auf uns zugelaufen und winkt. „Entschuldigung?“

Jan nimmt der Frau das Federtier ab.

„Können wir Ihnen vielleicht helfen?“

Überrascht, dass wir gesiezt werden, erkenne ich die Wandergruppe, die nach uns in die Gondel gestiegen ist. Touristen. Mein Herz hüpft vor Freude. Mit der Gruppe könnten wir es schaffen, die Tiere einzufangen. „Wenn das keine Umstände macht, sehr gerne. Wir schaffen das allein nicht.“

„Sehr gerne. Warum auch nicht. Das können wir dann zu Hause erzählen.“

Noch bevor wir weiterreden können, packen die ersten älteren Herren mit an und stellen den Zaun auf. Ein paar Frauen fangen die Hühner ein. Jan jagt ein Schaf ins Gehege und wird von mehreren Ziegen verfolgt.

Es ist ein tolles Bild und am liebsten hätte ich es aufgenommen. Wenn der Schmerz in meinem Bein nicht wäre, würde diese Situation zu einem meiner Lieblingsmomente werden.

Das Hupen eines roten Jeeps lässt mich diese Szenerie verlassen. Ein paar Tiere erschrecken sich, laufen aber in die richtige Richtung.

Jan eilt aus dem Gehege und winkt Anna zu, die gerade aussteigt.

„Was ist denn hier los?“ Anna reicht ihrem Bruder den Autoschlüssel. Dieser packt mich am Arm und zieht mich hoch. „Der Holzzaun ist umgefallen und die Tiere sind alle herumgelaufen.“

Der Schmerz ist heftig, aber ich stütze mich an Jan.

„Von allein?“ Anna sieht Jan fragend an. Doch bevor ich fragen kann, setzt sie ein Lächeln auf und wendet sich an mich. „Idee. Aber nur wenn du einverstanden bist, Franziska. Ich würde den Leuten als Dankeschön etwas zu trinken anbieten.“

„Ja. Das ist eine tolle Idee.“

„Prima.“ Anna streckt die Hand aus und es dauert einen Augenblick, bis ich den Schlüssel in meiner Handtasche finde.

„Ich kümmere mich hier um den Rest und Jan bringt dich zum Arzt.“ Kaum hat sie den Schlüssel in der Hand, läuft sie den freiwilligen Helfern hinterher. Dann dreht sie sich noch einmal um. „Gute Besserung, meine Liebe.“

„Danke schön. Und Anna. Ich danke dir für deine Hilfe."

Sie grinst mich freundlich an und nickt. „Aber das ist selbstverständlich." Für mich ist das nicht so.

Das einzig Nette, was ich in den letzten Jahren gemacht habe, war, Manfred zu bespaßen und für ihn da zu sein. Alle anderen Hilfsbedürftigen habe ich geflissentlich ignoriert. Wie hilfsbereit andere Menschen sind, schockiert mich gerade. Ich habe das Gefühl, ein ganz mieser Mensch zu sein.

Mehr getragen als gelaufen, verfrachtet Jan mich auf den Beifahrersitz.

Mit einem lachenden und einem weinenden Auge sehe ich zu, wie die Leute den Tieren hinterherlaufen.

KAPITEL 20

„Das ist jetzt nicht dein Ernst, oder?“

Jan öffnet die Beifahrertür und ich drehe mich unsicher zu ihm herum.

„Doch, das ist mein Ernst. Die nächste Notaufnahme ist weit weg und sicherlich überfüllt. Aber hier kann man dich auch behandeln.“

Ich sehe auf das Praxisschild. „Tierärztin Doktor Kröger? Tierärztin?“ Ich frage mich immer noch, ob er mich nur veräppeln möchte.

„Glaub mir, das kann sie auch verarzten.“

Unsicher steige ich aus und humple auf ihn gestützt in die Praxis. An der Anmeldung steht sofort die Sprechstundenhilfe auf und kommt uns entgegengelaufen.

„Jan, o Mann, was hast du denn da mitgebracht?“

Es überrascht mich nicht, dass sie ihn beim Namen kennt.

Wahrscheinlich hat er sie auch schon groß ausgeführt. Das Teufelchen spricht in mir.

Da höre ich die Stimme vom Engelchen. Womöglich kennen sie sich gut, weil es eine kleine Stadt ist oder sie zusammen in der Schule waren.

Ich habe keine weitere Zeit, darüber nachzudenken, denn schon werde ich von beiden Seiten gestützt und in ein Behandlungszimmer gebracht.

Eine Blondine mit dem Rücken zu uns steht am Fenster. „Na, wen haben wir denn da?“ Sie dreht sich zu uns und sieht zunächst zum Boden. Dann geht ihr Blick weiter hoch, bis sie bei meinem Gesicht stoppt. „Na hoppla, andere Spezies.“ Sie grinst und begrüßt Jan freundlich mit zwei Wangenküsschen. Dann gehen er und die Sprechstundenhilfe raus.

„Dann leg dich mal hin.“

Ich setze mich auf die silberne Fläche und lege mein Bein so hin, dass es am wenigsten schmerzt. Sofort sieht sie sich die Wunde an und ich starre an die Decke. Ich möchte die Wunde nicht sehen, denn ich kenne mich. Wenn ich Blut sehe, wird mir schlecht.

„Ach, das kriegen wir hin. Es ist ein tiefer Kratzer, den ich nähen kann.“

Allein die Vorstellung, wie sie mit einer Nadel durch meine Haut … Ach nein, ich will nicht darüber nachdenken. Um mich abzulenken, sehe ich mir die Ärztin genauer an.

„Ich kenne Sie irgendwoher.“

„Ja, Sie haben mich in Jans Auto gesehen. Bei dem Gewitter.“ Sie lässt sich nicht aus der Ruhe bringen, während sie meine Wunde behandelt.

„Ach stimmt. Sie sind mit Jan ausgegangen.“

Ihr Lachen kann ich nicht deuten, es klingt so, als hätte ich einen guten Witz erzählt.

„Jan und ich? Ach nein. Das hast du falsch gedacht. Seine Schwester hat einen Hund, dadurch kennen wir uns. Das Gewitter hat mich überrascht und er hat mich nach Hause gefahren.“

Peinlich berührt würde ich am liebsten den Raum verlassen. Doch leider bin ich an den Behandlungstisch gefesselt. „Es tut mir wirklich leid.“

„Ach was. Das ist doch nicht schlimm. Jan und ich sind nur Freunde. Seine Sturm-und-Drang-Zeit ist vorbei. So. Alles schon vernäht und vorbei. Warst ganz schön tapfer. In der Regel bekommen meine Patienten ein Leckerli. Dir schreibe ich aber lieber noch etwas gegen die Schmerzen auf und …“

Ich höre ihr nicht mehr zu, denn jedes Wort lässt mich noch kleiner wirken. Das Einzige, was ich jetzt gut finde, ist, dass Jan im Wartezimmer sitzt und das Ganze nicht mitbekommen hat.

Eigentlich ist es schön, dass ich mich geirrt habe, aber nur weil sie eine Freundin ist, heißt es nicht, dass die Brünette auch eine ist. Ich denke an die Worte von Bernd, dem Nachbarn vom Wichtelhäusl. Auch er ist der Meinung, dass Jan seinem Ruf gerecht wird. Mein Kopf raucht und ich bin mir nicht sicher, was ich noch glauben kann. Meine Gefühle passen nicht zu dem, was die Stimmen der Vernunft sagen.

Nach der Behandlung und dem Besuch in der Apotheke bringt Jan mich nach Hause. Aus Scham kann ich ihm nicht einmal ins Gesicht sehen. Auch wenn ich das unheimlich gerne getan hätte.

Womöglich ist er gar nicht so mies, wie ich es die ganze Zeit glaubte. Das würde auch erklären, warum ich mich so von ihm angezogen fühle.

Ich hoffe sehr, dass ihm die Ärztin nichts von meiner Annahme erzählt.

Wer weiß, was sie von mir denkt?

Wenn Jan tatsächlich nur mit den Damen befreundet ist, dann ist sein Ruf reine Lästerei und Unverständnis der Menschen um ihn herum. Könnte es sein, dass er genau das versucht, bei mir zu erreichen? Eine nette Freundschaft?

Da ich mittlerweile endlich die Scheuklappen abgelegt habe und mit brutaler Ehrlichkeit erfahren musste, dass ich keine Freunde habe – außer meinem alten Nachbarn – wäre es nicht schlecht, einen neuen Freund an meiner Seite zu wissen.

Aber will ich eine Freundschaft mit ihm? Oder vielleicht mehr? Darüber muss ich mir erst mal klar werden.

„Das wird schon." Als wir auf dem Parkplatz des Hauses halten, tätschelt er mir das Knie.

Seine Berührung zieht durch meinen ganzen Körper. Eine untypische Reaktion von mir. Als hätte ich nicht genug Sachen im Kopf, muss sich mein Herz für ihn entscheiden, der mein Leben noch viel komplizierter macht. Ja, ich bin mir sicher, dass ich mir schon längst im Klaren bin, was ich will. Doch das geht mir alles zu schnell.

Seit ich von der Ärztin eine andere Seite aufgezeigt bekommen habe, spielt alles in mir verrückt. Als wäre ein Schalter umgelegt worden. Ich möchte ihm vertrauen und dass er weiß, dass ich ihn gerne habe.

Jan läuft ums Auto, öffnet mir die Tür und hält mir seine Hände hin. Ich ergreife sie gerne und lasse mich von ihm auf die Füße stellen.

Wieder steigt mir sein Duft in die Nase. Erneut rast mein Herz unkontrolliert.

Doch ich muss bei klarem Verstand bleiben, um nicht unüberlegte Entscheidungen zu treffen.

Auf dem Weg durch den Vorgarten und das Treppenhaus gehen mir die Szenerien durch den Kopf, die möglich sind.

Lasse ich mich auf ihn ein, werden wir das Wichtelhäusl sicherlich zusammen aufbauen und ich habe seine Schwester sowie die ganzen Connections im Ort an der Seite. Doch sind das genug Gründe, um mit ihm zusammen zu kommen? Natürlich rast mein Herz, wenn ich an ihn denke. Ich weiß auch, dass ich schon seit langer Zeit niemanden mehr so an mich herangelassen habe. Was passiert aber, wenn es zwischen uns schiefgeht? Nehmen wir an, wir merken nach einiger Zeit, dass es nicht zwischen uns passt. Kann ich hier in diesem Ort weiterleben, wenn ich weiß, dass ich ihm immer und überall begegnen kann? Werden die Leute nicht furchtbar tuscheln? Ich bin es nicht gewohnt, so im Mittelpunkt zu stehen, und bei dem Gedanken an die Blicke der Dorfbewohner wird mir ganz anders.

Lieber wäre mir, wenn wir einfach Freunde sind und wir sehen, wo es hinführt. Ein langsames Kennenlernen und Herantasten. Und wenn wir merken, dass es vielleicht doch nicht passt, ist wenigstens nicht zu viel kaputtgegangen.

Dieses Entscheidungsproblem habe ich allerdings nicht, wenn ich nach Hause fahre. Nach Berlin. Dann werde ich ihn nie wiedersehen. Dieser Gedanke schmerzt. Das will ich nicht. Also steht für mich ganz klar fest, was ich will. Während ich den Schlüssel der Tür in meiner Hand klimpern lasse, lächle ich vor mich hin. Ja, ich denke, dass ich eine Entscheidung getroffen habe. Für mich, für Österreich.

Ich sehe zu Jan, der direkt hinter mir steht. Freundlich erwidert er mein Lächeln.

„Ich danke dir für deine Hilfe heute."

„Das habe ich sehr gerne getan. Ich freue mich, dass es dir jetzt besser geht." Jan hebt seine Hand und scheint mein Gesicht berühren zu wollen.

Das geht mir zu schnell, also drehe ich mich von ihm weg. Schnell stecke ich den Schlüssel ins Schloss.

„Hey. Alles gut?" Er berührt mich an der Schulter. Mein Gefühl sagt mir, dass er mehr möchte, als ich gerade bereit bin zu geben.

„Ich denke, dass es besser ist, wenn ich mich ein bisschen hinlege. War sehr anstrengend heute. Das hier ist mir gerade zu viel."

Jan nimmt seinen Arm weg und macht einen Schritt zurück. „Wie meinst du das? Das verstehe ich nicht."

„Na ja, sonst bist du nie so nett zu mir gewesen. Ich bin damit ein wenig überfordert."

Jans freundlicher Gesichtsausdruck verändert sich. Und das nicht zum Guten. „Ernsthaft? Ich meine, ich habe dir doch vorhin gesagt, dass ich oft falsch verstanden werde. Ich bin kein schlechter Mensch. Ich dachte, dass wir nach diesem Gespräch in der Seilbahn Freunde geworden sind."

„Ja. Ich denke auch, dass es eine gute Basis ist. Aber es geht einfach ein bisschen schnell."

„Dann habe ich wohl falsch gedacht." Er hebt beide Hände abwehrend nach vorne und geht weitere Schritte zurück.

So eine heftige Reaktion habe ich nicht erwartet. Mein Herz rast und ich habe das Gefühl, ihn wirklich verletzt zu haben. „Jan, so war es nicht gemeint. Wir können gerne –"

„Hü und hott bei dir. Ein klares Ja oder Nein wäre von dir mal was ganz Neues. Ich habe auf so was keine Lust. Sorry." Damit dreht er sich um und verschwindet.

Fassungslos bleibe ich zurück und sehe ihm nach. Irre ich mich oder reagiert er so bockig, weil ich nicht gleich auf ihn angesprungen bin? Ich glaube, dass ich mich doch getäuscht habe und er weiterhin ein Weiberheld ist. Sicher hat er mehr gewollt, sonst wäre er nicht so beleidigt abgezogen.

Mit offenem Mund stehe ich an der Tür und weiß nicht, ob ich jetzt hineingehen oder ihm lieber hinterherrennen sollte, um ihm meine Meinung zu sagen.

Meine Zukunftspläne bröseln vor meinem inneren Auge dahin. Wie soll ich das Wichtelhäusl ohne ihn und seine Schwester zum Laufen bekommen? Anna kennt mich schließlich nicht gut genug und wird sicherlich auf ihren Bruder hören, wenn er mich schlechtmacht.

Mein Herz brennt und ich bekomme kaum noch Luft. Eigentlich müsste ich froh darüber sein, dass ich meiner inneren Stimme getraut habe. Er hatte Pläne und Ziele und weil ich nicht so wollte wie er, ist er jetzt eingeschnappt. Diese Erkenntnis schmeckt bitter. Denn mit seinem Abgang hat er mir gezeigt, dass er keine Lust mehr hat. Es hat ihm zu lange gedauert oder wurde ihm zu aufwendig.

„Ich bin es ihm einfach nicht wert." Die Tränen kämpfen sich hoch und ich kann sie nicht zurückhalten.

Seine Worte wiederholen sich in meinem Kopf immer wieder. „Hü und hott …"

Leider hat er recht. Egal, wie sauer ich auf ihn durch seine widerliche Art bin, habe ich lange genug schwammige Antworten gegeben. Es ist Zeit, mich zu entscheiden, was ich will. Und er macht es mir sehr leicht, so wie er mich stehen gelassen hat.

Er hat mir ziemlich genau mitgeteilt, dass zwischen uns keine Freundschaft entstehen kann und er mir somit auch nicht helfen wird, wenn ich nicht auf ihn anspringe. Ich stehe mit Sigrid und Manfred alleine da und das macht mir große Angst.

Mir bleibt nichts anderes übrig, als meine Entscheidung zu treffen, mit der wieder Ruhe einkehrt. So wie er sich mir gegenüber verhalten hat, wird nie etwas zwischen uns wachsen können. Schon jetzt ist der Gedanke unerträglich, weiterhin hierzubleiben und ihn ständig sehen zu müssen. So kann ich kein neues Kapitel beginnen.

Ich bin auf ihn hereingefallen und ich werde ihm nie wieder in die Augen sehen können. Ich muss weg von hier. Einen anderen Ort suchen, an dem ich neu anfangen kann. Ich werde Nägel mit Köpfen machen und dann wird er sehen, was er davon hat.

Noch am selben Tag bekomme ich mein Auto abends aus der Werkstatt gebracht. Ein Zeichen für mich, dass ich es nicht mehr länger hier aushalten muss.

Flucht. Das Einzige, was ich kann, das Einzige, was ich noch machen möchte.

Die halbe Nacht packe ich meine Sachen zusammen. Die andere Hälfte schreibe ich einen Brief für die Bank.

Alles, was ich von Rosi geerbt habe, will ich Sigrid übertragen. Von mir aus geschenkt für den obligatorischen Euro.

Sie wissen hier doch eh alle besser, was mit Rosis Wünschen und Träumen einhergeht.

Müde und erschlagen schleppe ich mich am Sonntagvormittag mit einem Plan zum Herzl. Eine Sache will ich in Ordnung bringen. Eine Sache will ich noch austesten.

Bepackt mit dem Papierbeutel, den ich vorbereitet habe, betrete ich Annas Restaurant. Während ich jede Ecke absuche, begrüßt sie mich herzlich. „Hallo, Franzi, so schön, dass du halbwegs laufen kannst.“ Sie erinnert mich an den Schmerz im Schienbein, den ich nur durch Schmerzmittel in den Griff bekomme. Ich kann mich aber nicht ausruhen, ich kann nicht hierbleiben. „Es ist alles gut. Wo ist Lion?“

Anna sieht mich schockiert an. „Du meinst meinen Hund?“

Ich nicke ihr zu. Wie in Zeitlupe hebt sie den Zeigefinger und richtet ihn auf die Terrasse.

„Ich danke dir.“ Ohne mich weiter mit ihr zu beschäftigen, kratze ich meinen Mut zusammen und gehe auf die Terrasse. Die wenigen Gäste, die sich dort befinden, lassen sich von mir nicht stören. Lion liegt auf der Treppe zum See und scheint zu schlafen.

Ich muss den Kloß im Hals herunterschlucken, bevor ich mich traue, die Fleischwurst aus meiner Handtasche zu ziehen. Als hätte er eine Röntgennase, hebt er den Kopf und sieht in meine Richtung. Ich bin noch weit genug weg, um keine Angst vor ihm zu haben. Noch könnte ich die zwei Schritte hineinmachen und die Tür schließen, sodass ich geschützt bin. Aber das will ich nicht.

Ich will mir selbst beweisen, dass ich ihn füttern kann. Als Entschuldigung. Denn mittlerweile glaube ich wirklich, dass er friedlich ist und mich nur begrüßen wollte. Wenn er sonst immer frei herumläuft und niemandem etwas tut, warum sollte er bei mir seine Meinung ändern?

Langsam gehe ich auf ihn zu. Als würde Lion genau wissen, wer ich bin, wedelt er mit dem Schwanz über den Boden. Es hilft mir, zu wissen – daran zu glauben –, dass er womöglich verstanden hat, dass ich das Anspringen nicht mag. Mein nächster Gedanke ist, dass er mich vielleicht nur täuscht und dann doch auf mich zustürmt. Von der Fleischwurst habe ich fingerdicke Scheiben abgeschnitten. Eine von ihnen nehme ich in die Hand und strecke sie ihm vor die Nase. Er bewegt sich auf mich zu. Vor Schreck lasse ich die Wurst fallen und mache einen Schritt zurück.

Lion schleckt sie vom Boden auf, kaut zweimal und weg ist das Stück. „Wow, du schlingst ja wie ein Großer."

„Wenn du Angst hast, dann leg das Stück Wurst auf die flache Hand. Er wird sie dir dann langsam herunternehmen." Jans Stimme erkenne ich sofort, doch ich drehe mich nicht zu ihm herum. Er greift ungefragt in die Tüte und nimmt ein Stück Wurst heraus. „Na mein Großer, schau mal." Er streckt Lion die Hand hin und er schnappt sich das Stück weg.

Ich halte die Luft an, bis der Hund nicht mehr so nah bei uns steht. Aber auch dieses Stück Wurst ist schneller weg, als ich gucken kann.

Jan steht auf. „So einfach ist das. Willst du auch mal?"

Ich will nicht mit ihm sprechen, deswegen antworte ich nicht.

„Ja gern. Wenn ich darf." Die Frauenstimme überrascht mich. Diesmal drehe ich mich um und sehe die Brünette. Sie lächelt mich freundlich an. Natürlich hat er sie mit hierhergeschleppt.

Meine Gefühle für ihn sind klar. Ich habe ihn gern. Mehr sogar. Doch er schafft es nicht, einen Tag ohne eine Frau zu verbringen. Freunde. Er möchte nur, dass wir Freunde sind. Ich reiche ihr die Tüte und sie nimmt sich dankend ein Stück heraus. Mit zusammengebissenen Zähnen, damit ich nichts Blödes sage, drehe ich mich zu Lion und gehe in die Hocke.

Auch ich nehme ein Stück Wurst und mache es Jan nach. Flache Hand, Wurst auf der Fläche. Ich strenge mich an, so nett zu grinsen, wie ich nur kann. Doch Lion sieht unbeeindruckt weg. „Hier schau mal."

Erst jetzt reagiert er und schnüffelt an meinen Fingern. Zaghaft legt er seine Schnauze auf meine Hand und nimmt das Leckerli an sich. Erleichtert stehe ich auf und freue mich, dass ich es geschafft habe. Auch wenn ich sauer bin, würde ich Jan am liebsten umarmen und mich mit ihm zusammen freuen. Doch ich bin so verletzt, möchte ihn vor meiner Abreise nicht mehr ansehen. Und vor allem will ich das Ganze nicht vor seiner Freundin machen.

Mit einem „Danke für den Tipp" reiche ich der Brünetten die Tüte und will hineingehen.

Da kommt Anna aus der Terrassentür. „Franzi. Schön, dass du noch da bist. Das ist unsere Cousine Isabell. Sie besucht uns in ihren Semesterferien."

Mir bleibt die Wut im Halse stecken. Ich habe mich von dummen Worten und Vorurteilen leiten lassen. Er hat seine Hörner abgestoßen und ist ruhiger geworden. Genauso, wie die Tierärztin gesagt hat. Dieses Hin und Her der Gefühle macht mich ganz wirr im Kopf.

Ich beiße die Zähne zusammen und lächle Isabell an. Dann schiebe ich Anna in die Gaststube.

„Oh, was hast du denn?“

Es fällt mir sehr schwer, mich von Anna verabschieden zu müssen. Sie hat mir gute Adressen genannt und mir geholfen, als ich in Not war. Ich kann es nicht aussprechen und drücke sie fest an mich. „Ich wollte dir einfach mal Danke sagen, für alles, was du für mich getan hast.“

„Franzi, was ist denn los?“

Ich habe das Gefühl, dass sie genau weiß, dass etwas nicht stimmt. Tapfer lächle ich sie an. Es fällt mir schwerer als gedacht, mich zu verabschieden. Alles in mir schreit, dass es ein Fehler ist, doch ich kann nicht anders. Ich muss hier weg. In mein altes Leben, als ich nicht an meine Gefühle und Vergangenheit erinnert wurde. Als ich nicht über Tiere gestolpert bin oder beim Tierarzt zusammengeflickt werden musste. „Es ist alles in Ordnung. Ich wollte es dir nur mal sagen.“

„Franzi. Tue es nicht.“ Sie sieht mich sauer an.

Ich glaube, sie wittert den Braten. Also würde sie meine Entscheidungen kennen. Also schüttle ich den Kopf. „Mach es mir bitte nicht noch schwerer.“ Die Worte sind mehr geflüstert als gesprochen.

Jan und Isabell kommen auch hinein und sehen zu uns herüber. Ich bekomme kein Wort mehr heraus und laufe hinaus.

Auf dem Weg zurück nach Mayenhofen muss ich schon in der ersten Kurve kräftig bremsen.

Vor lauter Weinen habe ich die Straße nicht im Blick gehabt und zu spät gemerkt, dass sich wieder einmal die Kühe dort versammeln.

Da steht mein Feind. Die Kuh mit der grünen Glocke. Es kocht in mir. Alle angestauten Emotionen toben.

Meine aufgewühlten Kindheitserinnerungen, das schlechte Gewissen wegen Rosi, das Gefühl klein und unbedeutend zu sein, weil Jan mich so fühlen lässt, die Angst vor richtigen Entscheidungen – meinen Entscheidungen. Mit der geballten Wut steige ich aus und laufe auf die Kuh zu.

„Du blödes Vieh. Habe ich dir nicht das Leben gerettet? Verfolgst du mich? Hast du es auf mich abgesehen wie die ganze Welt? Was habe ich dir getan, dass du das machst. Ist das die versteckte Kamera? Ich habe es satt!"

Unbeeindruckt kaut die Kuh weiter und sieht mich an. Sie steht mit fünf weiteren Artgenossen quer auf der Straße. „Aber weißt du was? Du hast gewonnen. Ich gehe. Du musst mich nicht mehr ausspähen, verfolgen und in den Wahnsinn treiben. Ich gebe auf. Hörst du?"

Die Kuh hört auf zu kauen und macht einen Schritt auf mich zu. In diesem Augenblick rutscht mir das Herz in die Hose. Kein Sicherheitszaun, kein Abstand zwischen uns, das wird mir jetzt bewusst.

Ich habe alles gesagt und trete den Rückzug an.

Erst als ich die Autotür hinter mir geschlossen habe, fühle ich mich sicher. Die Kuh läuft mit ihrer Herde an mir vorbei, sodass ich weiterfahren kann.

KAPITEL 21 - ANNA

„Ich kann es einfach nicht fassen. Du bist das größte Ekel, das ich kenne." Anna schüttet die heißen Nudeln in ein Sieb und befördert den leeren Topf in die zweite Spüle der Restaurantküche.

Jan sitzt auf einem Stuhl, den Kopf gegen die Wand hinter sich gedrückt, und starrt zur Decke. „Noch mal. Sie hat mit mir gespielt. Mal ist sie nett und freundlich, dann wird sie sofort pampig. Da bekommt man ein Schleudertrauma."

Anna schwingt die Pfanne auf dem Herd, sodass das Geschnetzelte darin hochfliegt und vermischt wird. „Sie ist eine Frau – wie ich. Wir sind manchmal ein bisschen zickig."

„Zickig? Das war nicht zickig. Ich habe keine Ahnung, was ich mit einer Frau anfangen soll, die nicht weiß, was sie will. Einmal ja, einmal nein. Ja, ich will hierbleiben, nein, ich schaffe das nicht, ich will nach Hause." Jan versucht, Franzis Stimme nachzuäffen.

„Hättest du nicht ein wenig mehr Verständnis haben können? Das Mädchen hat viel durchgemacht." Anna schmeißt die Nudeln in die Pfanne und rührt alles kräftig um.

„Ach, Anna. Sie wird mich auch irgendwann im Regen stehen lassen, wenn ich mich auf sie einlasse. Oder ignorieren, wie sie es bei Rosi gemacht hat. Darauf habe ich keine Lust. Ich will was Ernstes."

Anna stellt ihm das heiße Essen vor die Nase. „Jan. Es geht hier nicht darum, dass du das Mädchen heiraten sollst. Es geht darum, dass Franzi selbst nicht weiß, was sie will, weil sie nie die Chance bekommen hat, darüber nachzudenken. Und du hast ihr die Chance genommen. Du warst so eklig zu ihr, dass sie zurückgewichen ist."

„Ich hätte dir das alles nicht erzählen dürfen." Jan seufzt und stochert mit der Gabel lustlos in den Nudeln.

„Du erzählst mir doch immer alles, Bruderherz. Und das ist auch gut so."

„Finde ich nicht. Ich bin vierunddreißig und kann meine eigenen Entscheidungen treffen."

„Aber das sind dumme Entscheidungen. Wie damals." Anna wischt über die Theke, während sie zu ihrem Bruder hinüberschielt.

„Fang jetzt nicht damit an."

„Doch genau das mache ich. Du hast nach Vaters Tod auch einfach entschieden, dass ich das Geschäft allein führen soll und du nur kassierst. Ich hatte die ganze Arbeit an der Backe."

„Und du machst das super. Stell dir mal vor, ich hätte mich eingemischt." Munter kaut Jan auf seinem Essen herum und zieht den Mund zu einem Lächeln hoch.

„Dann wäre vielleicht einiges leichter gewesen. Papa hat das alles immer so gut im Griff gehabt." Anna erstarrt in ihrer Bewegung und denkt zurück an die Zeiten, als sie Seite an Seite mit ihrem Vater gearbeitet hat. Wie schön und entspannt es war. Sie haben sich alles geteilt und ihr Vater hatte dann sogar noch Zeit, Leuten wie Rosi zu helfen, hier Fuß zu fassen.

„Du hast alles im Griff. Das wissen wir alle. Du weißt, dass ich keine Geduld hätte, hier zu arbeiten. Das ist nicht meine Welt. Erinnerst du dich daran, wie Papa mich dazu verdonnert hat, bei Rosi einen Sommer lang als Kellner auszuhelfen? Ich habe mich ständig vertan und musste mich bei den Gästen entschuldigen."

„Gerade weil du weißt, wie schwer es ist, solltest du Franzi nicht fertigmachen, sondern ihr helfen, Rosis Erbe anzutreten. Für Rosi. Für uns alle."

Jan seufzt und isst weiter.

„Dir scheint es egal zu sein, dass du die Zukunft einer jungen Frau auf dem Gewissen hast."

Jan legt die Gabel weg und sitzt vorgebeugt auf seinem Stuhl. „Übertreib doch nicht immer so. Ich habe kaum was gemacht. Wenn so ein bisschen schon reicht –"

„Dann muss man eben sensibler sein, Mensch. Du weißt doch, was das ist, oder? Es gab Zeiten, da konntest du auf Menschen eingehen und hast nicht versucht, schnell an dein Ziel zu kommen."

„Ja. Ich gehe hin, entschuldige mich und dann ist alles gut."

Anna lacht spöttisch. „Hast du gedacht."

Jan sieht sie überrascht an. „Was meinst du?"

„Dass Franzi mit Manfred …", Anna blickt auf ihre Armbanduhr „sicher schon mit dem Auto bei München ist, um nach Hause zu fahren."

Jan steht erschrocken auf. So schnell, dass der Stuhl hinten wegkippt. „Und das sagst du mir erst jetzt?"

Anna kann sich ein Lachen nicht verkneifen. „Ach, doch nicht so egal, was?" Sie nimmt die Gabel und piekst ein Stück Fleisch auf.

„Und was soll ich machen?"

„Na, was denkst du denn? Ich hab' keine Ahnung. Ich …"

„Ich weiß es." Jan nimmt seinen Schlüssel vom Tisch, dreht sich um und verschwindet aus der Küche.

KAPITEL 22

Ich warte nach zwei Stunden Fahrt immer noch auf das erleichternde Gefühl, dass ich das Richtige getan habe. Manfred sitzt schon die ganze Zeit still neben mir. Wahrscheinlich sind es seine Tabletten oder vielleicht will er mich einfach in Ruhe lassen, weil er merkt, dass es mir nicht gut geht.

Der schnelle Abschied bei Sigrid sitzt mir auch noch in den Knochen. Sie hat mich dabei erwischt, wie ich eine Tasche nach der nächsten aus der Wohnung ins Auto geschafft habe. Noch jetzt verstehe ich nicht, dass sie sofort mitgeholfen hat, alles runterzutragen und zu verstauen. Ohne ein Wort des Vorwurfs oder der Bitte, zu bleiben. Eigentlich finde ich es traurig. Vielleicht wäre ich sofort geblieben, wenn sie die richtigen Worte gewählt hätte. Ich muss mir selbst verbieten, darüber nachzudenken.

Ich habe mich richtig entschieden und möchte in mein altes Leben zurück.

Wieder sehe ich zu Manfred, der den Kopf zur Seite gedreht hat, um aus dem Fenster zu sehen. Erneut packt mich das schlechte Gewissen. Ich habe ihn aus Österreich herausgerissen, ohne ihm die Möglichkeit gegeben zu haben, sich richtig zu verabschieden.

Ich rede mir gut zu, dass er sowieso nicht viel draußen war und dementsprechend Österreich nicht vermissen kann.

Ein seltsames Geräusch durchbricht die drückende Stille. Zunächst glaube ich, dass er schnarcht. Also fahre ich unbeeindruckt weiter. Doch das Schnarchen hört sich nach einem Röcheln an. Er dreht den Kopf in die Mitte, hat die Augen weit geöffnet und greift sich an die Brust. Erschrocken ziehe ich rechts rüber auf den Seitenstreifen und bremse. In Sekunden überlege ich, was ich tun soll. „Manfred? Was ist los?"

Er fasst sich an den Hals. Was will er mir sagen? Dann zeigt er runter. Ich sehe in seinen Fußraum und hebe die Tasche auf. Ich reiche sie ihm, doch er schließt die Augen. Das Röcheln wird mehr, er scheint nicht mehr ganz da zu sein.

„O nein, o nein. Was soll ich tun?" Ich kreische und schreie, kann nicht ruhig bleiben. Steige sofort aus und öffne seine Tür. Gleichzeitig wähle ich den Notruf.

„Guten Tag. Was ist passiert?" Die Stimme am Telefon klingt wie ein rettender Engel.

„Ich stehe auf der Autobahn mit dem Auto. Mein Nachbar röchelt und ich weiß nicht, was ich tun soll."

„Bitte bleiben Sie ruhig …"

Das Handy wird mir vom Ohr gezogen. Alles Weitere passiert so schnell, dass ich gar nicht schalten kann. Jan, mit meinem Handy am Ohr, öffnet Manfreds Hemd, sucht die Tasche nach Medikamenten ab. Am liebsten möchte ich mir die Ohren zuhalten, mich ganz kleinmachen und warten, bis alles überstanden ist. Aber es geht hier um ein Menschenleben. Ich möchte nicht danebenstehen und zusehen, wie jemand stirbt.

Jan reicht mir die Tasche. „Suche alle Medikamente raus und sag ihm, welche er nimmt und wie." Sofort streckt er mir mein Handy hin. Jan schnallt Manfred ab und redet auf ihn ein.

Es tut gut, eine Aufgabe zu haben. Ich diktiere dem Mann die Tabletten und versuche mich daran zu erinnern, wie viel er in den letzten Tagen wann genommen hat. Da hören wir schon die Sirenen. Der Rettungswagen ist da.

Die Mannschaft steigt aus und übernimmt das Telefon. Jan und ich treten zur Seite, sie untersuchen Manfred, der aufgehört hat zu röcheln. Ich weiß noch nicht, ob das gut oder schlecht ist.

„Es ist alles gut. Sie sind da, sie werden ihm helfen." Jans Stimme höre ich, doch ich kann seine Worte nicht greifen. Ich kann nicht anders, als genau zuzusehen, wie Manfred im Krankenwagen verschwindet.

Jan bekommt einen Zettel in die Hand gedrückt und dann fahren sie los. Ich fühle mich schlecht, dass ich nicht bei ihm bin. „Wir dürfen ihn doch nicht allein lassen." Ich laufe los.

Jan packt mich am Arm und zieht mich zurück. „Wenn du ihnen hinterherläufst, bist du Weihnachten noch nicht dort."

Erst jetzt sehe ich mir Jan genau an. Er trägt einen schwarzblauen Einteiler aus Leder. „Wie siehst du denn aus?"

Er blickt an sich herunter. „Ich bin dir gefolgt."

Wieder verstehe ich nicht, was er mir damit sagen will. Stehe ich noch unter Schock oder warum starrt er mich so an, als müsste ich darauf reagieren? „Warum?"

Jan sieht hoch zum Himmel und schnaubt laut aus. „Warum? Weil ich nicht will, dass du zurück nach Berlin gehst. Du hättest mit mir reden sollen. Wie kannst du einfach abhauen, ohne dich zu verabschieden?"

Endlich verstehe ich, was er mir sagen möchte. „Ich glaube nicht, dass ich da jetzt drüber reden möchte. Ich muss ins Krankenhaus."

Ohne zu antworten, läuft Jan vor mein Auto. Ich sehe das Motorrad, das er abgestellt hat. Nun ergibt sein Outfit auch Sinn.

Er schiebt es nahe an die Leitplanke und steigt auf der Fahrerseite in mein Auto. Vor lauter Schock habe ich noch nicht einmal den Motor ausgemacht.

„Steigst du dann auch mal ein?"

Mir fehlen die Worte, ich will mich nicht wehren. Ich möchte nur zu Manfred. Also steige ich ein und hoffe, dass wir bald bei ihm sind.

Es dauert keine fünf Minuten, da räuspert sich Jan und ich weiß, dass er etwas sagen möchte.

„Ich weiß, dass du gerade keinen Kopf dafür hast. Aber –"

„Jan. Ich –"

„Lass mich ausreden."

Ich presse die Lippen fest aufeinander und sehe aus dem Seitenfenster.

„Du willst einfach das Wichtelhäusl hinschmeißen, als wäre es das Unwichtigste der Welt. Du willst noch nicht mal sehen, was daraus wird. Ich verstehe nicht, wieso du mich einfach verlassen hast."

„Ich habe dich nicht verlassen. Ich muss einfach nach Hause." Selbst ich merke bei diesen Worten, dass ich nicht überzeugt klinge.

Also setze ich noch einen drauf: „Ich habe Österreich verlassen und alles, was damit zusammenhängt. Aber das dürfte dich nicht überraschen, ich nehme ja eh nichts ernst und spiele nur."

Ich weiß nicht genau, warum ich solche Spitzen auspacke. Schlimmer noch, ich fühle mich dadurch noch nicht einmal besser. Jan schweigt und ich frage mich, warum ich meinem Retter wieder mal so einen reindrücken musste.

In der Notaufnahme darf ich nicht zu Manfred ins Zimmer. Allerdings soll ich die Papiere für ihn ausfüllen. „Das ist doch Schwachsinn. Ich bin nicht verwandt, darf nicht rein, aber die Versicherungsnummer soll ich haben."

Jan reicht mir Manfreds Tasche. „Die hat mir die Schwester eben gegeben. Da wird sicherlich was drin sein, oder?"

Ohne weiter darüber nachzudenken, wühle ich los. „Du suchst und ich gehe kurz telefonieren." Jan wartet keine Antwort ab. Ich wollte ihm eh keine geben. Mit zittrigen Fingern halte ich seine Geldbörse in den Händen. Als ich sie öffne, entdecke ich sofort das Foto seiner Frau. Mein erster Gedanke ist, dass er bald bei ihr sein wird. Aber das macht mich traurig.

Ich will nicht, dass er stirbt. Tränen verwässern

meine Sicht.

Es ist schwierig, die Nummer auf dem Versicherungskärtchen so zu lesen. Mein Taschentuch ist schon durchweicht, als Jan mir ein neues reicht.

Als ich endlich mit allem fertig bin, schieben sie Manfred in einem Bett aus einem der Zimmer heraus. Sofort laufe ich hin und möchte wissen, was los ist. Ich hoffe so sehr, dass er ansprechbar ist. Manfred hat die Augen geschlossen.

„Und wie geht es ihm?“

Der Pfleger, der das Bett schiebt, sieht mich nicht an. „Ganz okay. Ich bringe ihn in ein Zimmer hoch. Alles Weitere wird der Arzt gleich mit Ihnen besprechen.“ Erst jetzt blickt er mich an. „Sind Sie seine Tochter oder Frau?“

Ich schüttle nur mit dem Kopf.

„In welches Zimmer?“ Jan hat uns eingeholt, bepackt mit meiner und Manfreds Tasche.

Der Pfleger nuschelt etwas, als er das Bett in den Aufzug verfrachtet. So wie er vor uns steht, lässt er uns nicht mitfahren.

„Zimmer dreißig, drei L.“ Die Tür schließt sich und ich bin von Manfred getrennt.

„Was hat er gesagt?“

„Dritter Stock, links. Zimmer dreißig.“

„Na dann auf.“

Erst nach einer weiteren aufreibenden Stunde darf ich endlich zu ihm. Manfred liegt in einem Einzelzimmer und wirkt sehr klein und zerbrechlich in dem Bett. Sofort denke ich an seine unendliche Kraft, wenn er etwas nicht will und sich falsch behandelt fühlt.

Ich kann nicht anders, als zu lächeln. So werde ich ihn immer in Erinnerung behalten. Schockiert über meine eigenen Gedanken kralle ich mich an den Handlauf des Bettes am Fußende.

„Hi."

Erschrocken sehe ich in sein blasses Gesicht. Er ist wach.

„Was machst du denn für Sachen?" Ich nehme mir einen Stuhl, um mich zu ihm zu setzen und seine Hand zu halten.

„War ein bisschen viel in der letzten Zeit für mich."

Ich nicke ihm zu und mache mir Vorwürfe. Schließlich habe ich ihn nach Österreich gezerrt und ihn dann in einer Hauruckaktion wieder von dort nach Hause gezwungen.

„Aber ich habe jeden Augenblick genossen."

Bei diesen Worten muss ich lachen. „Das freut mich, allerdings glaube ich, dass du nicht viel genießen konntest. Du warst meistens alleine in der Wohnung. Und es tut mir so unendlich leid. Ich habe dir dein Leben so schwer gemacht."

Manfred zieht seine Hand aus meiner. „Kindchen. Ich habe mich hier wohlgefühlt. Und ich glaube, dass genau das mein Problem ist."

Ich verstehe nicht, was er sagen möchte, und runzle die Stirn. „Ich verstehe dich nicht."

„Ich möchte nicht nach Hause, nach Berlin. Wo ich nichts habe. Ich möchte bei Sigrid bleiben."

Ich bin nicht überrascht, schließlich hat er das schon vorher angedeutet. Doch mich macht es traurig. „Ich werde nicht hierbleiben können. Egal, was die anderen sagen. Ich bin nicht stark genug."

„Dann frage ich mal so. Was hast du denn in Berlin, was du vermisst?"

Ich muss nachdenken. Wie immer, wenn es um meine Vergangenheit geht. Und ich finde nichts, was mir in den letzten Tagen gefehlt hat.

Manfred nickt und schmunzelt. „Das habe ich mir gedacht. Du hast doch genauso wenig was da oben wie ich."

„Da magst du recht haben, aber hier ist alles so schwierig und ich weiß nicht, ob ich das alles schaffe mit der Hütte und –"

„Kindchen. Jetzt mach dir mal ein bisschen weniger Sorgen. Und wenn das mit der Hütte schiefgeht, hast du es versucht. Aber weißt du, was dir dann noch bleibt?"

Er lässt mir keine Möglichkeit, darüber nachzudenken. „Freunde. Ein Leben."

Es ist mir unangenehm, dass ich es anspreche, aber bei diesem offenen Gespräch möchte ich alles sagen können. „Was ist das für ein Leben, wenn du nur drinnen hockst?"

Manfred sieht zum Fenster. „Da hast du recht. Aber ich tue mich immer noch schwer damit. Ich habe Angst. Angst, meine Frau zu verraten. Ich kann keinen Spaß haben ohne sie."

Ich nicke nur. Was soll ich darauf schon antworten.

„Aber das wird sich jetzt ändern. Durch diesen Herzanfall weiß ich, dass ich mein restliches Leben nicht damit verbringen werde, vom Balkon aus in die Berge zu sehen. Ich will auf die Berge. Mit dir." Er nimmt meine Hand.

Seine Worte berühren mich. „Versprochen?"

„Ja. Ich werde fit und dann sehe ich mir das Wichtelhäusl an."

„Klopf, klopf. Darf man reinkommen?" Sigrid steckt den Kopf durch die Tür.

„Was machst du denn hier?“ Manfreds Stimme klingt kraftvoll und erheitert, als er sie sieht.

„Jan hat angerufen. Was machst du denn für Sachen?“ Sigrid stellt sich zu ihm ans Bett und nimmt seine Hand.

Sie sehen sich nur an und mir ist es unangenehm, dabei zu sein. Ohne ein Wort zu sagen, verlasse ich das Zimmer und gebe den beiden ihre Zeit. Ich bin überrascht über Manfreds Verhalten, da er doch seine Frau so sehr vermisst. Aber er muss selbst wissen, was er tut, und Sigrid ist in meinen Augen eine sehr gute Wahl.

Jan steht direkt vor der Tür und wartet auf mich. „Und?“

„Er sagt, er hat einen Herzanfall gehabt. Wegen Stress.“

„Stress?“

Ich schäme mich zuzugeben, dass ich glaube, Schuld daran zu haben. Eigentlich will ich all das herunterschlucken. Doch ich kann nicht anders, als bitterlich zu weinen. „Es ist bestimmt meine Schuld. Ich mache alles falsch.“

Als wüsste er genau, was ich brauche, nimmt er mich in den Arm. Ich denke nicht, dass ich das verdient habe, aber ich genieße es dennoch.

„Es ist alles nicht so einfach. Wir machen alle Fehler, aber du bist sicherlich nicht schuld an seinem schwachen Herz. Ich hätte dich nicht so überrennen sollen, gerade in so einer Situation.“

„Ach Jan, ich bin doch nie in einer Laune für solche Gespräche. Ich bin so schlecht darin, etwas zu entscheiden. Mein Leben ist ein einziger Flickenteppich. Alles zerbröselt. Ich habe es satt, Angst zu haben, ich habe es satt, Entscheidungen zu treffen und ich habe es satt, so zu fühlen, wie ich gerade für dich fühle." Bei den letzten Worten halte ich inne.

In meiner Rage habe ich nicht mehr über meine Worte nachgedacht. Mit zusammengepressten Lippen drücke ich mich aus seinem Arm und traue mich nicht, ihn anzugucken.

Da kommt Anna den Flur entlanggelaufen. „Da seid ihr ja. Also der Parkplatz hier ist eine Katastrophe. Hat Sigrid euch schon gefunden?"

Dankbar für die Ablenkung wende ich mich an sie. „Ja. Sie ist schon bei ihm."

Anna umarmt mich fest. „Kommt, lasst uns auf den Schrecken erst mal die Kantine plündern. Die haben bestimmt Schokokuchen oder so was."

Anna zieht Jan und mich mit sich und wenig später sitzen wir an einem kleinen Tisch in einer Ecke in der Kantine.

Der Kaffee schmeckt ganz okay und der Schokoladenpudding, den Anna spendiert hat, hilft, die Nerven zu beruhigen.

Als Jan seinen Pudding leer gegessen hat, lehnt er sich im Stuhl zurück und sieht mich an. Ich habe das Gefühl, dass ich etwas sagen sollte. Aber ich traue mich nicht vor Anna. Da schiebt er seine Hand auf meine. „Damit ich das noch mal deutlich klarstelle und es keine Missverständnisse gibt: Ich möchte nicht, dass du gehst."

Eine angenehme Gänsehaut überzieht meinen Körper und mein Herz rast.

„O ja. Ich möchte auch nicht, dass du gehst. Ich wünsche mir so sehr, dass du hierbleibst. Ich möchte dir so gerne helfen." Anna hibbelt auf ihrem Stuhl und grinst mich an. Dann hält sie meine andere Hand in ihrer.

Ich kann nicht anders, als vor Rührung zu weinen. „Ihr seid so lieb zu mir.“ Ich schniefe und muss meine Hand unter Jans wegziehen, um mir die Tränen wegzuwischen. Heute bin ich wirklich sehr nah am Wasser gebaut.

„Wir haben dich gerne und wollen dich hier behalten.“

Ihre Worte tun mir so gut, doch ich kann darauf nicht antworten. Meine Gedanken kreisen um die vielen Worte, die ich gerne sagen möchte, doch ich glaube, dass ich bei jedem Sprechversuch ins Stocken geraten würde.

„Pass auf. Wir bringen dich wieder nach Hause und du ruhst dich erst mal aus. Dann können wir weiter sehen, was wir mit dem Wichtelhäusl machen.“ Anna klopft mir aufmunternd auf die Hand.

Dieses Thema hilft mir, nicht mehr zu weinen, da ich mich auf etwas konzentrieren kann. Noch zweimal muss ich tief durchatmen, bis ich mich gut genug fühle, zu sprechen. „Ich habe sogar eine Idee für das Wichtelhäusl. Die habe ich auch mit Sigrid schon besprochen.“

Jan und Anna lehnen sich interessiert vor. Es gefällt mir, wie sie mich ansehen. So aufrichtig, als wollten sie mir wirklich helfen.

„Ich mache gerne Sandwiches. Mal normale, mal ein wenig außergewöhnlich mit besonderen Zutaten und so. Meine Idee ist, das Brot vom Bergdorf zu nehmen, das du mir gezeigt hast, und die restlichen Zutaten regional zu kaufen. Und diese dann im Wichtelhäusl anzubieten."

„Wir könnten auch die Ziegenmilch von deinen Tieren zu Käse machen lassen." Anna ist begeistert und ihr fallen noch tausend andere Ideen ein. Sie wirft mit Namen und Möglichkeiten um sich, dass mir der Kopf schwirrt.

Jan hebt die Hand. „Das ist ja alles gut und schön. Aber man kann nicht nur mit einem Sandwichladen alles tragen. Da muss noch mehr passieren."

„Darüber habe ich mir auch schon Gedanken gemacht. Ich möchte das Wichtelhäusl gerne für Familien mit Kindern anbieten. Und …", es kostet mich alle Kraft, „für Hundebesitzer."

Anna und Jan machen große Augen. „Das höre ich aber gerne." Die Stimme kommt nicht vom Tisch. Sigrid steht hinter mir und streicht über meine Schulter.

„Ja. Darüber sollten wir reden, wenn –"

„Wenn du dich dafür entscheidest." Jans Gesichtsausdruck wird ernst und ich weiß, dass ich bald eine Entscheidung treffen muss.

Kapitel 23

Der Weg zurück nach Mayenhofen ohne Manfred ist seltsam. Auch wenn ich lange hin und her überlegt habe, ist es die vernünftigste Entscheidung.

Erst als die Wohnungstür hinter mir ins Schloss fällt, merke ich, wie kaputt ich eigentlich bin. Der Tag war lang und hart. Ich realisiere jetzt erst, dass ich das allererste Mal allein bin. Nach einer heißen Dusche nehme ich mir die Zeit, Bilder und Einrichtung genau zu erkunden.

Das Sideboard, auf dem der Fernseher steht, hat zwei große Türen und zwei Schubladen. Nacheinander sehe ich zuerst diese durch und finde allerhand Nützliches. Doch interessant wird es erst an den Türen. Ordner und Boxen sind fein säuberlich verstaut. Erfreulicherweise verstecken sich hier einige alte Bücher, deren Cover ich erst einmal streicheln muss.

Lächelnd, denn Rosi scheint wohl auch ein Faible für diese Schätze gehabt zu haben. Dann ziehe ich den ersten Ordner hervor.

Ich fühle mich nicht wohl dabei, die Sachen von Rosi anzufassen und zu lesen, ohne sie vorher gefragt zu haben. Mehrere Ordner sind mit Fotos, Rechnungen und gesammelten Flyern gefüllt. Ein flacher Karton mit Deckel fällt mir in die Hände.

Nachdem ich den Deckel zur Seite gelegt habe, sehe ich Fotos vor mir. Es sticht mir im Herzen. Da sind mein Vater und Rosi abgebildet. Ohne weiter darüber nachzudenken, drehe ich das Bild um. Mit verschnörkelter Schrift stehen dort ein Datum und der Aufnahmeort: „Wenn der kleine Bruder endlich mal zu Besuch kommt".

Weitere Bilder, die beschriftet sind, folgen. Mit den Großeltern, die ich nie kennenlernen durfte, und Fotos vom Hof. Ich sehe mir alles voller Ehrfurcht an und versuche mir vorzustellen, wie es wäre, mit ihr über diese Sachen zu reden. Immer wieder entdecke ich auf den Bildern ihr Lächeln. Sicher hätte ich jede Menge Spaß mit ihr gehabt.

Aber ich fühle mich nicht mehr alleine. Die Menschen, die hier leben, sind so voller Liebe und zeigen mir, dass Rosi ein guter Mensch war. Als ich alle Bilder zur Seite gelegt habe, liegen auf dem Kartonboden Papiere. Unter anderem auch Briefe von meinem Vater an sie. Seine Handschrift kommt mir nicht bekannt vor, was mich traurig macht.

Ich erinnere mich kaum an den Mann, der er war, doch nehme mir vor, diese Briefe nach und nach in Ruhe zu lesen und vielleicht ein Stück von diesen beiden Menschen zu lernen, die ich leider nicht mehr sprechen kann.

Gerade als ich der Meinung bin, genug gesehen zu haben, fällt mir ein Dokument auf.

Dieses ist in einer Sichthülle verstaut. Darin liegt ein Zeitungsausschnitt mit der Todesanzeige meines Vaters. Schwarz auf weiß werde ich daran erinnert, wie jung er gestorben ist und wie wenig Zeit ich mit ihm hatte.

Dahinter liegt ein Dokument mit einem offiziellen Kopfbogen. Ein Arztbrief. Ich verstehe nicht alles, was darauf steht, doch eine Sache lässt mich zusammenzucken. „Todesursache: Herzinfarkt."

Was das für mich bedeutet, wird mir nach und nach klar. Er ist nicht zertrampelt worden. Er ist einem Herzinfarkt erlegen. Es tröstet mich keineswegs, dass er so gestorben ist, aber immerhin haben ihn seine geliebten Tiere nicht verletzt. Ich brauche frische Luft und stelle mich auf den Balkon. Im Dunkeln sieht Mayenhofen so idyllisch aus. Die Berge, die man nur an ihren Silhouetten erkennt, umringen den Ort. Die Sterne sind klar zu sehen und ich atme tief durch. Wann habe ich das letzte Mal so viel nachgedacht? Das muss schon lange her sein. Aber hier wird es tausendmal besser laufen als in Berlin. Ich bin hier nicht mehr allein. Ich lerne bestimmt alles, was ich brauche. Sofort denke ich an die Rettung der Kuh, das Füttern von Lion und die Seilbahn, die ich bezwungen habe. So langsam glaube ich, dass ich es womöglich doch schaffen kann.

Müde lege ich mich auf mein Bett und stelle mir vor, wie es sein wird, wenn das Wichtelhäusl im neuen Glanz erstrahlt.

Ich werde aus meinem Traum gerissen. Die Stimme kommt mir bekannt vor, doch ich brauche einen Augenblick, bis ich richtig wach bin.

„Hast du mich verstanden?“ Sigrid sitzt vor mir auf dem Bett und sieht mich besorgt an.

„Ist was mit Manfred?“

„Nein, nein. Von dem habe ich nichts gehört. Also muss da alles gut sein. Es geht um was anderes. Aber werde erst mal wach. Es ist ein so schöner Morgen. Mich wundert es, dass du noch im Bett bist.“

Erleichtert lege ich mich zurück auf mein Kissen und versuche, den Schock zu verdauen. Mit einem Blick auf die Uhr seufze ich und ziehe die Decke über den Kopf. „Es ist erst sechs. Was ist denn?“

„Mich hat der Schwertleitner angerufen. Er sagte, dass die Eier und die Milch im Kühlhaus stehen und kein Platz mehr für weitere Ernte sei.“ Ihr Blick ist das Einzige, was mir das Gefühl gibt, dass ich mir Sorgen machen müsste. „Und was bedeutet das?“

„Das bedeutet, dass die Eier und die Milch bald schlecht werden, wenn wir sie nicht verbrauchen.“

Ich verstehe nicht, was das Problem ist. Doch da fällt mir eine Lösung ein: „Na, dann fragen wir Anna.“

Sigrid ist sofort begeistert und wählt ihre Nummer. Sie stellt den Lautsprecher an, sodass wir beide ihre müde Stimme hören. Sigrid plappert gleich drauflos.

„Was wollt ihr?“

„Du sollst die Eier und die Milch nehmen.“

Eine Stimme aus dem Hintergrund meldet sich. Jan scheint mitzuhören.

„O Jan, kauf dir selbst Müsli.“

Sigrid und ich sehen uns an. Ich verstehe nicht, was da drüben vor sich geht.

„Deins ist aber viel leckerer.“

„Dann nimm die Packung mit in deine Wohnung. So da bin ich wieder. Also die Eier und die Milch sollen zu mir?“

„Ja genau. Kannst du sie abholen lassen?" Ich drücke fest die Daumen.

„Stopp, stopp, Mädels. Das geht so nicht. Logistisch können wir die ganze Menge an Lebensmitteln nicht unterbringen. Plus Kühltransport, weil sie schon länger stehen." Jans Antwort entmutigt mich sehr und ich weiß keine andere Lösung.

„Ich habe eine viel bessere Idee." Man hört durch das Telefon, dass er Anna zur Seite gedrängt hat. „Aber ich verrate es nur, wenn erst Franzi sagt, was Sache ist."

Ich sehe in Sigrids Gesicht. Auch sie erwartet eine Antwort. In der Nacht habe ich mir viele Gedanken gemacht und bin mir sicher, wie es weitergehen soll. „Ich bleibe hier."

Der Jubelschrei von meinen drei Freunden muss in ganz Mayenhofen zu hören sein. Und als sie sich beruhigt haben, erzählt Jan von seinen Plänen.

Es dauert nicht lange, bis die Flyer verteilt und alle Leute eingeladen sind. Die Milch wird wie geplant von der Käserei abgeholt, um eigenen Käse zu machen. Und die Eier haben wir alle gemeinsam in die Küche geschafft.

Es sind keine achtundvierzig Stunden vergangen, in denen wir das ganze Wichtelhäusl von oben bis unten entstaubt und geputzt haben. Die Tischdecken wurden gewaschen, neue Blumen gesetzt und sogar eine Musikanlage installiert.

Während Freunde von Jan den Außenbereich mit Blumen bestücken, dekorieren Anna und ihre Freunde die Fenster und Tische. Das große Banner mit der Aufschrift „Kaiserschmarrnfest im Wichtelhäusl" ist mein Bereich. Mit viel Farbe streiche ich die vorgemalten Buchstaben an.

Anna hat ihre Küchencrew in der Nachmittagspause dazu gebracht, die Küche auf Vordermann zu bringen und mir zu zeigen, wie man den Kaiserschmarrn zubereitet.

Hilfe haben wir von Tante Ellas Enkeln bekommen, die mir ein weiteres Mal gesagt hat, dass die beiden einen Job suchen.

Sie machen ihre Arbeit gut und drapieren zum Schluss bunte Schüsseln mit verschiedenen Inhalten auf die Holztheke in der Gaststube. Toppings für die typisch österreichische Mehlspeise.

Als ich mit dem Banner fertig bin, wische ich mir die Hände ab und sehe mich um. Überall im Wichtelhäusl wuseln die vielen Menschen herum und helfen mir. Ich weiß gar nicht, wie ich ihnen dafür danken soll. Wenn Rosi das hier sehen könnte, wäre sie sicherlich sehr stolz auf mich.

„Kann ich helfen?" Jo steht neben mir und sieht zu mir herunter. Ich habe vergessen, wie groß er ist und wie gut er aussieht. „Hallo, Jo. Was machst du denn hier?"

„Ich bin mit Jan und Anna befreundet und ich kannte Rosi gut. Ich freue mich, dass du das hier machst. Also, kann ich etwas für dich tun?"

Ich sehe mich um und überlege, wo noch eine fleißige Hand gebraucht werden kann, als ich Anna an einem Fenster vorbeilaufen sehe.

„Frage. Ich kenne dich nicht so gut. Bist du alleine hier oder hast du deine Freundin mitgebracht?"

„Ich habe keine Freundin mehr. Sie ist schon vor einem Jahr abgehauen."

Ich könnte hüpfen für Anna. Deshalb gehe ich aufs Ganze. „Ach interessant. Anna hat mir erst neulich erzählt, dass du eine Freundin hast."

Jo wird blass. „Echt? Aber ich dachte, sie weiß es."

Ich grinse ihn an und hoffe, dass er versteht, was ich von ihm will. „Anna ist draußen und dekoriert die Fenster."

Kaum habe ich den Satz fertig ausgesprochen, lässt Jo mich stehen und verschwindet durch den Haupteingang. Gerade als er hinausgeht, erkenne ich, dass jemand Platz macht. Kurz darauf kommt die Person herein.

„Manfred!" Ich kann nicht glauben, dass er tatsächlich hier ist. Sigrid läuft hinter ihm her und holt ihn ein.

Sie greift nach seiner Hand und er stützt sich auf sie.

„Ich habe es dir versprochen. Und 'ne Party ist doch nur gut, wenn ich dabei bin."

Ich bin so gerührt, dass er hier ist, und umarme ihn.

„Wo ist denn das gute Essen?" Er setzt sich an einen Tisch und sieht mich erwartungsvoll an.

So kenne ich meinen Manfred und anders will ich ihn gar nicht haben. „Ich hole dir eine Portion."

Während ich einen Teller frischen Kaiserschmarrn aus der Durchreiche bekomme, dekoriere ich ihn mit Rosinen, Puderzucker und Kirschen. Dabei beobachte ich Manfred, wie er mit Sigrid am Tisch sitzt und lacht.

Er greift nach ihrer Hand und ich freue mich so sehr für die beiden.

Und ich weiß schon, dass dies der richtige Augenblick ist, ihm mein kleines Geschenk zu überreichen.

Also suche ich schnell in meiner Handtasche nach der kleinen Tüte aus dem Tante-Ella-Laden und gehe zu Manfred an den Tisch.

Zunächst sieht er freudig auf seinen Kaiserschmarrn, bis ich ihm seine Überraschung vor die Nase halte.

„Das ist für dich. Ich habe es gesehen und wusste, dass ich es dir eines Tages geben kann."

Gespannt sehe ich ihm dabei zu, wie er die weiße Papiertüte öffnet und hineinsieht. „Was hast du denn da gekauft?" Er lässt den Inhalt auf seine Hand fallen. Eine ovale goldglänzende Wanderplakette für seinen Stock.

„Ich wusste, dass du irgendwann zu mir heraufkommen wirst und dann wollte ich dir dieses Wanderabzeichen übergeben." Vor Rührung bekomme ich Gänsehaut und muss mir die Tränen verkneifen.

„Das wäre aber nicht nötig gewesen, Mädchen." Auch Manfred kämpft und hält sich den Anstecker an seine Brust. Immer wieder nickt er und seine Unterlippe bibbert, als würde er versuchen, noch etwas zu sagen. Doch ich sehe ihm an, dass auch er mit dieser Überraschung nicht so leicht umgehen kann wie ich. So gehe ich um den Tisch herum und umarme ihn ohne weitere Worte.

Er erwidert diese Geste. „Danke, Mädchen. Ich danke dir, vielmals. Der kommt direkt an meinen Stock."

Schniefend mache ich einen Schritt zurück. „Sehr gerne. Und nun genieße dein Essen."

Er bedankt sich und zeigt Sigrid stolz seinen Anstecker.

Dahinter erkenne ich durch das Fenster, wie Anna und Jo miteinander reden. Doch nicht lange. Im nächsten Augenblick legt sie ihre Arme um seinen Nacken und sie küssen sich.

Ich quieke kurz vor Freude, bin stolz, dass ich ihnen einen Schubser in die richtige Richtung gegeben habe. Nichts könnte mich jetzt traurig machen. Ich habe das Gefühl, dass ich alles schaffen kann.

Da geht die Tür auf. Bernd Schwertleitner steht dort und sieht sich um. „Was ist denn hier los?"

Ich gehe auf ihn zu und möchte ihn freundlich begrüßen. Dabei fällt mir auf, dass er mir auf die Hand sieht. Erst als ich vor ihm stehe, wird mir klar, dass ich den Kaiserschmarrn mit mir herumtrage.

„Habt ihr eine Genehmigung? Und wenn ihr dafür Geld habt, wieso zahlt ihr nicht die Rechnung?"

Ich bekomme weiche Knie, da Bernd mir gegenüber sehr einschüchternd wirkt.

Da kommt Sigrid zu mir und nimmt mir den Teller weg. „Schau mal, Bernd, das ist für dich. Und wir beide setzen uns jetzt zusammen und reden mal über die finanziellen Sachen, okay?" Sigrid zwinkert mir zu und schiebt Bernd weg.

Es fühlt sich gut an, dass ich so viele Menschen um mich herum habe, die mich gern haben und mich unterstützen wollen.

„Pst." Das Geräusch kommt aus der Tür zum Personalbereich. Jan macht eine einladende Handbewegung und ich folge ihm. Wer weiß, was er sich noch ausgedacht hat. Mir fällt ein, dass ich ihm für die Idee des Kaiserschmarrnfestes noch danken muss.

Und außerdem möchte ich ihm noch etwas zeigen, also gehe ich schnell an meine Tasche, um es zu holen.

Jan lockt mich durch den langen Flur bis zur Hintertür. Er schweigt, grinst mich aber an.

„Ich habe vorgestern etwas in Rosis Wohnung gefunden." Ich reiche ihm die Hülle mit dem Arztbrief.

Er liest sich alles genau durch und drückt mich an sich. „Ich freue mich so, dass du jetzt Gewissheit hast."

„Ich freue mich auch total. Es beruhigt mich und es gibt mir noch mal einen ganz anderen Blick."

Jan nimmt meine Hand und küsst sie. Die Stelle kitzelt und die Schmetterlinge beginnen, in meinem Körper zu flattern.

„Wie geht es deinem Bein?" Sein Ton ist tief und ruhig. So ernst.

„Es geht. Ich versuche, es wenig zu belasten."

Er öffnet die Tür nach draußen und wir treten raus. Er kommt mir sehr nah und legt seine Hände an meine Taille. „Ich bin sehr froh, dass du hierbleibst."

„Das bin ich auch."

Wieder überkommt mich das Gefühl, mich vorzulehnen und ihn küssen zu wollen. Aber ich habe Angst, seine Signale falsch zu deuten. Diesmal aber kommt er auf mich zu. Er schließt seine Augen und ich spüre seinen Atem auf meiner Haut.

Ich lasse mich darauf ein, will diesen ersehnten Kuss genießen, schließe die Augen und …

„MUUUUH!"

Ich zucke zusammen und springe zur Seite.

„Beruhig dich. Alles gut. Das ist Leni. Sie tut dir nichts. Ihr kennt euch."

Auf den zweiten Blick erkenne ich die giftgrüne Glocke um ihren Hals. Ich denke an meinen Ausbruch auf der Straße, als ich Leni angebrüllt habe.

„Komm, streichle sie mal. Du kannst das."

Seine Worte motivieren mich. Und ich war ihr schließlich schon sehr nah. Ich erinnere mich an den Moment, als Lion aus meiner Hand gefressen hat. Mit aller Kraft verdränge ich die Angst, schlucke sie herunter.

Für mich, für Jan und für meinen Vater und Rosi.

Dann lege ich meine Hand oberhalb auf ihre Nase. Leni sieht mich direkt an.

„Es freut mich, dass ihr euch so gut versteht." Jan steht neben uns und hat die Arme in die Seite gestemmt.

„Wieso denn?"

„Weil sie dir gehört."

Ich lache über seinen Witz und streichle weiter über den Nasenrücken der Kuh.

„Das ist kein Witz. Sie fühlt sich wohl bei dir. Ist dem Bauern ständig abgehauen, da hat er sie mir verkauft."

Ich bin überrumpelt, weiß nicht, ob ich lachen oder weinen soll. „Du hast mir 'ne Kuh gekauft?"

„Nein. Ich habe dir diese Kuh gekauft. Leni, die dir immer nachrennt."

Ich überlege, woher er von meinen vielen Abenteuern mit dieser Kuh weiß. Ich kann mich nur erinnern, dass er dabei war, als sie ihren Kopf in mein Auto gesteckt hat. Aber wenn Sigrid auf einer Party erfährt, dass ich der Kuh am Holzzaun geholfen habe, dann wird auch sicherlich er alle Informationen bekommen haben.

„Dein Vater würde sich sehr freuen, wenn du dich mit Leni gut verstehst." Jan nimmt meine Hand und drückt sie feste.

Schon ist mein Geschenk zweitrangig. Ich habe nur noch Augen für ihn. Alle Missverständnisse sind wie ausgelöscht. Meiner eigenen Meinung und meinen Gefühlen sollte ich viel mehr trauen. „Ich danke dir." Diesmal flüstere ich fast und drücke mich gegen ihn.

Endlich küsst er mich. Endlich flammt mein Herz auf und ich versinke in seinem Geschmack. Es kann nichts Schöneres geben, als in seinen Armen zu liegen.

„Ach, hier seid ihr.“ Anna unterbricht uns und winkt uns zu sich. Auch wenn der Augenblick vorbei ist, fühle ich mich, als würde ich schweben.

Anna drückt mir ihr Handy in die Hand. Ihr E-Mail-Programm ist offen, ich bin im Ordner der gesendeten Nachrichten.

„Sieh mal. Ich habe alle Leute, die eine E-Mail-Adresse ins Gästebuch und bei ihrer Anmeldung hinterlegt haben, angeschrieben und ihnen zur Wiedereröffnung ein super Angebot gemacht. Und hier“, Anna drückt umständlich auf dem Display herum, „das hier sind die Antworten.“

Ich überfliege einige Nachrichten und bin beflügelt von den vielen netten Worten und Anekdoten, die die Menschen über Rosi erzählen können.

Ich freue mich darauf, alle Nachrichten genau zu lesen, die Leute als Gäste bei mir begrüßen zu dürfen. Ich bin mir sicher, dass ich Berlin schnell hinter mir lassen kann. Schließlich habe ich meine Wohnung schon gekündigt und laut Tanja wird meine Stelle auch umgehend neu besetzt.

Ich nehme Jans und Annas Hand. „Ich glaube, wir können alles schaffen.“

Beide nicken und ich bin endlich angekommen.

In meinem Traum, in meinem Leben.

ENDE

ÜBER DIE AUTORIN

Aria Hearts steht für Liebe rund um die Berge. Sie hat selbst vor einigen Jahren ihr Herz an die wundervolle Natur Österreichs verloren. Ihre Geschichten wärmen das Herz, regen zum Nachdenken an und zeigen die Hauptfiguren in den Kulissen dieses Landes.

Printed in Poland
by Amazon Fulfillment
Poland Sp. z o.o., Wrocław

51658625R00164